THEODORA BAUER

Das Fell der Tante Meri

atb aufbau taschenbuch

Theodora Bauer, geboren 1990 in Wien, studiert Publizistik und Kommunikationswissenschaft sowie Philosophie. Sie erhielt diverse Auszeichnungen und publizierte in Anthologien, auf *Radio Burgenland* und *Ö1*.

Ferdinand lebt gemeinsam mit seiner Mutter in einem österreichischen Dorf. Von seinem Vater weiß er nichts, aber Tante Meri muss er auf Geheiß der Mutter regelmäßig besuchen. Nach dem Tod von Meri erbt er ihr gesamtes Vermögen und stößt auf lauter ungeklärte Fragen: Wieso changierte die Beziehung zwischen seiner Mutter Susanne, die in einem früheren Leben Anni hieß, und ihrer Schwester stets zwischen Zuneigung, Verpflichtung und Hass? Ist sein Vater wirklich im Krieg gefallen, wie immer alle behaupten? Und was ist mit Karl Müller, der zweimal auf zwei Kontinenten starb und der, ebenso wie Ferdinands Mutter, in einer seltsamen Abhängigkeit zu Tante Meri stand?

»Ein absolut lesenswertes Buch einer jungen Autorin, die hoffentlich noch für viele literarische Überraschungen sorgen wird.« WDR 5

Theodora Bauer

Das *Fell* der *Tante Meri*

ROMAN

atb aufbau taschenbuch

MIX
Papier aus verantwortungsvollen Quellen
FSC® C083411

ISBN 978-3-7466-3144-8

Aufbau Taschenbuch ist eine Marke
der Aufbau Verlag GmbH & Co. KG

1. Auflage 2016

Umschlaggestaltung www.buerosued.de, München
unter Verwendung eines Motivs von © Eugenia Kyriakopoulou/
Demurez Cover Arts
Gesetzt in der Caslon Pro durch Greiner & Reichel, Köln
Druck und Binden CPI books GmbH, Leck, Germany
Printed in Germany

www.aufbau-verlag.de

1.

Die Tante Meri ist im Grunde genommen eine liebe Person gewesen. Der Ferdl hat sich das immer wieder gesagt. Er ist sich nicht sicher gewesen, ob das irgendwer anders auch so gesehen hat, aber er, der Ferdl, hat es gewusst. Er würde sie doch irgendwo vermissen, jetzt, wo sie gestorben ist. Der Ferdl hat sie schon lange gekannt, schon seit er ganz klein gewesen ist, und immer ist sie ihm gleich alt vorgekommen. Mit ihren Blumenschürzen und ihren auftoupierten Haaren, mit den zwei weißen Hunderln, die im Winter '63 kläglich verendet sind nach dem Zusammenstoß mit einem Lastwagen, mit ihren Stützstrümpfen und den goldenen Schnallen an den weißen Hauspatschen. Er hat sich dunkel erinnern können, wie sich die Frisur von der Tante Meri angefühlt hat. Die Frisur ist überhaupt das Prominenteste an der ganzen Gestalt gewesen, gegens Licht hat nichts durchgeschienen, so eng sind die Haare miteinander verfilzt gewesen. Groß ist ihre Frisur gewesen und bedrohlich und voller Haarspray, und wenn sich die Tante Meri bewegt hat, dann hat die Frisur mitgewackelt. Als Kind hat er ihr einmal draufgreifen dürfen auf den Haarturm – das hat er aber nur einmal gemacht. Es hat sich angefühlt wie etwas Totes unter seinen Händen. Daraufhin hat es der Ferdl bleiben lassen.

Der Ferdl hat ein bissl ein schlechtes Gewissen gehabt bei solchen Gedanken. Eigentlich hat ihm die Tante Meri nie etwas Schlechtes wollen. Er hätt nicht so böse denken sollen über sie. Wenn er ein braver Bub gewesen war und ihr am Nachmittag ein bisschen etwas vorgelesen hat aus seinem Schulheft, dann hat sie ihm einen Keks gegeben. Und wenn's ganz hoch hergegangen ist, hat sie ihm eine kleine Puppentasse serviert, mit Blütendruck an den Seiten und Goldrändchen; eine Tasse, die ganz mit Schlagobers gefüllt gewesen ist. Die Tante Meri hat dick knackenden Kristallzucker drübergestreut und ein kleines Goldlöfferl dazugegeben, und dann hat er's essen dürfen. Das muss ganz außerordentlich gut gewesen sein für ihn als Buben, weil an das hat er sich noch genau erinnern können. An alles, bis zur rosa Blütendeko am Porzellan und dem Knacken von den Kristallzuckerkörnern zwischen seinen Milchzähnen.

Der Ferdl ist oft bei der Tante Meri gewesen; immer dann, wenn seine Mutter gesagt hat, er soll jetzt hinübergehen, er schuldet es der Tante Meri. Er hat die Mutter einmal gefragt, wie viel er ihr schuldet und ob er es vielleicht von seinem Taschengeld bezahlen kann, anstatt dass er hinübergeht, aber die Mutter hat ihn nur bei der Tür hinausgeschoben. Mit dieser leichten Verachtung, die nur für die Besuche bei der Tante Meri reserviert gewesen ist, hat sie ihn an der Hand die paar Straßen hinübergezogen. Es muss sein, hat sie gesagt. Der Ferdl hat sich schwer in die Hand gehängt, an der ihn seine Mutter gehalten hat. Er wär lieber zu Hause geblieben, obwohl es bei ihm zu Hause auch nicht so aufregend gewesen ist. Jetzt hab dich nicht so, hat die Mutter gesagt und mit der ihr eigenen Unruhe an seiner Hand gerissen, bis er sich doch noch in Bewegung gesetzt hat.

Der Ferdl hat immer gedacht, die beiden sind Freundinnen gewesen. Im Nachhinein ist ihm klar geworden, dass das nicht so ganz gestimmt haben dürfte. Wenn er's recht bedacht hat, dann hat er nicht einmal gewusst, ob die Tante Meri seine richtige Tante gewesen ist. Richtig herzlich sind die zwei nie miteinander gewesen, und trotzdem ist die Mutter immer mit ihm hinübergegangen. Das sind natürlich alles Sachen gewesen, die fallen einem als Kind in dieser Form nicht auf. Aber jetzt hat er daran gedacht, jetzt, in dieser komischen Situation, und sich zum ersten Mal wirklich gefragt, was es auf sich gehabt hat mit der Tante Meri. Und diese Frage hat dem Ferdl Angst gemacht.

Der Ferdl hat seine Mutter ja gern gehabt. Aber ihm ist klar gewesen, dass sie eine sehr einfache Person gewesen ist. Sie hat ihm nicht viel von ihrer Vergangenheit erzählt. Angeblich ist ihr Mann an der Ostfront gefallen, und sie hat den Ferdl dann halt alleine aufgezogen. Aber der Ferdl hat so seine Zweifel gehabt an dieser Theorie. Der Ferdl ist im Grunde ein intelligenter Mensch gewesen, und auch wenn er Probleme gehabt hat, sich das einzugestehen, so hat er doch gemerkt, wenn irgendetwas nicht stimmt an einer Geschichte. Und an der Geschichte von seiner Mutter hat einiges nicht gestimmt.

Zum Beispiel hat die Mutter nie über seinen Vater geredet. Sie hat nicht nur nicht über ihn geredet, sie hat gar nichts zu dem Thema gesagt. Normalerweise, wenn man ein bissel mit jemandem zusammen gewesen ist, dann weiß man etwas über den. Dann rutscht einem ab und zu etwas heraus. Dann verliert man sich in Sentimentalitäten. Aber der Mutter ist nie auch nur ein Wort über den Vater ausgekommen. Das hat den Ferdl gewurmt. Der Vater ist für ihn quasi ein Nullsummenspiel gewesen, und er, der Ferdl, hat sich in Ermangelung von irgendjemand anderem seine Identifikationsfigur aufzeichnen können.

Umso mehr hat es ihn gewundert, wie ihm die Tante Meri einmal etwas über seinen Vater erzählt hat. Es ist Heiligabend gewesen – den haben sie immer zusammen gefeiert –, und sie sind bei der Tante Meri im Vorraum gesessen und haben den blinkenden Baum angeschaut. Es ist verteufelt kalt gewesen in diesem Vorhaus, und der Ferdl hat gesehen, dass das seine Mutter furchtbar fuchst. In den früheren Jahren hat's immer Streitereien darüber gegeben, aber die Tante Meri hat sich, wie fast immer, durchgesetzt. Der Baum hat im Vorhaus zu stehen gehabt, da hält er länger, hat sie gemeint, und außerdem sehen ihn dann die Leute besser von der Straße aus. Dass einem bei der Bescherung kalt ist, das wird man ja wohl noch aushalten können. Dem Ferdl ist es im Grunde genommen wurscht gewesen, wo der Baum steht, und ob es kalt ist oder nicht – er hätt nur gerne die Streitereien vermieden, und so hat er immer beiden Seiten recht gegeben. Ehrlich gesagt, ist er ein bisschen erleichtert gewesen, wie die Mutter nach einer lautstarken Auseinandersetzung gegangen ist. Sie hat gesagt, ihr reicht es, mit ihr macht man so was nicht; sie geht jetzt hinüber und kommt erst zum Essen wieder, weil sonst holt sie sich noch eine Lungenentzündung. Sie hat der Tante Meri einen finsteren Blick zugeworfen und die Eingangstür extraweit aufgerissen, dass der Schnee nur so hineingestoben ist. Aber die Tante Meri hat sie ignoriert und hat so getan, als sähe sie den Schnee nicht, der nun wie eine zarte Staubzuckerdecke am Boden vom Vorhaus gelegen ist. Der Ferdl ist in seiner viel zu kurzen Hose dagestanden, mit seinen eckerten Knien, und die Schultern, die zu der Zeit gerade ordentlich expandiert haben, haben sich knöchern unter seinem Leibchen abgezeichnet. Dem Ferdl ist sowieso immer kalt gewesen zu dieser Zeit. Also ist es wurscht gewesen, ob er im Vorhaus steht oder nicht. Und essen hätt er auch können wie ein Rindviech. »Wart«, hat die Tante Meri gesagt, wie die Mutter weg gewesen ist, »ich hol uns was.« Dann ist sie ins Haus gegangen und hat dem Ferdl ein großes Häferl Tee mit Rum gebracht. »Ich darf aber nicht«, hat der Ferdl gesagt, wie er die Rum-Schlieren in der Luft gerochen hat. Die Tante Meri hat drübergehört über diese Worte. »Kost einmal, das tut dir gut.« Der Ferdl hat sorgenvoll in sein Häferl geschaut, aber dann hat er doch einen Schluck genommen, und dann noch einen. »Was hältst du von dem Baum?«, hat die Tante Meri gesagt und versonnen an dem in viel zu helle Lichterketten gewickelten Weihnachtsbaum hinaufgeschaut. Eine Antwort hat sie nicht erwartet. Der Ferdl hat fast gemeint, er sieht die Tante Meri lächeln, aber dann ist der Gesichtsausdruck wieder vergangen. »Ich sage dir«, hat sie zum Ferdl gesagt und an ihm vorbei hinaus auf die Straße geblickt, auf die Schneewechten, die im Abglanz vom Christbaum schwach geglitzert haben, »die Leute müssen sehen, was man hat. Die Leute können das ruhig wissen, dass man über ihnen steht. Das tut ihnen gut. Nicht, Bub?« Der Ferdl hat noch einen großen Schluck von seinem Tee genommen, und er hat gespürt, wie der Rum aus dem Häferl in ihn hineingestiegen ist. Es hat sich eigenartig angefühlt, aber es hat dem Ferdl gefallen. Dieses Gefühl ist einmal was anderes gewesen.

»Dein Vater«, hat die Tante Meri gesagt, dann ist sie

verstummt. Der Ferdl hat zu ihr aufgeschaut. Er hat die Lichterketten glänzen sehen in ihren Augen. »Was ist mit ihm?«, hat der Ferdl gesagt und gespürt, wie sich seine Stimme in der Kehle überschlagen hat. Aber in dem Moment ist ihm das egal gewesen. »Dein Vater hat gewusst, dass das wichtig ist«, hat die Tante Meri gesagt. »Der hat den Leuten gezeigt, wo sie hingehören. Und sie haben ihn geliebt dafür.« Der Ferdl hat geschluckt, an dem Tee und an der Tante Meri ihren Worten. »Du hast ihn gekannt?«, hat der Ferdl in sein Häferl hinein gefragt. »Aber sicher doch«, hat die Tante Meri gesagt, und er hat das vertraute, spöttische Lächeln zwischen ihren Worten durchgehört. »Besser als deine Mutter hab ich ihn gekannt. Wenn du wüsstest …« Dann hat die Tante Meri aufgehört zu sprechen, und der Ferdl hat gesehen, wie das Fenster in die Vergangenheit in ihr drinnen zugegangen ist. »Wenn ich was wüsste?«, hat der Ferdl noch einmal versucht, aber die Tante Meri hat nur mehr in sich hineingelächelt. Auch wenn sie sich bemüht hätt, dann hätt sie diesen sarkastischen Zug um ihre Lippen nicht mehr weggebracht. Heute weiß der Ferdl, dass das von einem Leben voller hinuntergezogener Mundwinkel und voller zynischer Kommentare gekommen ist, aber damals hat er das nur vermuten können. Er hat sich nicht gewehrt, wie sie ihm das Häferl aus der Hand genommen hat. »Magst noch was?«, hat sie gefragt. »Hm, Bub, du bist ja schon groß, da darfst auch noch was trinken.«

Wie der Abend weitergegangen ist, ist dem Ferdl nur mehr in nebulöser Erinnerung geblieben. Er hat ein Paar Socken gekriegt. Die draufgestickten Enten hat er nicht kommentiert. Der Ferdl glaubt sich zu erinnern, dass die Mutter nicht mehr herübergekommen ist, auch zum Essen nicht. Nach dem dritten Häferl Tee ist er nach Hause gewankt. Er ist drei Mal um die Kirche gegangen, bevor er das Haus gefunden hat. Dann hat er mit großer Erleichterung vors Gartentürl gespien. Der Ferdl weiß noch, dass er sich sehr geniert hat, wie er am nächsten Tag noch seine Speiberei im Schnee ausmachen hat können. Er weiß, wie die Mutter hineingeschaut hat in den gelblichen Fleck, wie sie die Lippen schmal gezogen hat, und wie sie mit würdigen Schritten darüber hinweggestiegen ist, bis die Sonne das Gespiene wieder weggeschmolzen hat.

Vor drei Tagen hat der Ferdinand einen Anruf gekriegt. Ihm ist heute noch nicht klar, was dieser Anruf zu bedeuten gehabt hat. Er ist vor dem Spiegel gestanden und hat sich die Krawatte zurechtgerückt. Sie ist in einem blechernen Grau gehalten gewesen. Die Krawatte ist abgestanden von seinem Hemd und von dem Ferdinand als Ganzes. In den Modezeitschriften hätte man gesagt: »Sie schlägt sich mit seinem Gesicht«, aber dem Ferdl ist es vorgekommen, als hätt sie ihn mehrmals hineingeboxt und als hätt er sich noch immer nicht erholt von den Schlägen.

Der Ferdl hat sich fertig gemacht für den Weg in die Stadt. Er ist nicht oft hineingefahren, aber diesmal hat er müssen. Es hat ihn ja selbst interessiert, obwohl er ein bissel eine Angst gehabt hat davor, was er dort hören würde. Außerdem, wenn das ein Irrtum gewesen ist, dann ist es ein gravierender gewesen. Dann hat er ihn so schnell wie möglich aus der Welt schaffen wollen. Aber der Ferdl ist den Verdacht nicht losgeworden, dass er sich in Sachen Irrtum vielleicht zu früh gefreut hat.

Halb acht muss es gewesen sein, wie der Anruf gekommen ist. Das ist letzten Freitag gewesen. Es ist viel zu früh gewesen für einen Anruf und überhaupt viel zu früh für irgendwas. Mit einem Ächzen hat sich der Ferdl aus dem Bett gehievt und die Pyjamahose hinaufgezogen, die schlaff an seinen Hüften gehangen ist. Ihm ist kurz das Zimmer vor Augen verschwommen, dann hat er auf die Brille am Nachtkasterl gegriffen und das Klingeln dem Telefon zugeordnet. Er hat nach dem Hörer getastet. »Sprech ich mit Herrn«, hat er gehört, und dann hat es eine Pause gegeben, »sprech ich mit Herrn Ferdinand Meininger?« Der Ferdl hat ins Telefon genickt. Dann hat er sich erinnert, dass der andere das nicht hören hat können. »Ja«, hat er gesagt, und unglücklicherweise ist ihm dabei der morgendliche Schleimpatzen hochgestiegen. Der Ferdl hat ins Telefon gehustet und sich dabei gleichzeitig entschuldigt. Der andere hat pikiert in den Hörer geschwiegen. »Federmaier und Söhne«, hat er das Schweigen dann gebrochen, »mit i. Notar.« – »Mit i?«, hat der Ferdl gefragt und ist schön langsam aufgewacht. »Federmaier mit i«, hat der andere gesagt, und das i auffallend betont. Sogar die Stimme hat sich schmallippig angehört. »Notar. Darf ich Ihnen für Montagmorgen einen Termin in der Kanzlei anbieten?«

Eine halbe Stunde später ist der Ferdl noch immer auf dem Bett gesessen und hat in die Luft gestarrt. Draußen ist es schön langsam hell geworden, aber der Ferdl hat das Licht nicht wirklich gesehen. Er, der Ferdl hat etwas geerbt gehabt. Er hat etwas bekommen. »Eine beträchtliche Summe«, hat der Notar ins Telefon gewispert und so viel Platz zwischen den Worten gelassen, dass sich der Ferdl sicher sein hat können, dass es sich um eine durchaus beträchtliche Summe gehandelt hat. Aber was soll er, der Ferdl, mit beträchtlichen Summen machen? Wie geht man mit so etwas um? Arm ist er nicht gewesen, aber beträchtliche Summen haben ganz eindeutig nicht zu dem Ferdl seinem Inventar gehört.

Der Ferdinand hat das Nachdenken über den Termin hinausgezögert bis zum Letzten. Er hat dem Treffen am Montag zugestimmt, aber übers Wochenende ist er auch nicht gescheiter geworden. Die letzten beiden Tage ist ihm der Tod der Tante Meri und das, was ihn nun erwarten würde, im Nacken gesessen und hat auf seine Stimmung gedrückt. Der Ferdinand hat nicht daran gedacht. Er hat sehr viel Energie darauf verwendet, nicht daran zu denken, und trotzdem sind das Vorkommnis und seine Folgen wie eine Ölschliere auf seinem Bewusstsein dahingeschwommen, andauernd, wie eine Chemikalie, die man da besser nicht hineingegeben hätte und die nun ihre Kreise zieht in einer Pfütze, die sich ganz und gar nicht über diese Kreise freut. Der Ferdl hat ein paar schmale Schlucke aus einem Kaffeehäferl gemacht und in die Dämmerung geschaut. Der Kaffee ist ihm bitter auf der Zunge gelegen. Er hat an die Ölschlieren gedacht, und dass er sich gerade mit einer Pfütze verglichen hat, mit einer Pfütze am Wegesrand, die sich vor dem nächsten Kind fürchtet, oder dem nächsten Blatt, oder dem nächsten Vogel, die umrühren in ihr, die den Dreck aufrühren und sie in Unordnung bringen. Der Ferdl hat gedacht, dass er zu viel denkt, und dass er, wenn er schon denkt, an etwas Spannenderes denken sollte als an Pfützen und Kinder, die hineinspringen. Und dann hat der Ferdl gedacht, dass er jetzt zu denken aufhören sollte, und hat beschlossen, das auch zu tun, aber dann hat er gedacht, dass er gerade gedacht hat, dass er zu denken aufhören sollte und dass das irgendwie nicht funktioniert und dann hat der Ferdl geseufzt. Dass er jetzt zu dem Treffen hat müssen, ist von den Denken-Gedanken nämlich leider auch nicht vergangen.

Der Ferdl ist kein selbstbewusster Mensch gewesen. Das hat er gewusst. Die Mutter hat ihm das immer vorgeworfen gehabt; sie hat zwar nie etwas gesagt, aber vorgeworfen hat sie's ihm trotzdem. Das hat der Ferdl gespürt. Er hat die Mutter gepflegt, bis sie vor ein paar Jahren gestorben ist. Die Mutter ist nicht sehr alt geworden; mit Anfang sechzig haben sie Brustkrebs diagnostiziert und ein paar Monate später ist es mit ihr vorbei gewesen. Insofern ist der Ferdl jetzt froh gewesen, dass es bei der Tante Meri schneller gegangen ist. Ein schönes Schauspiel ist so ein Krebs ja nicht gerade. Den Ferdl hat die ganze Sache nicht so mitgenommen, wie man das vielleicht erwarten hätt können. Er ist am ehesten deshalb traurig gewesen, weil er nicht traurig gewesen ist, und dieses Traurigsein, das ja auch irgendwie unrechtmäßig gewesen ist, das hat ihn am meisten niedergeschlagen.

Obwohl sie ihn treu und liebevoll aufgezogen hat, hat sich der Ferdl eingestehen müssen, dass er Zeit seines Lebens nicht viel mit der Mutter zu tun gehabt hat. Auf mentaler Ebene, wenn man so sagen will. In Gedanken. Das ist dem Ferdl erst bewusst geworden, wie er sie hinausbegleitet hat. Er hat das so professionell gemacht, wie es kein Kind hätte machen sollen. Der Ferdl ist von keinen großen Emotionen gequält worden; er hat am Abend nie geweint oder den Allmächtigen um Gnade angefleht. Der Ferdl hat sich stattdessen die schmerzmittelgetränkten Tiraden seiner Mutter angehört, bis er sie schon auswendig können hat, er hat sie aufgepäppelt und nach jedem Rückschlag wieder aufgebaut. Das Beste an dieser Zeit ist gewesen, dass der Ferdl nicht mehr so viel über sich selbst nachdenken hat müssen. Das ist ja immer schon sein Pferdefuß gewesen. Er hat das nur dann abstellen können, wenn die anderen Probleme so groß geworden sind, dass sie über seine eigenen Gedanken drübergewuchert sind, und das ist in seinem Leben Gott sei Dank nicht oft passiert. Innen drinnen hat der Ferdinand bei der ganzen Sache nichts gespürt. Er hat der Mutter zugeschaut, wie sie langsam vergeht, und hat sie ein bisschen bedauert. Manchmal ist ihm innen drinnen schlecht geworden, manchmal hat er einen schalen Geschmack im Mund gehabt, wenn er ihr zugeschaut hat, und manchmal ein bisschen Bauchgrimmen, aber das ist schon alles gewesen, was sich abgespielt hat in seinem Inneren.

Wie es mit der Mutter derartig bergab gegangen ist, ist die Tante Meri auch nicht mehr so oft gekommen. Sie hat sich damals im Hintergrund gehalten. Irgendwas ist ihr an der Sache unheimlich gewesen, das hat der Ferdl gemerkt. Die paar Male, wo sie die Mutter besucht hat, hat der Ferdl den Eindruck gewonnen, dass die Tante Meri beinahe Angst gehabt hat vor dem Leiden seiner Mutter. Er hat etwas in ihren Augen gesehen, etwas Unheimliches; etwas, das haarscharf die Grenze zwischen Mitleid und Ekel überschritten hat, aber der Ferdl hat nicht genau gewusst, nach welcher Seite hin. Der Ferdl ist insgeheim froh gewesen, dass sie nach einiger Zeit nicht mehr gekommen ist, und dass sie auch ihn in Ruhe gelassen hat nach dem Tod seiner Mutter. Er hätt nicht sagen können, wieso er froh gewesen ist, dass sie ihm ferngeblieben ist, oder was er gegen sie gehabt hat. Er hätt nicht einmal sagen können, dass er etwas gegen sie gehabt hat. Es hat ihn zeitlebens eine eigenartige Hassliebe an seine Tante Meri gebunden; dass sie ihn fasziniert hat, ist außer Frage gestanden.

Aber gleichzeitig hat er versucht, so weit wie möglich von ihr wegzukommen, sich aus ihrem Leben auszuquartieren, und die Verbindungen, die aus einem ihm unbekannten Grund bestanden haben, mit der Zeit so ausfransen zu lassen, dass sie eigentlich nicht mehr gegolten haben. Der Tod seiner Mutter hat ihm dabei sehr geholfen, weil die Tante Meri von selber weggeblieben ist. Und dieses stillschweigende Abkommen ist ihm recht gewesen.

Der Ferdl hat lange überlegt, was ihn an der Tante Meri so gestört hat. Er ist nicht wirklich draufgekommen. Die Tante Meri wär eigentlich eine beeindruckende Frau gewesen, wenn sie nur nicht so trocken gewesen wär. Sie hat die Leute angeschaut, als wären sie ein Fleck in der Landschaft, der kleine, dunkle Punkt, an dem die Kamera versagt hat, die vollendete Schönheit der Umgebung einzufangen, derjenige ausfransende Tupfen, der die Symmetrie des Ganzen aufs Empfindlichste stört. Wenn die Tante Meri jemanden nicht gemocht hat, dann hat sie ihn das auch spüren lassen. Das ist keine sonderlich einnehmende Seite von ihr gewesen, aber der Ferdl selbst hat in dieser Hinsicht nie ein Problem gehabt. Den Ferdl hat sie verschont. Er hat zwar keine Ahnung gehabt, wieso, aber aus irgendeinem Grund hat ihn die Tante Meri gemocht. Das hat ihm ein schlechtes Gewissen gemacht. Wenn er ehrlich gewesen ist, hätte er lieber gehabt, die Tante Meri hätt ihn behandelt wie jeden anderen auch. Denn dann hätte er mit Fug und Recht so über sie denken dürfen, wie er eben über sie gedacht hat. Das wäre einfacher gewesen. Aber wenn sie nicht seine Tante Meri gewesen wäre, dann wäre er wohl nicht der Ferdl geworden, und vielleicht ist es das gewesen, was er ihr insgeheim übel genommen hat.

Wenn er so gedacht hat, dann hat er sich ganz bewusst immer an die guten Sachen erinnert, die er mit der Tante Meri in Verbindung gebracht hat. Und solche Sachen hat es durchaus gegeben. Der Ferdl hat zum Beispiel gewusst, wie man ihn im Dorf gesehen hat. Die haben ihn alle für dumm gehalten, für patschert und für liebenswert, aber für nicht der Rede wert. Die Tante Meri hat das anders gesehen, auch schon zu einer Zeit, wo an dem Ferdl noch nicht viel zu sehen gewesen ist. »Das macht die Bescheidenheit«, hat sie einmal zu ihm gesagt, wie er als pickeliger Jugendlicher vor ihr gesessen ist und mit seinen überdimensionierten Händen die viel zu kleine Porzellantasse umklammert hat. Alles an ihm ist ihm unproportional vorgekommen zu dieser Zeit. Die Hände sind zu groß gewesen, die Füße zu klein, das eine Bein ist länger gewesen als das andere. Und er hat das auch noch gewusst. Da hat das fatale Denken bei ihm schon angefangen gehabt. Der Ferdl hat gelitten, wie man nur in der Jugend leiden kann. Aus seinen kleinen Äuglein hat er in die Welt hinausgelinst; nichts ist ihm mehr natürlich, nichts mehr so selbstverständlich vorgekommen wie noch als Kind. In seiner Verzweiflung ist er zur Tante Meri gegangen und hat sein Leid in eine Schlagoberstasse hineingehaucht. Er hat sich genauso deplatziert gefühlt wie die Schlagoberstasse, wie die Spitzen und Rüscherl in der Tante Meri ihrem Haus, und insofern hat er dort gut hineingepasst. Er hat seine Lächerlichkeit gewissermaßen in den Händen gehalten, und das hat es ihm leichter gemacht.

Das ist vielleicht das Treffen mit der Tante Meri gewesen, an das er sich heute am liebsten zurückerinnert. Er ist sich auf einmal genauso sperrig vorgekommen wie die Tante, genauso blechern und eckig wie diese unwirkliche Frau mit ihrer Turmfrisur. Der Ferdl hat wortlos mit den Tränen gerungen, die kleine Löcher in sein Schlagobers gegraben haben, und die Tante Meri ist ihm über den Rücken gefahren. Ihn hat es geschaudert bei dieser Berührung. »Gräm dich nicht«, hat sie gesagt. Er hat gespürt, wie kalt ihre Hand gewesen ist. Bis durch das Leiberl hindurch hat er das gespürt. Da ist nichts Weiches dringelegen, nicht in ihrer Hand und nicht in der Geste. »Wieso nicht?«, hat der Ferdinand gefragt. Die Tante Meri hat eine kurze Pause gemacht. »Weil du ein edler Mensch bist«, hat sie gesagt, und das ist alles gewesen. Er hat erwartet, dass jetzt eine Moralpredigt kommt, dass sie ihm ins Gewissen redet wie seine Mutter, dass sie ihn fragt, was er denn habe; ihm gehe es doch gut hier und er solle sich nicht so aufführen. Aber die Tante Meri hat damals nicht weitergesprochen. Sie hat ihn nur aus diesen kalten Augen heraus angeschaut, die wie zwei kleine, matt glänzende Knöpfe in ihrem Kopf gesessen sind. Irgendwie hat es ihn beruhigt, dass er keine Emotion darin gesehen hat. Er hat die Tante Meri so gekannt. »Weißt du«, hat sie gesagt, und es ist in dieser seltsamen Stille verhallt, die immer in ihrem Haus geherrscht hat, »du bist zu gut für diese Leute hier. Sie werden dich nie zu schätzen wissen. Stell dich darauf ein.« Der Ferdl hat zu ihr aufgeschaut, über seine Tasse hinweg, über das durchlöcherte Schlagobers und den Kristallzucker, der in den Tränentunnels schön langsam versickert ist. »Die Leute werden dich dulden, aber nie mögen. Weil sie wissen, dass du etwas Besseres bist, Ferdinand«, hat sie gesagt, und eine bedeutungsvolle Pause gemacht, »du hast edles Blut in dir.« Der Ferdl hat die Tasse in seinen Händen vergessen und das Schlagobers und ein bisschen auch seine jugendliche Traurigkeit.

Die Worte von der Tante Meri sind groß gewesen und erhaben, wie aus einer anderen Zeit sind sie herübergehallt zu ihm, der in einer Welt gesessen ist, für die er viel zu eckig gewesen ist und zu unausgegoren und zu voller Gedanken. Der Ferdinand hat sich Größeres gedacht, aber sobald er es gedacht gehabt hat, ist es ihm am Horizont verschwommen, es ist ihm entglitten wie die Worte von der Tante Meri, versickert ist er mitsamt seinen großen Gedanken in einem Jetzt, das sich vor ihm ewig zäh in die Länge gezogen hat. Der Ferdl ist erwachsen geworden. Mit der Zeit hat der Ferdl seine Gedanken klein gemacht. Er weiß jetzt noch nicht recht, ob ihm das leidtun soll.

Heute kann der Ferdinand sagen, dass er Fantasie gehabt hat. Allerdings hat er niemanden gehabt, der diese Fantasie anregt – bis auf die Tante Meri, manchmal, in seltenen Momenten, wenn sie aus sich selbst herausgeschaut hat und etwas erzählt hat, was nicht sie selbst gewesen ist, oder sie selbst in einer anderen Zeit, oder überhaupt etwas anderes, von dem der Ferdl nicht den Hauch einer Ahnung gehabt hat. Der Ferdl hat Fantasie besessen, das weiß er jetzt. Er hätte gern weitergedacht bei dem, was ihm die Tante Meri gesagt hat, aber meistens hat er sich nicht getraut. Das ist sein großes Problem gewesen, immer schon, und vielleicht ist es auch das einzige gewesen, das er je in seinem Leben gehabt hat.

Der Rest von dem Gespräch ist ihm in der Erinnerung verblasst; aber von dem Tag an hat er die Tante Meri anders gesehen. Sie ist nicht mehr nur die gewesen, zu der er hinmüssen hat, in regelmäßigen Abständen und mit regelmäßigem Widerwillen; sie ist zur angenehmsten Alternative unter einem Haufen von unguten Alternativen geworden, zur Wahl des besten Schlechten, zu dem Irgendwas in einer Einöde von Nichtsen. Der Ferdl hat sie auf seine Art gemocht. Er hat irgendwo einen Respekt vor ihr bekommen, der auf etwas beruht hat, was noch in der Zukunft gelegen ist. Dieser Zustand ist schwer zu erklären gewesen; aber der Ferdl hat ihn genau gespürt. Der Ferdl hat drüber nachgedacht, und er glaubt, er hat ihren Geist gemocht, der unter dieser lächerlichen Frisur und den ganzen Stickdeckerln intakt und messerscharf geblieben ist. Nicht sympathisch vielleicht, aber unbestreitbar vorhanden, mehr vorhanden als seine Mutter und alle anderen Hohlköpfe im Dorf. Der Ferdl hat sich gewünscht, dass er auch so einen Verstand gehabt hätte, und dass etwas in ihm tickt, tick-tick, so wie es in der Tante Meri getickt hat, und ihn vorwärtstreibt, tick, und ihn weitermachen lässt, ohne Rücksicht auf Verluste, tick-tick-tick.

2.

Die Frau Lackner ist ihr heute auf den Geist gegangen. Was diese Person dahergeschwafelt hat! Sonst ist ihr das ja nicht so aufgefallen, aber heut ist es dringend gewesen. Heut hat der Bruder draußen in Hütteldorf gespielt. Sie hat nicht viel verstanden davon, aber sie hat mitbekommen, dass es ein wichtiges Spiel gewesen ist. Und sie hat's ihm schon so lang versprochen gehabt. »So«, hat die Anni also gesagt, »das ist eine gute Entscheidung gewesen, göns, dass wir heute nur die Locken machen. Schaun's, wie schön der Ansatz noch ist.« Die Alte hat ihre strohigabstehende Dauerwelle mit kritischen Blicken im Spiegel gemustert. Da hat auch keine Farbe mehr geholfen. »Den Rest mach ma dann nächste Woche, hm?« Die Anni hat der Frau Lackner im Spiegel lieb zugelächelt, aber die ist sich nur mit einer Spinnenhand in die Haare gefahren und hat in der harten Konsistenz nach Elastizität getastet. »Na ja«, hat sie gesagt und sich mit einem Schnaufer aus dem alten Sessel hochgehievt. »Na ja.« Dann hat sie sich mit kleinen, schlurfenden Schritten zur Kassa aufgemacht, und der Anni mit einer verächtlichen Handbewegung das Geld hingeschmissen. »Das nächste Mal möcht ich wieder die Chefin haben, göns? Sein's so lieb.« Der näselnde Tonfall der Frau Lackner ist der Anni in den Ohren stecken geblieben, aber sie hat weitergelächelt. Das Lächeln hat ihr ja nicht wehgetan. »Die Chefin ist momentan auf Ur-« – »Ja, ich weiß«, hat die alte Lackner sie unterbrochen. Und dann hat sie sich ein bisserl verschwörerischer zur Anni hingebeugt, ohne den hochnäsigen Ausdruck in den Augen zu verlieren. »Ich hoff, sie hat nichts angestellt? Man hat ja gehört, dass sie sich sehr für amerikanische Mode begeistern hat können …« – »Sie ist auf Urlaub«, hat die Anni gesagt und weitergelächelt. Jetzt hat sie's schön langsam gespürt in der Wangenmuskulatur. »Mhm«, hat die Alte gesagt und ihren dünnen Hals hochgestreckt. »Wie Sie meinen.« Dann hat sie ihr Geldtascherl eingepackt und sich zur Tür gewendet. »Wir werden's ja sehn«, hat sie gesagt und auf die messingene Türschnalle gegriffen. »Heil Hitler.« – »Heil –«, hat die Anni noch gesagt, und dann ist die Tür mit einem metallischen Scheppern hinter der Frau Lackner zugegangen und die Anni hat endlich das Lächeln fallen lassen können.

Die Anni ist die Ottakringer Straße hinuntergelaufen. Links und rechts von ihr haben die Bäume in der Sonne geglänzt. Sie hat sich richtig gefreut darüber. Der Winter ist ihr noch in den Knochen gesessen; sie hat sich gar nicht mehr erinnern können, wann es das letzte Mal so richtig warm gewesen ist. Sie hat sich kurz überlegt, ob sie statt die Straßenbahn zu nehmen ein Stückl zu Fuß gehen soll, aber dann hat sie's klingeln gehört hinter sich und die Station ist grad so bequem in der Nähe gewesen und sie ist eingestiegen.

Die Anni hat sich erst an den Frühling gewöhnen müssen. Ihre Jacke ist viel zu warm gewesen für diese Jahreszeit. Zwei Stationen lang hat sie überlegt, aber dann hat sie es nicht mehr ausgehalten und ist mit den Armen umständlich aus den Jackenärmeln gefahren. In der leichten Bluse hat sie sich wohler gefühlt. Als sie sich kurz zur Seite gewendet hat, um die Jacke zusammenzufalten, hat sie bemerkt, dass sie ein Soldat beobachtet. Wie soll man das sagen; er hat sie halt so beobachtet, wie ein Mann eine Frau beobachtet. Das hat ihr gefallen. Sie hat ihm kurz zugelächelt, dann hat sie die Blusenärmel ein bisschen weiter hochgekrempelt und sich wieder nach vorne gedreht. Es hat nicht lange dauern können. Bei der nächsten Station hat sie kurz gezweifelt, aber bei der übernächsten ist er schon neben ihr gesessen.

»Heil Hitler«, hat er gesagt, und sie hat erst aus der Nähe gemerkt, dass er noch ziemlich jung hat sein müssen. Wahrscheinlich jünger als sie. Sein Gesicht hat so unschuldig ausgeschaut. »Ist hier noch frei?« – »Na, jetzt nimmer«, hat die Anni gesagt. Ihr hat es kurz um die Mundwinkel gezuckt. »Jetzt sitzen ja Sie da.« Der Soldat ist kurz verlegen geworden und hat sich sein Schiffchen zurechtgerückt. Der ist ja wirklich süß gewesen. Als er nichts zu sagen gewusst hat, hat die Anni gesprochen: »Wo kommen Sie denn her? Sie sprechen so ein schönes Deutsch.« – »Aus Münster«, hat der Soldat gesagt, »ich bin aber schon ein paar Jahre hier. Der Vater arbeitet jetzt in Wien.« – »Ach so«, hat die Anni gesagt, und: »Ich hab mich schon gefragt.« Dann ist die Tramway zum Stillstand gekommen, und sie hat aussteigen müssen. Wie sie sich umgedreht hat, ist der Soldat noch immer hinter ihr gestanden. Jetzt hat sie gesehen, dass er wirklich noch jung gewesen ist. Seine Schultern sind noch ganz schmal gewesen. Aber eine Uniform hat er getragen, und da hat man das nicht so gemerkt. »Verfolgen's mich leicht?«, hat die Anni gesagt und sich zu ihm hingestellt. »Nein, nein«, hat er gemurmelt, und sie angeschaut, als hätt sie die Anschuldigung ernst gemeint. »Ich steige hier nur um.« – »Das ist eh ein Witz gewesen«, hat die Anni erwidert und sich nach einem kurzen Blick auf den Fahrplan bei ihm eingehängt. »Da kömma gleich das Stück bis zur nächsten Haltestelle zu Fuß gehen. Die nächste Tramway kommt eh erst in einer Viertelstund.« Der Soldat hat sich kurz versteift, wie er ihre Berührung gespürt hat, aber als sie gegangen sind, ist er immer lockerer geworden. Bevor die nächste Straßenbahn gekommen ist, sind sie sogar schon per Du gewesen. »Du Karl«, hat die Anni gesagt, »wo musst'n du eigentlich hin?« – »Nach Hütteldorf, auf die Pfarrwiese«, hat er gesagt. Die Anni ist ehrlich überrascht gewesen. Aber wieso nicht? Sie hätt sich's ja denken können, dass da mehr Leute zuschauen wollen und nicht nur sie allein. »Jetzt dazählst mir aber nicht, dass du auch ins Stadion willst?« Der Karl hat genickt. »Es ist ja schließlich ein wichtiges Spiel.« Die Anni hat ihn kurz angeschaut. »Aber du bist schon für die Wiener, oder?« Der Karl hat ein entrüstetes Gesicht gemacht, aber richtig widersprechen hat er sich doch nicht getraut. »Sicher«, hat er gesagt, »mit den Grazern hab ich nichts am Hut.« – »Ich wollt nur fragen«, hat die Anni gesagt, und dann, etwas süffisant: »Mein Bruder spielt in der Mannschaft.« Dann ist es kurz leise gewesen. »Was?«, hat der Karl hingehaucht, »Dein Bruder spielt bei Rapid?« Die Anni hat mit den Schultern gezuckt. Ihr hat gefallen, dass man alle ihre Bewegungen unter der dünnen Bluse gesehen hat. »Ja und? Ist ja nichts dabei.« – »Aber …«, hat der Karl gesagt, und die Anni ist aufgestanden. »Komm«, hat sie gesagt und ihn am Ärmel raufgezogen, »wir müssen hinaus.« –

»Aber doch noch nicht jetzt«, hat der Karl gesagt und verwirrt dreingeschaut, »wir fahren ja noch eine Station!« – »Geh, komm einfach mit«, hat die Anni gesagt und ihn hinter sich aus der Straßenbahn gezogen. Der Karl hat der Tramway fassungslos nachgeschaut und die Schwester von einem Rapid-Spieler betrachtet, die ihn an der Hand gefasst hat und viel zu wenig angehabt hat für diese Jahreszeit und ihn mitgezogen hat mit sich. »Vertrau mir«, hat sie gesagt und einen schnelleren Gang eingeschlagen, »ich hab da eine gewisse Abkürzung im Kopf.«

In der Spielerkabine ist es stickig gewesen und morsch, über den abgewetzten Holzbänken und Spinden ist ein alter Geruch geschwebt, und dazwischen frischer Schweiß. Die Anni hat kein Problem gehabt mit den Spielern, die in knielangen Sporthosen herumgegangen sind und ohne Leiberl, und die Spieler ganz offensichtlich nicht mit ihr. Sie hat jeden Einzelnen mit dem Vornamen begrüßt, und einem, der sich grad das Leiberl über den Kopf ziehen wollt, ist sie um den Hals gefallen. »Grüß dich Gott, Peter«, hat sie gesagt, »ich hab's doch noch geschafft. Freust dich nicht?« Die Anni hat den Bruder erwartungsvoll angeschaut, aber man hat gemerkt, dass der Bruder anderes im Kopf gehabt hat. »Schön«, hat er gesagt, und sie zur Seite geschoben, »das freut mich sehr.« Dann hat er seine Augen über den Raum gleiten lassen. »Ihr wisst's eh, wos ihr sitzen könnts, gö?«, hat er zur Anni gesagt, ohne sie anzuschauen. Die Anni hat was drauf sagen wollen, aber der Bruder ist schon verschwunden gewesen, weg durch die Menge zu den hinteren Kabinen hin, und hat die Anni stehen lassen.

Der Karl ist die ganze Zeit über im Eck gestanden und

hat sich nicht bewegt. Wie der dreingeschaut hat! Vor lauter Ehrfurcht hätt er wohl beinah das Atmen vergessen, hat sich die Anni gedacht und ist zu ihm hin. »Dort hinüber«, hat sie gesagt, und: »Ich hab nur den Bruder begrüßen wollen.« Sie ist mit dem Karl über den Gang zur Tribüne gegangen, und dann mit bestimmten Schritten zu einem Sektor, der von den anderen durch in Oberschenkelhöhe gespannte Schnüre abgetrennt gewesen ist. Die Anni wollt schon drübersteigen, wie sie von einem Wehrmachtssoldaten aufgehalten worden ist. »Wer sind Sie bitte?«, hat er sie angeschnauzt. »Ich bin die Anni«, hat die Anni gesagt und ihn verdutzt angeschaut. Seit wann ist dieser Block von Soldaten bewacht worden? Bei den Spielen? Komisch. »Und ich bin der Bertl«, hat der Soldat gesagt, und dann, ernster: »Wer sind Sie?« Die Anni hätt nicht gewusst, was sie machen hätt sollen, wenn nicht der Maier Adi auf sie zugekommen wär. Der hat sich beim letzten Spiel bei einem gemeinen Foul den Haxen gebrochen, da ist er am feuchten Rasen ganz blöd aufgekommen, und jetzt hat er sich das heutige Spiel von der Tribüne aus anschauen müssen. »Servus Anni«, hat er gesagt und ihr die Hand geschüttelt, »die gehört zum Bachinger Peter.« Der Wehrmachtssoldat hat sie prüfend angeschaut, dann hat er sie durchgelassen. Die Anni hat sich noch rechtzeitig an den Karl erinnert. »Und das ist ein Freund von mir«, hat sie gesagt, und dem Soldaten ist es recht gewesen.

Beim Drübersteigen über das Schnürl hätt's den Karl fast aufgehaut, und er hat noch immer nicht fassen können, dass er im Spielersektor sitzt, mit einer Spielerschwester, und sich das vielleicht ligaentscheidende Spiel der Saison anschaut. Zwei Jahre zuvor hat Rapid sogar die deutsche Meisterschaft gewonnen, und jetzt sitzt er da und schaut hinunter auf das Feld und schreibt vielleicht Geschichte damit. Der Karl ist baff gewesen.

Ihm ist gar nicht aufgefallen, dass die Anni sich gewünscht hätt, er hätt mehr Augen für sie gehabt und nicht so viele fürs Spielfeld. Während sich die Tribünen langsam gefüllt haben, sind sie dagesessen; er schweigsam und fasziniert, sie in ihrer leichten Bluse, die niemand gewürdigt hat, und hat sich fadisiert.

Seltsam, hat sie sich gedacht, wie sie auf die Uhr geschaut hat, das Spiel hätt schon längst anfangen müssen. Sie hat aber nichts gesagt; erst als sie mehr als zehn Minuten überfällig gewesen sind, hat sie sich zum Maier Adi umgedreht, der mit ausgestrecktem Haxen zwei Reihen hinter ihnen gesessen ist. »Was ist denn los?«, hat die Anni gefragt, »Wieso fangen's denn nicht an?« Aber der Maier Adi hat sie bedeutungsvoll angeschaut. »Wir warten noch auf jemanden.« – »Auf wen denn?«, hat die Anni gefragt, aber der Maier Adi hat abgewunken. »Wirst schon sehen«, hat er gesagt, »hab ein bissl eine Geduld.« Die Anni hat gar nicht gemerkt, dass der Karl zugehört gehabt hat. »Es wird wohl jemand Wichtiger sein«, hat er ihr zugeflüstert. »Woher willst du das wissen?«, hat ihn die Anni angeschnauzt, und erst jetzt ist ihr aufgefallen, dass sie ein bissl angefressen gewesen ist auf ihn. »Schau dir die Bewachung an. Was meinst du, warum hier Soldaten stehen?« Darüber hat die Anni noch gar nicht nachgedacht gehabt. Aber sie hat sich eingestehen müssen, dass er wohl recht gehabt hat damit. Die Anni hat geschwiegen.

Zehn Minuten später sind sie alle unruhig geworden. Die Anni hätt gar nicht sagen können, woher das gekommen ist, aber sie hat die Stimmung gespürt, bevor er eigentlich dagewesen ist. Aus demselben Tor, durch das sie vor einer Dreiviertelstunde mit dem Karl gegangen ist, sind drei Männer in schwarzen Uniformen gekommen. Die Anni hat geschluckt. So etwas Schönes hat sie noch nie gesehen gehabt. Und dann ist ein Mann herausgetreten, oh, so einen Mann hat man sich nur wünschen können! Ein ernstes Gesicht hat er gehabt, und dunkle Augen, das Haar, das an manchen Stellen schon grau gewesen ist, hat er eng anliegend am Kopf zurückgekämmt gehabt. Das matte Schwarz der Uniform hat unwirklich ausgeschaut zwischen ihren abgeschundenen Gewändern, und die Anni hat sich auf einmal ihrer Bluse geschämt, die sie schon seit mindestens zwei Saisonen getragen hat. Am Kragen und auf der Kappe, knapp über seinen Augen, hat etwas in der Sonne geblinkt, und wie die Anni genauer hingeschaut hat, hat sie einen Totenkopf gesehen. »Oh«, hat der Karl neben ihr gesagt, und wieder diese großen Augen gemacht, nur: »Oh.«

Die Anni hat gesehen, wie man wegen ihm die Schnüre abbinden wollte, aber er hat mit einer unglaublich würdigen Handbewegung abgewunken und einen kraftvollen Schritt darüber getan. Hinter der Anni hat's gekracht, und der Maier Adi ist samt seinem Gipshaxen aufgesprungen und hat den Hitlergruß gemacht. »Heil Hitler«, hat er geschrien, und seine Stimme hat sich fast überschlagen dabei. Alle Leute sind auf einmal ein bisschen größer geworden, wie er vorbeigegangen ist, sind ein bisschen strammer gestanden. So einen Effekt hat er gehabt. Und die Anni hat's nicht glauben können, dass er sie angeschaut hat. Sie hat sich aufgesetzt in ihrer Bluse und hat ihn angelächelt. Ihr ist ganz anders geworden, wie er ihre Reihe angesteuert hat. »Ist hier frei?«, hat er gesagt, und sie hat die Würde aus seiner Stimme herausgehört und die Selbstverständlichkeit. »Ja«, hat sie gesagt, und den Karl vergessen, der zu ihrer anderen Seite gesessen ist. Was ist ein Karl denn gegen so einen! »Wie ist der Name?«, hat er sie gefragt. Seine Augen sind an den ihren hängen geblieben, und die Anni hat es nicht glauben können. »Anni«, hat sie gesagt, »Anni Bachinger. Der Bruder spielt bei Rapid.« Ihm ist ein kurzes Lächeln um die Lippen geflogen, dann ist es gleich wieder verschwunden gewesen. »Na, dann wünsch ich ihm Glück«, hat er gesagt und sich ein Stück zur Seite gewendet. Er hat einem der wachhabenden Soldaten kurz zugenickt; der ist betriebsam nach hinten gelaufen, hat einem anderen Soldaten etwas zugeflüstert, der wiederum einem anderen, und keine zwei Minuten später hat das Spiel angefangen.

Die Halbzeit ist vorbei gewesen. Die Rapidler haben um ihr Leben gespielt. Es hat gut ausgesehen für sie. Aber die Anni hat keine Augen gehabt für das Spiel und für den Bruder, der sich da unten abgemüht hat. In periodischen Abständen sind Wellen des Aufruhrs durch das Stadion gebrandet, aber die Anni hat nur gespürt, dass er neben ihr gesessen ist, und sie hat das Gefühl gehabt, dass ein bisschen was von seiner Würde auf sie ausgestrahlt hat. »Na, da hat der Bruder aber keine Chance gehabt«, hat sie es plötzlich an ihrem Ohr gehört. Sie hat sich nicht getraut, den Kopf zu wenden, aber sie hat seinen Atem neben sich gespürt. »Dass man ihn da so alleine lässt am Feld …« Die Anni hat genickt. Ihre Kehle ist ihr trocken geworden. »Anni, hm?«, hat er gesagt, und seine Stimme hat auf einmal einen sanften Tonfall angenommen. Jetzt hat sie ihn doch angeschaut, und sie hat genau gewusst, was der

Blick geheißen hat, dem sie da begegnet ist. »Kannst stolz sein auf den Bruder«, hat er gesagt, »das ist eine kniffflige Situation gewesen. Er ist der Einzige, der aufrichtig kämpft.« Und, als ob es selbstverständlich gewesen wär, hat er seinen Arm um ihre Schulter gelegt, und niemand schien es in der Hitze des Spiels bemerkt zu haben. Nur, als sie sich kurz umgewendet hat, hat sie den Karl gesehen, der seine Ehrfurcht ein paar Sekunden lang vergessen gehabt hat. Aber lang genug, dass sie sich freuen hat können über diesen Blick.

Kurz vor Spielschluss hat ihr der Mann in der schwarzen Uniform was ins Ohr geflüstert. »Morgen triffst mich im Hotel Bristol«, hat er gesagt, »der Untersturmführer Wipplinger gibt dir alle weiteren Instruktionen. Ist dir das recht?« Die Anni hat sich zu ihm hingedreht und genickt. Sie hat nicht gewusst, wie sie ihn anschauen soll. Er hat ihr die Hand auf den Schenkel gelegt und mit diesem flüchtigen, kaum merklichen Lächeln gesagt: »Und schüchtern sein musst nicht. Eine deutsche Frau fürchtet sich nicht.« Die Anni hat dumpf vernommen, wie sich die Rapid-Viertelstunde ihrem Ende zugeneigt hat. Dann ist das Spiel aus gewesen, die Rapidler haben gewonnen. Das übliche Getös hat sich aus den Rängen erhoben, lauter als vor Spielschluss, aber die Anni hat nichts davon gehört. Ihr ist die Präsenz seines Körpers in dem Moment abgegangen, als er sich erhoben hat. Er hat sich umgedreht und einem zwischen Fußballaufregung und offiziöser Ehrfurcht heftig schwankenden Maier Adi die Hand geschüttelt. »Mit Kampfeswillen für das nächste Mal«, hat er gesagt, und: »Ich gratuliere.« Dann ist er wieder über die Schnüre gestiegen. »Heil Hitler«, hat er gesagt, und »Heil Hitler« ist es von der Tribüne zurückgekommen. Dann ist er gegangen, und die ernsten schwarzen Soldaten hinter ihm drein, ohne dass er sich noch ein einziges Mal nach der Anni umgewendet hätt.

3.

Diese Stadt war hässlich. Sie war ihm, um es präziser zu beschreiben, zutiefst zuwider. Er wusste nicht, was er hier tat, und hatte dennoch dankbar zu sein, dass er hier angekommen war. Diese Lage behagte ihm nicht – er war im Grunde ein sehr bescheidener Mensch, aber das Gefühl, jemandem dankbar sein zu müssen, machte ihn unruhig.

Jemand hatte ihn hergebracht. Dafür stand er in jemandes Schuld. Er wusste noch nicht genau, in wessen, aber er hatte da so seine Ahnungen. Er würde sich mit seiner Frau in Verbindung setzen, und sie würde es für ihn in Erfahrung bringen. Welche Rolle seine Frau in dieser Geschichte spielte, war ihm ebenfalls noch nicht klar. Er hatte aber auch hier das Gefühl, dankbar sein zu müssen. Das gefiel ihm in diesem Fall so wenig wie in jedem anderen.

Zu sagen, die Reise wäre beschwerlich gewesen, wäre noch eine Untertreibung gewesen. Er war es gewohnt, anders behandelt zu werden. Nun hieß er Karl Müller und brauchte eine Zeit, um sich daran zu gewöhnen. Auch war er jetzt zwanzig Jahre jünger, was sich nicht jedem leicht verkaufen ließ. Bei der überstürzten Flucht hatte er nur den Einzugsbefehl mitnehmen können, der Namen und Geburtsdatum, nicht aber sein Foto enthielt. Karl hatte Glück gehabt; er war ausschließlich Menschen begegnet, die seiner Sache wohlwollend gegenübergestanden waren und nicht allzu genau nachgesehen hatten. Das lag wohl auch daran, dass er sich die Menschen, denen er begegnen würde, sehr genau ausgesucht hatte. Von Italien aus hatte er sich ans Meer durchgeschlagen und einiges an Unterstützung von kirchlicher Seite erfahren. Es hatte zwar verhältnismäßig lange gedauert, aber nach gut zwei Wochen war er am Hafen angekommen. Die längeren Aufenthalte, die teilweise überstürzt zurückgelegten Wege und dann das tagelange Verstecken hatten sich gelohnt. Jemand hatte für ihn am Schiff reserviert. Man erwartete ihn. Nein, das heißt: Man erwartete einen gewissen Karl Müller und Karl Müller würde schwer arbeiten müssen an Deck.

Die zwei Wochen, die er sich auf See befand, war er ein braver Arbeiter. Er murrte nicht. Wozu er angewiesen wurde, das tat er auch. Er war nur mehr Karl Müller, und als Karl Müller hatte man zu arbeiten. Karl Müller war keiner, der sich ein Aufmucken leisten konnte. Dazu war er dann doch zu solide.

An manchen Abenden, als die Matrosen bei Wein und einem mageren Abendessen zusammensaßen, hatte er beim Kapitän vorgefühlt. Der Mann war ein Ungar mit deutschen Wurzeln. Karl Müller hatte keine Ahnung, wie ein Ungar zur Seeschifffahrt kam, aber irgendwo musste er es wohl gelernt haben. Er ließ hie und da eine Andeutung fallen, die man immer auch anders hätte deuten können, aber der Kapitän reagierte auf keine von ihnen. Karl war sich nicht sicher, ob er bloß zu viel getrunken hatte, um die Anspielungen richtig einzuordnen, oder ob er sie tatsächlich überhören wollte. Aber er hakte nicht nach. Karl war nicht in der Position, nachzuhaken. Solange das Schiff nicht angelandet war, hatte er mit allem zufrieden zu sein, allem voran damit, dass es so mühelos und unbehelligt über die Wellen glitt und keine Anstalten machte, unterzugehen.

Der echte Karl Müller war leider verstorben. Ein tragischer Fall. Er war ein junger Mensch gewesen, hoffnungsvoll, vor einem Leben voller ausgezeichneter Perspektiven. Aber oft wollte das Schicksal eben anders, als man selber wollte, und nun war Karl Müller tot und er Karl Müller. Er hatte dankbar zu sein. Und doch beruhigte ihn der Gedanke, dass derjenige, dem er Dank zu zollen hatte, diesen nicht mehr in Empfang zu nehmen imstande war. So leid ihm dessen Tod auch tat, Karl Müller war für eine gute Sache gestorben. Und er war immerhin wieder auferstanden, was nicht jeder von sich sagen konnte.

Offiziell war er jetzt Deutscher. Er hatte Glück, dass wenige Leute an Bord waren, die die Fähigkeit gehabt hätten, den einen deutschen Dialekt von einem anderen zu unterscheiden. Außerdem hatte er in den letzten Jahren viel mit Reichsdeutschen zu tun gehabt; wenn er dabei in seinen ursprünglichen Dialekt verfallen wäre, hätte man ihn wohl nicht verstanden, oder – im besten Falle – für pittoresk gehalten. Karl hatte sich ein nicht zuordenbares Deutsch zugelegt, das seinem eigenen Empfinden nach charakterlos und ohne große Bewegung in den Worten war. Und dieses eigenartige Hybrid kam ihm jetzt zugute. Er hatte das Breite, Langgezogene aus seiner Sprache nahezu verbannt, er war Karl Müller, der Wien bestenfalls an der Oberfläche gekannt und mit dem alten Österreich aber auch gar nichts zu tun gehabt hatte.

Nach zwei bescheidenen und größtenteils ereignislosen Wochen landete Karl Müller an. Er stieg an Deck und ließ seinen Blick über das neue Land gleiten. Hier würde er nicht bleiben können, das wusste er. Man hatte anderes für ihn arrangiert. Er war nicht sonderlich betrübt darüber, dass er nun weiterreisen musste; die Hafengegend war dreckig und sah trotz ihrer unüberschaubaren Größe seltsam mickrig aus. Selbst für ein zurückgebliebenes Land war sie viel zu heruntergekommen, als dass man ein längeres Verweilen ernsthaft hätte erwägen können. Nun denn. Karl Müller ging ein letztes Mal in die Kajüte, packte seine Habseligkeiten zusammen, grüßte höflich in Richtung des Kapitäns und ging.

Karl hätte sich eigentlich glücklich schätzen können. Von der Hafengegend ins Landesinnere vorzudringen, war leichter, als er gedacht hatte. Die fremde Sprache behinderte ihn auch nicht sonderlich. Mit seinen brüchigen Kenntnissen des Lateinischen konnte er schnell folgern, was die einzelnen, in seltsamem Singsang vorgetragenen Worte zu bedeuten hatten. Er war hier ein Ausländer wie viele andere auch, ein Fremder, der öfters nach dem Weg fragen musste und das nur mit Müh und Not zusammenbrachte, aber das war nicht das Problem.

Was ihm mehr zu schaffen machte, war die schiere Größe dieser Stadt. Sie schlug ihm schnell aufs Gemüt. Die zwei Tage, die er hier verbringen musste, bis sein Kontaktmann erscheinen würde, wurden ihm die längsten seiner ganzen Flucht. Er hatte Wien gemocht, weil es eben keine Stadt war; selbst Karl Müller, der nicht lang dort gelebt hatte, hatte sich damit anfreunden können. Aber das hier? Zwei scheinbar endlose Herbstnachmittage schritt er in einem unüberblickbaren Gewühl viel zu bunter Menschen die Straßen hinauf und hinunter. Er hatte keine rechte Ahnung, wohin er ging; und dennoch hätte er hier nicht viel anderes machen können als gehen. Karl fühlte sich wie ein eckiger Fremdkörper in diesem runden, geschwungenen Getümmel; selbst wenn er mitmachen hätte wollen, hätte er es nicht gekonnt. Karl Müller fiel es schwer, sich vorzustellen, dass bei ihm zu Hause gerade der Sommer anbrach. Ja, dieser Gedanke war gerechtfertigt. Auch bei Karl Müller zu Hause würde es nun schön langsam wärmer werden, würde sich die Hitze über die breiten deutschen Alleen senken und sie über den Sommer beinahe verstummen lassen. Und Karl Müller durfte an sein Zuhause denken, das war er sich beinahe schuldig, um sich selbst im Gedächtnis zu bewahren. Eigentlich eine Schande, dass er sich nicht mehr von seinen Eltern hatte verabschieden können. Das hätte der Anstand geboten. Er hat zwar die Eltern des Karl Müller nicht wirklich gekannt, aber er hätte sich zumindest schriftlich von ihnen verabschieden müssen. Er begann, an diesem Spielchen Gefallen zu finden, und vertrieb sich die Zeit bis zu seiner geplanten Abfahrt damit, sich Karl Müllers heimatlichen Bauernhof vorzustellen – er hatte sogar schon den Kühen Namen gegeben, als ihm einfiel, dass der begüterte Müller wohl kaum auf einem Bauernhof aufgewachsen sein konnte, und dass ein Bauernhof selten von breiten Alleen gesäumt war.

Einen Tag zu spät traf der Kontaktmann ein. Es war ein Indio, ein Subjekt, dem er zu Hause nicht einmal die Hand geschüttelt hätte. Aber hier hatte er dankbar zu sein. Auch ihm. Man hatte Karl erzählt, dass dieser Mann ein großes Risiko auf sich nehme, ihn in dem Kleinbus seines Transportunternehmens quer über den Kontinent zu verfrachten. Man hatte ihn unter erheblichem Mittelaufwand überzeugen müssen, die Abmachung einzugehen.

Karl konnte sich denken, wie weit die Menschenliebe dieses Individuums ging. Aber das hier waren andere Sitten; in anderen Ländern war nun auch er ein anderer Mensch. Karl Müller schien ihm ein sanftmütiger Zeitgenosse gewesen zu sein. Karl Müller hätte den Indio ertragen. Er hätte ihn vielleicht nicht gemocht, aber in stillem Leid erduldet. Er mühte sich nun, ein Karl Müller zu sein. Aber die Hand würde er diesem Subjekt trotzdem nicht geben.

Als sie sich im vereinbarten Café trafen, sprachen sie nicht viel. Karl hatte die letzten Vormittage dort verbracht, regungslos in einem der spröden Korbsessel in dem kleinen Gastgarten sitzend, der auf einen stark belebten Platz hinauswies. Es dürfte nicht schwer gewesen sein, Karl als Karl zu erkennen. Ihm selbst war sofort aufgefallen, dass er sich anders bewegte als die Leute hier, dass er anders dasaß, dreinsah und sogar die Füße anders hielt beim Überschlagen. Wenn sie genau geschaut hätten, hätten sie sich wohl denken können, woher er kam und was er vorhatte. Aber hier schaute niemand genau; das konnten sich die Leute nicht leisten – außer, es wurde ihnen aufgetragen. Trotz ihrer Primitivität hatten sie diese elementaren Regeln friedlichen Zusammenlebens ganz augenscheinlich internalisiert. Diese Erkenntnis war so ziemlich das Erste, was ihm an diesem Kontinent gefiel. Es erinnerte ihn an zu Hause.

Der Indio kam und trat unangenehm nahe an seinen Tisch heran. Er betrachtete Karl einige Sekunden still, bevor er ihm dann ein krächzendes »Karl Müller?« entgegenstieß. Karl nickte. Er war überrascht; er hätte eine derartige Stimme nicht von einem so jungen Mann erwartet. Der Indio konnte nicht älter als dreißig sein. Er war von bulliger Statur; er sah gesund aus, wenn nicht sogar etwas einschüchternd. Und dennoch sprach er so, wie sein Großvater immer gesprochen hatte – mit einer hohen, abgenutzten Stimme, die beinahe wehleidig klang; die ein undefinierbares Krächzen in sich trug, ein Knarren, das zwischen den Worten lag, und sich nur an den allerwenigsten Konsonanten tatsächlich manifestierte. Obwohl sein Großvater schon an die zwanzig Jahre tot gewesen sein musste, hatte er diese Stimmlage noch ganz genau im Ohr. Mit einem Kopfschütteln erinnerte sich Karl daran, dass das nicht seine Gedanken waren; Karl Müller hatte vielleicht gar keinen Großvater gehabt, und wenn, dann wohl einen pfeifenrauchenden, reichsdeutschen Großvater, der sich auf seine Mistgabel gestützt hatte, während er den Kühen zusah, wie sie die Alleen hinauf- und hinunterpromenierten. Der Indio sah ihn verärgert an und wollte sich schon wegdrehen, als Karl schloss, dass er sein Kopfschütteln missinterpretiert haben musste. »No, no«, sagte er und fasste ihn am Jackenärmel, »soy yo. Ist gut.« Der Indio zuckte mit den Schultern und ging vom Gastgarten hinaus auf den Platz, in der offensichtlichen Gewissheit, dass Karl ihm folgen würde. Er kannte dieses Gefühl, er hatte es oft genug selbst erlebt. Diese unterschwellige Befriedigung, die Gewissheit, dass sich das Meer vor dir teilen und hinter dir sich nahtlos wieder schließen würde, ohne dass dir nur ein Spritzer Wasser auf die Schuhe gelangte. Karl hatte sich nie gestattet, diese Befriedigung in allzu großem Überschwang auszukosten. Dann hätte sie ihre Unterschwelligkeit verloren und damit ihre Selbstverständlichkeit. Erst als sich sein Führer umdrehte, um zu sehen, ob er folgte, wurde ihm klar, dass dieses Männchen nicht er war, sondern nur ein armseliger Indio. Einen kurzen Moment schwindelte es ihn, dann fasste er sich wieder. Er war zu Dankbarkeit verpflichtet. Daran war nicht zu rütteln. Karl folgte dem Indio über den Platz, wich Autos und radfahrenden Jugendlichen aus. Er glaubte, sein Führer habe sich im Fahrzeug vertan, als er kaum merklich auf einen uralten Transportlaster deutete. »Transporte de Naranjas« stand auf einer ausgebleichten Plane geschrieben, die sich quer über das Fahrgerüst spannte. Vorne und hinten war der Lastwagen mit Holzplatten vernagelt, so dass er von keiner Seite aus einsehbar war. Karl hätte es sich denken können. Sowohl das Gerüst als auch die Plane sahen aus, als würden sie den Kräften der Natur nicht mehr lange standhalten und jede Minute in sich zusammenfallen. Der Indio rollte die Plane an einer Seite hoch und blickte um sich. Anscheinend maß ihnen niemand genügend Bedeutung zu, um sie zu beobachten. Er deutete Karl, hineinzuklettern. Während Karl zwischen den mannshoch aufgetürmten Orangensäcken und -kisten durchkroch, um sich den Weg zu der hinteren Schmalseite des Fahrzeugs zu bahnen, hörte er, wie der Indio den Motor anließ. Ein leises Explodieren, wenn so etwas überhaupt möglich war, eine beständige Kette von weit entfernten Kanonenschüssen drang an sein Ohr. Der Lastwagen setzte sich in Bewegung. Karl fand endlich eine Position, die ihm auch auf längere Zeit nicht allzu unangenehm sein würde, und ließ sich nieder. Er türmte die Säcke und Kisten um sich auf, sodass ihn keiner sehen konnte, egal, von welcher Seite die Plane gehoben würde. Karl legte sich einen Sack reifer Orangen so auf den Bauch, dass er möglichst wenig schmerzte, und befand nun, dass er gut genug getarnt war. Einzelne Orangen, deren Ausformungen Karl unter dem Schwanken des Lastwagens sehr genau spüren konnte, drückten ihm in die Magengrube. Er betrachtete eine aus schwachem Holz zusammengezimmerte Orangenkiste, die in bedenklicher Nähe zu seinem Kopf in gleichmäßiges Schwanken geriet. Die Orangenberge links und rechts von ihm drückten auf ihn herab, hie und da drohte ein Sack ihm das Blut im versteckten Oberarm abzusperren. Er schob alles immer wieder beiseite. Es war eine endlose Beschäftigung, aber eine beruhigende.

Karl beschloss, sich keine Sorgen zu machen. Alles würde sich weisen. Wenn dieser Wagen den ersten Buckel in der Straße überstanden hatte, würde er höchstwahrscheinlich auch den zweiten nehmen. Karl konnte seine jetzige Position noch nicht in allen Einzelheiten abschätzen, aber es schien ihm, als könnte sich der Indio nicht leisten, einen wie ihn an die Straßenverhältnisse, an die Übermacht der Orangen oder gar an eine schlecht gewartete Pistole zu verlieren. Man wartete auf Karl. Man hatte seine Flucht geplant; jemandem war an seinem Fortkommen gelegen. Wer das war, das wusste er noch nicht. Karl verlagerte sein Gewicht und zog den einen Fuß an, um den Turm von Orangenkisten vor sich zu stabilisieren. Ohne sichtbaren Erfolg; die Orangen schwankten weiter.

Karl hatte Perspektive. Streng genommen war Karl nicht einmal Karl. Sein Nicht-Wissen im richtigen Moment zu vergessen, war von elementarer strategischer Bedeutung. Es würde eine schwierige Aufgabe werden, diesen Moment abzusehen, und den Sachverhalt, dass er im Grunde war, was er nicht war, ohne das jemals gewesen zu sein, in der adäquaten Form zu kommunizieren. Mit Bestimmtheit und Nachdruck würde er seine Verbündeten identifizieren. Er würde nichts überstürzen. Er hatte jetzt Zeit. Karl streckte den Fuß wieder aus. Es war zwecklos zu versuchen, das Schwanken einzudämmen. Es hatte mittlerweile einen gleichmäßigen, beinahe einschläfernden Rhythmus angenommen. Die Türme von Kisten schienen ihm stabil genug. Er beschloss, sie nicht weiter zu beachten.

Karl war nicht irgendwer. In dem Moment, in dem ihm zwischen dem Wogen und Schlagen der Orangen bewusst wurde, wer er einmal gewesen war, hatte er es schon wieder vergessen. Karl war ein flexibler Mensch. Er lehnte sich zurück und ignorierte die Orange, die ihn in den Rücken drückte. Durch die helle Plane drang fast kein Licht mehr. Der Indio machte keine Anstalten anzuhalten. Karl würde die Nacht wohl hier verbringen müssen. Mit einigem Glück war er am Morgen dort, wo er hinwollte. Er schloss die Augen. Kurz bevor er einschlief, drang ein simples, aber tief empfundenes Gefühl durch seinen ganzen Körper: Karl Müller war ein Glückspilz. Ein einfacher, ehrlicher Mensch. Und er war ihm dankbar dafür.

4.

Auf dem Weg zum Notar hat er sich das alles gedacht. Er hat an unheimlich viel gedacht auf dem Weg zum Notar, aber nicht an das Wesentliche. Der Ferdl hat den Rückspiegel hypnotisiert, wie er in die Stadt gefahren ist, er hat sich selbst ins Gesicht geschaut und immer nur den Ferdl drin gesehen. Er hat sich gefragt, ob er besser ausgesehen hätte, wenn er ein schöneres Auto gefahren wäre, wenn der Spiegel nicht schon halb herausgehangen wäre aus seiner Verankerung, wenn Leder über die Sitze gespannt gewesen wäre statt einem Stoff, der tatsächlich das Kunststück vollbracht hat, gar keine Farbe zu haben, und wenn, dann eine Farbe, die es eigentlich nicht geben hätte sollen. Aber der Ferdl hat den Verdacht gehabt, dass das an seinem Erscheinungsbild nichts geändert hätte. Der Ferdl hat nach einem Zug von der Tante Meri in seinem Spiegelbild gesucht. Vielleicht ist es die Nase gewesen? Aber nein, die ist anders herausgestanden aus seinem Gesicht als aus dem von der Tante Meri. Die Ohren? Nein, wirklich nicht. An den Ohren hat ihn noch niemand erkannt. Jetzt hat er etwas geerbt von ihr, und er ist sich noch nicht einmal sicher gewesen, ob sie irgendwie verwandt gewesen sind miteinander. Ihm ist es ja wurscht gewesen, eigentlich, aber wie hat er dem Notar begegnen sollen?

Er hat ja schlecht sagen können, wenn er ihn nach der Beziehung fragt, in der die zwei gestanden sind, »Na ja, das ist halt die Tante Meri gewesen«, und fertig. Aber der Ferdl hat genau gewusst, dass es da nicht viel mehr zu sagen gegeben hätte. Eine Zeit lang hat der Ferdl geglaubt, dass seine Mutter und die Tante Meri Cousinen gewesen sind, aber wenn er's recht bedacht hat, dann hat genauso viel dagegen gesprochen, wie dafür gesprochen hat. Die Mutter ist zum Beispiel wesentlich jünger gewesen als die Tante Meri. Das ist dem Ferdl erst relativ spät aufgefallen. Wie er sich damals, als er die Mutter hinausbegleitet hat, noch einmal ihre Geburtsurkunde angeschaut hat, hat er gesehen, dass es volle zwanzig Jahre gewesen sind. Der Ferdl hat gewusst, dass es alle Arten von Beziehungen gibt auf dieser Welt, aber die Chancen für so eine Beziehung, die dann auch noch so lange hält und augenscheinlich auf keiner besonderen Sympathie beruht, die sind schon absonderlich schlecht gestanden.

Manchmal hat der Ferdl ja geglaubt, er ist unterbeschäftigt. Nicht jetzt arbeitstechnisch – da hat er sich nicht beklagen können. Er hat sich gedacht, mehr intellektuell. Der Ferdl hat nicht arrogant wirken wollen mit solchen Beobachtungen, aber im Dorf ist halt doch nicht so viel passiert, was seinen Geist anregen hätte können. Der Ferdl hat sich manchmal gewundert, wie viel die Leute im Dorf nicht gedacht haben, welche Fragen sie alle nicht gestellt haben und welche Dinge sie nicht gesehen haben. Die Leute sind über ihr Leben drübergestiegen; mit großen Schritten haben sie die schönsten Erlebnisse übergangen und haben nicht darauf geachtet, was da eigentlich vor ihnen gelegen ist. Den Ferdl hat das sehr gewundert. Er hat sich manchmal gedacht, dass man die schönen Dinge nur ertragen kann, wenn man nicht allzu genau hinschaut, weil sonst würden sie einen erschlagen mit ihrer Schönheit. Die Leute müssen das gespürt haben; die haben nicht hingeschaut und haben doch mit großem Eifer alle Fehler gemacht, die man nur machen hat können auf dieser Welt, mehrmals, mit Nachdruck und blinder Entschlossenheit. Der Ferdl hat das nicht ganz verstanden; wie man sehenden Auges die Dinge nicht sehen hat können, wie man sich mutwillig in seine eigenen Abgründe stürzen und gleichzeitig aufrichtig behaupten hat können, man hätte die Schwierigkeiten danach nicht kommen gesehen. Er wäre mit Sicherheit der Typ gewesen, der genau geschaut hätte auf alles in der Welt, auf jede einzelne Falte an den Dingen, und der erschlagen würde und der dann tot gewesen wäre davon. Deshalb hat er sich bemüht, gleich gar nicht hinzuschauen, und hat das zu seinem Leidwesen die meiste Zeit auch geschafft.

Von außen hätte man also gesagt, dem Ferdl ist fad gewesen im Schädel. Man wär nicht einmal sonderlich falsch gelegen damit. Genauer betrachtet ist dem Ferdl schon immer ein bissl fad gewesen in seinem Kopf, aber dazu, dass er was dagegen tut, hat er sich auch nicht aufraffen können. Durch die Schule ist er durchgeschwommen, da hat sich nicht viel getan. Dann hat er eine Lehre zum Installateur gemacht. Das Spannendste, was er in der Lehre machen hat müssen, war Rohrverschlüsse beseitigen, und nicht einmal das hat ihn sonderlich interessiert. Wenn er ehrlich gewesen ist, dann ist ihm das alles schon nach zwei Wochen auf den Keks gegangen – diese vermaledeiten Rohrverschlüsse, die Haarklumpen, die er aus fremden Abgüssen herausgezogen hat unter den gestrengen Blicken der jeweiligen Hausfrau, das abgestandene

Wasser, das ihm bis zu den Ellenbogen hineingeronnen ist in seine Arbeitsanzugärmel, und nicht zuletzt das Faktum, dass alle Wasserrohrbrüche und sonstigen Katastrophen generell nur in der Nacht passiert sind. Aber was hätt er denn tun sollen? Der Ferdl hat halt weitergeschraubt und weiter Rohre abgedichtet. Damit hat er begonnen gehabt, und damit hat er weitergemacht. Der Ferdl hat seinen kleinen Betrieb geführt, davon hat er leben können. Für mehr hätt ihm die Energie gefehlt.

Es wäre zu viel gewesen, zu behaupten, dass der Ferdl das alles mit Verachtung gemacht hätte. Dass ihm das wirklich widerstrebt hätte, dass er sich überwinden hätte müssen. Das hat nicht gestimmt. Dem Ferdl ist es schlicht und einfach wurscht gewesen. Ihm ist unheimlich viel auf dieser Welt wurscht gewesen, oder vielleicht hat er sich auch nur so lange ruhiggestellt, bis sich alles für ihn ins Wurschtige gewandelt hat, er hat es nicht mit Sicherheit gewusst. Aber das Ergebnis ist in jedem Fall das gleiche gewesen.

Weil aber der Kopf vom Ferdl dabei nicht mitgezogen hat, und weil dem Kopf vom Ferdl eigentlich einiges nicht wurscht gewesen wäre, hat er gedacht. Der Ferdl hat oft zu viel gedacht. Man hat sogar sagen können, dass sich der Ferdl schwer geprüft hat mit seinen eigenen Gedanken. Er hat sie sich selber nachgeschmissen wie kleine Andenken, die er eigentlich nicht behalten hat wollen und die ihm dann doch geblieben sind. Das sind alles keine großen Gedanken gewesen oder wichtige, aber welche, die einem unglaublich lästig werden haben können. Das ist zum Beispiel ein Verdacht gewesen, den er sich nicht ausreden hat können. Ein vages Gefühl. Eine Vermutung, an deren Sinnhaftigkeit er selber stark gezweifelt hat, die sich aber beständig geweigert hat, sich zu entmuten, wenn man das so sagen kann. Generell hat der Ferdinand die Katastrophen, wenn sie denn passiert sind, schon von Weitem kommen sehen. Das hat man als Vorteil betrachten können oder als Nachteil. Beim Leben im Dorf und – den Verdacht hat der Ferdl ebenfalls gehegt – überall anders in der Welt hat man das wohl eher als Nachteil bezeichnen müssen denn als Vorteil. Der Ferdl hat keinen Fehler machen können, ohne dass er nicht schon, während er ihn gemacht hat, von Peinlichkeit oder Sorge oder der Bemühung um Schadensbegrenzung geplagt worden wäre. Er hat nicht mit unschuldiger Inbrunst Scheiße bauen können, er hat sich nicht so hemmungslos in seine persönlichen Fettnäpfchen stürzen können wie alle anderen auch. Das wäre nicht gegangen. Der Ferdl hat sich ja gekannt. Er ist seinen eigenen Urteilen etwas skeptischer gegenübergestanden als andere Menschen den ihrigen, weil er meistens zu viele davon gefällt hat. Insofern hat der Ferdl seinen eigenen Schlussfolgerungen misstraut in dem Moment, wo er sie gezogen hat. Das werden wohl wieder nur solche Gedanken sein, die das Leben verkomplizieren, hat er sich gedacht, die ihm den Weg verstellen und sich mit ihrer eigentümlich klebrigen Konsistenz an sein Handeln anheften. Gedanken, ohne die es eigentlich leichter gegangen wäre. Und trotzdem hat sich der Ferdl gedacht, dass es in der seltsamen Beziehung zwischen der Mutter und der Tante Meri irgendetwas Verbindendes gegeben haben muss, sonst hätte das ja nicht gehalten. Das muss irgendetwas gewesen sein, was er jetzt noch nicht überblicken hat können. Er hat den Verdacht gehabt, dass sich etwas Großes aufgetan hat vor ihm, dessen Dimensionen sich ihm nur deswegen nicht erschlossen haben, weil er mittendrinnen steckt. Der Ferdl hat sich gewünscht, er hätte in der Vergangenheit weniger oft recht behalten mit seinen Einschätzungen, er hätte mehr Fehler gemacht und mehr Fettnäpfchen übersehen. Dann wäre die Chance größer gewesen, dass er sich diese Sache nur eingebildet hat. Oder dass er das, was sich vor ihm aufgetan hat, übersehen hätte. Aber der Ferdl hat die Blicke gesehen, die sich die beiden zugeworfen haben. Er hat gemerkt, dass da Konflikt in der Luft gelegen ist, schon als Kind hat er das überrissen gehabt. Und trotzdem haben sie sich bis zu ihrem Tod gegenseitig die Treue gehalten; jede widerwillig, jede auf ihre Weise, aber dennoch jede unumstößlich. Da ist irgendetwas im Busch gelegen, das hat der Ferdl gespürt. Und was einmal im Busch gelegen ist, das ist dort meistens nicht liegen geblieben, auch wenn es von der Weiten noch so reglos ausgesehen hat.

Wenn etwas passiert ist, dann hat es der Ferdl also von ferne kommen gesehen, nicht immer freiwillig, aber meistens sehr deutlich. Und jetzt hat sich etwas aufgetan, hat sich gewissermaßen eine Staubwolke am Horizont erhoben, und hat ihm ein ziemlich ungutes Gefühl in die Magengrube geschoben. Dieses Gefühl hat sich in dem ganzen Ferdl ausgebreitet, es ist ihm unter den Fingerspitzen gesessen und bis in seine dürren Knochen hineingefahren an diesem tristen Herbstmorgen auf der Autobahn. Das Gefühl hat den Ferdl vor sich hergeschoben, ihn inhaliert, ihn durchgekaut und nicht wieder ausgespuckt. Und es hat ihm Sorgen gemacht.

Es ist beim Begräbnis von seiner Mutter gewesen, dass ihm diese Sache zum ersten Mal wirklich aufgefallen ist. Die Tante Meri ist ja in Gesellschaft eine ausgesprochen erträgliche Person gewesen. Sie hat sich zwar nicht gerne unter Leute begeben, aber wenn sie einmal dort gewesen ist, dann ist sie brillant gewesen. Anders hat man das nicht beschreiben können. Selbst als die alte Frau, die sie am Ende doch gewesen ist, ist sie hereinstolziert in einen Raum; ihre ehemals hohe Gestalt zwar schon etwas gebückt, aber noch immer straff und irgendwie erhaben. Die Turmfrisur, die sich bei der Tante Meri auch gehalten hat, wie toupierte Haare schon längst aus der Mode gewesen sind, hat im Rhythmus ihrer kleinen Schritte geschwankt. Die Blicke, die sie den Leuten zugeworfen hat, haben sie verstummen lassen; unter ihren Augen sind sie ein bisschen kleiner geworden als sonst. Man hat das Bedürfnis gehabt, den Kopf vor ihr zu beugen. Das ganze Wesen der Tante Meri hat einen Adel ausgestrahlt, wie es ihn im Dorf sonst nicht gegeben hat, und das hat die Tante Meri genau gewusst.

Auch zum Begräbnis der Mutter ist sie so gekommen. Draußen hat die laue Frühlingssonne vom Himmel heruntergeschienen und die Leute ein bisschen überrascht. Sie hat den geschotterten Kirchenvorplatz, der noch nicht ganz auf Frühling eingestellt gewesen ist, schön langsam auf Temperatur gebracht. Anfang Mai ist es gewesen, und bis dato unüblich kalt. Wenn er sich richtig erinnern hat können, dann ist das der Tag gewesen, wo sich der Frühling zum ersten Mal so richtig gezeigt hat. Die Leute haben den Ferdl begrüßt, und einer nach dem anderen sind sie in die Kirche hineingesickert. Wie alle drinnen gewesen sind, ist der Ferdl nachgekommen und hat sich in die erste Reihe gesetzt. Drinnen hat sich die steinerne Kälte noch erfolgreich gegen die hereinbrechende Frühlingswärme gewehrt gehabt. Der Ferdl hat sich das Sakko enger um den Leib gezogen und hat sich gefragt, wo die Tante Meri bleibt. Grad, wie sie schon ohne sie beginnen haben wollen, ist es leise geworden um ihn herum, leiser als sonst in einer Kirche – Tante-Meri-leise ist es geworden. Der Ferdl hat gewusst, was jetzt kommt. Der Schweiß, der sich unter seinem Sakko angesammelt gehabt hat, ist schön langsam kälter geworden, hat sich angelegt und ihm das Festtagshemd an den Rücken geklebt. Er hat den Kopf gewendet. Obwohl ihm heiß gewesen ist, ist ihm die Ganselhaut aufgestiegen, vom Kreuz hinauf bis in den Nacken. Den Ferdinand hat's geschüttelt, wie er die Tante Meri gesehen hat. Aber er hat gehofft, es hat niemand mitbekommen.

Die Tante Meri ist in der Kirchentür gestanden, ihre Silhouette hat sich dunkel abgezeichnet gegen das helle Licht, das von draußen hereingeleuchtet hat. Einen Moment hat Stille geherrscht, ein jeder hat diese Erscheinung angeschaut, und dann ist sie losgegangen. Die Tante Meri ist mit ihren dünnen Stöckelschuhen bis ganz nach vorne geklappert. Ihre Beine sind schon ein bisschen auseinandergestanden, wie sie's bei alten Leuten halt so tun. Die Handtasche hat ausgeschaut, als wäre sie ihr in der Armbeuge angewachsen. Sie hat sich direkt neben den Ferdl gesetzt, der etwas verloren dagesessen ist als nächster und einziger Verwandter der Mutter. Über den Ferdl hätt man leicht hinwegschauen können, aber über die Tante Meri nicht. In ihrem dottergelben Kostüm ist sie neben ihm gesessen; der schwarze Überzieher hat die blanke Farbe nur mühsam verdeckt. Sie hat sich schon für den Leichenschmaus angezogen gehabt, hat sie ihm später erzählt, »und außerdem hätt deine Mutter so ein trauriges Schwarz nicht gemocht«. Der Ferdl ist sich in dieser Hinsicht nicht so sicher gewesen. Aber er hat nichts darauf erwidert.

Der Pfarrer hat gepredigt, der Chor hat gesungen, der Grabredner hat seine Grabrede gehalten – jeder im vollen Bewusstsein, dass alle Augen auf dem mausgrauen Haarturm in der ersten Reihe gelegen sind. Der Ferdl hat weitergeschwitzt, obwohl ihm nicht wirklich wärmer geworden ist dabei. Er hat gehofft, dass nicht so viele Blicke auf ihn abgefallen sind. Der Haarturm neben ihm hat ausgesehen, als wäre er auf der Tante Meri ihrem Kopf einzementiert gewesen, die ganze Tante Meri ist starr gesessen wie eine Statue, faltig, aber erhaben. Der Ferdl ist beeindruckt gewesen. Er hat nicht gewusst, dass ein Mensch so still sitzen kann, wenn er noch nicht tot ist. Er ist sich vorgekommen wie ein kleiner Bub neben ihr. Er hat sich seiner Erscheinung geschämt, einer jeden Regung, seines gesamten Daseins angesichts der Gestalt, die da neben ihm gesessen ist. Der Ferdl wäre neben der Tante Meri ihrer kalten Glorie am liebsten im harten Kirchenboden versunken, aber nicht einmal das hat er zuwege gebracht.

Der Leichenschmaus ist eine Tortur gewesen. Der Ferdl hat sich mit dem ganzen Dorf abgeben müssen, was er sonst tunlichst vermieden hat. Der Berger Michl – der Einzige, mit dem man ein vernünftiges Wort wechseln hat können – hat ihm geholfen bei den Vorbereitungen, der hat mit dem Wirt verhandelt und dem Ferdl gut zugeredet. »Ferdl«, hat er gesagt, »bei aller Liebe: Das ist deiner Mutter ihr großer Auftritt und nicht deiner.« Der Ferdl hat säuerlich gelächelt. Er hat an die Tante Meri gedacht. »Wenn ich nur schon so ruhig sein könnt wie sie«, hat er gesagt, worauf ihm der Berger Michl einen Stoß in die Rippen verpasst hat. Er hat den Ferdl mit seinen dicken Backen entsetzt angeschaut. »Versündig dich nicht«, hat er gesagt, »mit so was macht man keine Späße. Sonst muss ich mir noch Sorgen machen.« Der Ferdl hat abgewunken. Das ist halt der Berger Michl gewesen. Ängstlich, mit ein bisschen zu viel Sorge in den Augen und ein bisschen zu viel Speck an den Rippen. Aber wenigstens ist er ehrlich gewesen in seiner Besorgnis. Der Ferdl hat sich den Sitzplänen zugewendet, während der Berger Michl mit dem Wirt noch ein letztes Mal die Weinsorten durchgegangen ist. »Auf Wunsch«, hat er gesagt, »geben's ihnen einen Weißen.« – »Doch net zum Gulasch! Ich bitt Sie schön«, hat der Wirt gesagt, aber der Berger Michl hat sich nicht beirren lassen. »Auf Wunsch«, hat er gesagt und mit der Geduld, die nur der Berger Michl zuwege gebracht hat, »geben's ihnen sogar ein Cola Light dazu.«

Der Ferdl ist aufgeregter gewesen vor dem Begräbnis von seiner Mutter wie vor seiner eigenen Lehrabschlussprüfung. Er hat ja so was nicht oft erlebt, dörfliches Rampenlicht quasi, öffentliche Aufmerksamkeit. Der Ferdl hat richtig gemerkt, wie man ihn angeschaut hat, so als Mann. Schon in der Kirche hat man ihm Blicke zugeworfen. Dem Ferdl hat das nicht gefallen. Er ist ja schon weit über das heiratsfähige Alter hinaus gewesen, aber trotzdem haben ihn die Frauen noch so angeschaut, mit schiefgelegten Köpfen, und nachgedacht. Das ist dem Ferdl unangenehm geworden. Ob da ein Erbe ist. Ob was zu holen wär. Eigentlich wär er ja fesch, haben sie sich gedacht, aber wie er immer daherschlurft … Und viel zu dünn ist er, der Ferdl … Eigentlich hätt er ja ein schönes Gesicht, der Bursch, aber wenn er immer so verzwickt dreinschaut, wenn er nie was Nettes sagt … da kann man halt nichts machen. Der Ferdl hat höflich gelitten in seinem Anzug. Er hat sich bemüht, dabei so freundlich auszusehen, wie's ihm möglich gewesen ist. Und er ist richtig erleichtert gewesen, wie ihn die Tante Meri zu sich beordert hat nach dem Begräbnis, dass er sie vom Friedhof zum Leichenschmaus geleite.

Wie sich die Tante Meri bei ihm eingehängt hat, hat er gespürt, wie alt sie eigentlich gewesen ist. Er hat ja nicht mehr viel von ihr gesehen gehabt, seit die Mutter krank geworden ist. Ihr kleiner, alter Körper hat neben dem seinen gezittert. Er hat gemerkt, wie ihre Beine gescheppert haben, und dennoch hat jeder Schritt, den sie in den wackeligen Kies vom Friedhofsvorplatz gesetzt hat, eine unglaubliche Sicherheit ausgestrahlt. Der Ferdl hat länger gebraucht als seine Gäste, bis er das Gasthaus erreicht hat. Mit der Tante Meri ist er recht langsam dahingewackelt, außerdem hat sie ein paar Mal haltmachen müssen, um sich das Kopftuch zu richten. Es ist zwar kein Wind gegangen, aber die Tante Meri hat Wert auf Zeremoniell gelegt. Sie sind an einer Reihe von Wahlplakaten vorbeigekommen, die allesamt dasselbe Motiv gezeigt haben. Der einzige Grund, wieso der Ferdl ihnen Aufmerksamkeit geschenkt hat, war, weil er mit der Tante Meri in seltsamen Ellipsen drumherumsteuern hat müssen, was ihren Weg auch nicht gerade beschleunigt hat. Mitten auf dem Gehsteig sind diese Plakate gestanden, manchmal notdürftig an eine Laterne angebunden, manchmal haben sie ausgesehen, als wären sie kurz vorm Umfallen, und immer hat ihn dasselbe Gesicht von den bunten Flächen her angestarrt. Die Tante Meri hat drüber hinweggeschaut, wie es sich für eine Frau ihres Standes geziemt hat, und hat würdevolle, kleine Bogerln darum geschlagen.

Die Feier ist nicht so schlimm gewesen, wie der Ferdl es erwartet hätt. Er ist ja bei solchen Festen immer von vornherein ein bisschen angespannt gewesen. Der Ferdl hat in dieser Hinsicht keine sonderlich guten Erfahrungen gemacht; irgendjemand ist immer besoffen in der Ecke gelegen, oder es ist sonst etwas entgleist. Spätestens bei der Hauptspeise, hat sich der Ferdl gedacht, werden die Dinge schiefgehen, wird sich das Schicksal in irgendeiner Form gegen ihn wenden und ihm zäh und grünlich in die Suppen spucken. Aber nichts dergleichen ist passiert. Dass ihm der Berger Michl bei der Organisation zur Seite gestanden ist, hat ihn beruhigt, und so hat sich der Ferdl im Laufe des Abends zusehends entspannt. Er hat sich sogar dabei ertappt, wie er die Kleider von den Klinger-Schwestern gelobt hat. Zu seinem eigenen Erstaunen ist der Ferdl zu einem Punkt gelangt, wo er sich eingestehen hat müssen, dass es bis dato wirklich ein schöner Abend gewesen ist.

Die Tante Meri hat sich augenscheinlich auch gut amüsiert. Das hat man nicht direkt gesehen. Der Ferdl hat es daran gemerkt, dass sie noch dagewesen ist und ihn nicht schon gebeten hat, sie nach Hause zu begleiten. Ihr Gesichtsausdruck hat sich nicht verändert gehabt, der Blick in ihren Augen ist derselbe geblieben wie zu jeder anderen Zeit, und jemand anderem wäre es wahrscheinlich gar nicht aufgefallen, dass ihr der Abend gefallen hat. Wäre die Tante Meri aber gegangen, hätte man das gemerkt. Nicht so, wie man das bei einem anderen Menschen merkt, in dem Sinn, dass der Mensch einfach nicht mehr da ist und vielleicht ein anderer seinen Platz am Wirtshaustisch einnimmt. Nein, bei der Tante Meri hat man es anders gemerkt. Der Tante Meri ihr Fehlen hat man unter der Haut gespürt. Sie hat richtige Löcher in Gesellschaften hineingerissen; sie hat sie mit ihrer Art regelrecht unterwandert in den Gesprächen und ein bemerkenswertes Vakuum in diesen Löchern hinterlassen, wenn sie sich erhoben hat. Eine Runde, deren Teil die Tante Meri gewesen ist, hat bei ihrem Fehlen nicht mehr richtig funktioniert. Es war, als wäre sie – oder vielleicht eher die angespannte Ehrfurcht vor ihrer ganzen Erscheinung – ein derartig zentraler Bestandteil der Gruppe gewesen, dass ohne sie alle Spannung nachgelassen hat und die Runde in sich zusammengefallen ist. Wenn die Tante Meri einen Tisch verlassen hat, hat er sich keine zehn Minuten später aufgelöst gehabt; die Leute sind entweder auch gegangen oder haben sich still und leise an andere Tische verzogen. Wenn sie sich in Gesellschaft befunden hat – was ja nicht oft der Fall gewesen ist –, dann hat die Tante Meri betretene Stille nach sich gezogen. Der Ferdl hat den Verdacht gehabt, es gefällt ihr so. So hat Spaß ausgesehen bei der Tante Meri, bewegungslos, stoisch und von einer unverortbaren, aber sehr grundsätzlichen Häme getragen. Irgendwo hat es den Ferdl erstaunt, wie genau er ihr Gesicht gekannt hat und jede seiner Regungen, die Mundwinkel, die unterschiedlichen Verengungsgrade der Augen, die Nase und die Anlässe, an denen sie gerümpft wurde, und dass er trotzdem noch nicht dahinterschauen hat können hinter dieses Gesicht, obwohl sich ihm jede Falte eingeprägt hat im Laufe der Jahre.

Nachdem die Klinger-Schwestern gegangen sind, ist es schon ziemlich spät gewesen. Ein paar wenige sind übergeblieben und haben sich die Gelegenheit nicht entgehen lassen, das Nachspeisenbuffet bis auf das letzte Brösel abzuräumen. Die Leute haben sich die letzten Cremeschnitten geholt und die Wirtshaustische so zurechtgeschoben, dass alle auf eine Garnitur gepasst haben. Der Ferdl hat sich einen Sessel geholt und sich zwischen zwei resolute Damen mittleren Alters geklemmt, die er als entfernte Bekannte seiner Mutter zu identifizieren geglaubt hat. Kaum dass er sich gesetzt hat, hat die Tante Meri ihre Stimme erhoben und verlangt, dass er zu ihr kommen solle. So hat der Ferdl unter erheblichem Gerumpel seinen Sessel an die andere Tischseite geschoben und sich halb hinter die Tante Meri gesetzt, sodass er gerade nicht mehr zu der Runde gehört hat; eine Position, die ihm eigentlich nicht unbehaglich war.

Die Tante Meri hat ordentlich getrunken gehabt. Alle haben ordentlich getrunken gehabt, außer vielleicht der Ferdl selbst. Es hat eine dumpfe Stimmung geherrscht, eine wolkige, eine Stimmung mit Wein. Dem Ferdl ist jetzt heiß gewesen, heißer vielleicht, als ihm sein hätt sollen. Er hat sich gerade, das Glas zwischen den Knien balancierend, Mineralwasser eingeschenkt. Dann haben sie über die Wahl zu reden begonnen. Und das ist der Punkt gewesen, wo es wirklich schrecklich geworden ist.

»Aber der Waldheim«, hat einer gesagt, und der Ferdl hat gespürt, wie sich die Mineralwasserkügelchen von den Wänden seiner Speiseröhre abgestoßen haben und im Magen aufgekommen sind, »der ist eh ein klasser Kerl. Ich weiß nicht, was die alle haben.« – »Ja«, hat man ihm beigepflichtet, »selbst, wenn er das gemacht hat … Wer hat denn das nicht gemacht?« Manche haben genickt, andere haben ihr »Ja« ins Weinglas hineingeblasen, bevor sie einen Schluck gemacht haben. »Na ja«, hat der Ferdl von der alten Frau Meier gehört, deren Ehemann gerade die letzten Reste seiner Cremeschnitte auf einem Desserttellerchen traktiert hat. Der Berger Michl hat nichts gesagt, wie er nie etwas gesagt hat zu Dingen, bei denen man potenziell hätte nachfragen müssen. »Ich halt das für unerhört«, hat ein anderer gesagt, »man diffamiert uns da kollektiv! Das grenzt schon fast an eine Verschwörung –« – »Genau«, hat sich ein anderer ereifert, »und es sind eh immer dieselben, die so was verbreiten –« Der Ferdl hat das Glas in einem Zug geleert. Die Tante Meri neben ihm hat den Blick gehoben. Glasig ist er gewesen und schlaff. Der Ferdl hat gewusst, dass sie sprechen würde, bevor sie zum Reden angefangen hat. »Lügen«, hat die Tante Meri über die Rauchluft drübergekrächzt, »alles Lügen! Alles Vaterlandsverräter!« An ihrer Stimme hat der Ferdl gehört, dass schon ziemlich viel Alkohol drin gewesen ist in der Frau. Der Blick von der Tante Meri hat sich nicht verändert, während sie geredet hat. Auch ihr Gesichtsausdruck nicht. Nur ihre Stimme ist ein bisschen lauter geworden. »Das ist Verrat!«, hat die Tante Meri gesagt, und ihre Stimme ist am Ende des Wortes hinaufgeschnellt, hat sich wie ein kleiner, spitzer Feitel in die Wirtshausluft hineingebohrt. »Das ist Verrat an der Soldatengeneration!« – »Ja«, hat's der Ferdl aus einer Ecke vom Tisch gehört, und aus einer anderen, und von neben sich. Der Ferdl hat nicht genau gewusst, ob es ein Ja gewesen ist oder mehrere und ob er richtig gehört hat oder nicht. Ihm ist schon sehr heiß gewesen. Er hat jetzt die letzten Tage gespürt, die Anspannung, die vielen Beileidsbekundungen und Behördengänge. Jetzt sind sie ihm über die Stirn geronnen, in die Augen hinein. Klebrig hat er es zwischen den Wimpern gespürt. Er hat sich mit dem Hemdsärmel drüberwischen müssen. »Mein Mann«, hat die Tante Meri gesagt und über alle Beifallskundgebungen drübergesprochen, »mein Mann ist ein ehrbarer Mensch gewesen! Damit ihr's wisst!« Es ist eine kurze Pause entstanden. Die Rauchluft hat kleine Schlieren gezogen vor der Lampe. »Na ja«, ist es von der Frau Meier gekommen, und der Ferdl hat dieses »Na ja« recht deutlich gehört. Die anderen Worte sind ihm in den Ohren verschwommen. Alles ist lau geworden vorm Ferdl, lau und ein bisschen stumpf. Der Berger Michl hat besorgt zu ihm herübergeschaut. »Was ist mit deinem Mann gewesen?«, hat der Ferdl gesagt. Zu seiner eigenen Überraschung hat er sich selber sprechen gehört. Der Ferdl hat seine Hand beobachtet, wie sie sich auf die Schulter von der Tante Meri legt. Sein Kopf hat ihm das nicht angeschafft gehabt. Die Tante Meri hat das Gesicht zu ihm hingedreht. Sie hat ihn angeschaut, aber gleichzeitig durch ihn hindurchgesehen; ihre Augen sind träge gewesen und rot vom Rauch der Stube. »Der hätt sie alle ausgerottet«, hat sie gesagt, »einen jeden Einzelnen. Die ganzen Gfraster hätt er eliminiert, wenn man ihn nur lassen hätt, aber dann sind sie über uns hergefallen, wie die Berserker, so kurz vorm Ziel, ausräuchern hätte man sie alle müssen –« – »Aber jetzt halt doch den Mund«, ist es von der alten Meier gekommen, und der Ferdl hätt ihr den intensiven Blick nicht zugetraut, den sie jetzt auf die Tante Meri geworfen hat. »Das ist doch schon so lange her. Das interessiert doch jetzt niemanden mehr.« Der Mann von der alten Meier hat pikiert an seinem Teller geschabt. Er hat versucht, die letzten Reste der rosa Zuckerglasur, die noch am Porzellan geklebt sind, mit seiner Gabel abzulösen. Der Rest vom Tisch hat geschwiegen und die Nase in die Weingläser hineingehalten. Die Tante Meri hat ihre Mundwinkel noch weiter hinuntergezogen, wenn das möglich gewesen ist, und einen Schluck aus ihrem Glas gemacht. Der Rotwein hat ihre Zunge dunkel erscheinen lassen, blau, fast schwarz. »Und die Verräter«, hat die Tante Meri gesagt, und ihre Stimme hat geradewegs hineingeschnitten in die Wirtshausluft, »und die Verräter hätt er auch eliminiert. Die hätten alle das gekriegt, was sie verdient haben. So wie früher. Hm, Irmi, erinnerst dich noch?« Die alte Meier hat was sagen wollen, der Ferdl hat das gesehen. Es ist ihr zwischen den Zähnen gesteckt, und sie hat ihre Zähne so fest zusammengebissen, dass man's sogar von außen gesehen hat. »Nicht«, hat ihr Mann leise hinübergemurmelt, und ihr eine Zuckerglasurhand mit klebrigen Fingerspitzen auf den Unterarm gelegt, und dann hat es die Meierin heruntergeschluckt, dass es ihr nur ja nicht aus dem Mund fällt. Der Mann hat seine Gabel auf den Teller gelegt, mit der anderen Hand; vorsichtig, aber sie ist trotzdem in der Wirtshausstille aufgekommen. Der Berger Michl hat sorgenvoll um sich geschaut, aber der Ferdl hat seinen Blick nicht mehr gesehen, irgendwie ist er ihm verschwommen vor den Augen und mit den Gesichtern von den anderen zu einem dumpfen Wirtshausgetöse zusammengeflossen.

Es ist still gewesen. Der Ferdl hat es brausen gehört in seinem Kopf. Jemand hat sich Wein eingeschenkt. Jemand hat sich noch einen Tschick angezündet. »Aber der Waldheim«, ist es dann vom anderen Tischende gekommen, »der sollt schon Präsident werden.« – »Das sag ich auch«, hat ein anderer beigepflichtet, »und zwar justament.« – »Man soll nicht glauben«, hat jemand Drittes gesagt, »dass man uns etwas verbieten kann hier in Österreich. Weil das kann man nicht.« Aber die Tante Meri hat sich nicht beirren lassen, sie hat drübergeredet über die Worte der anderen. Sie hat eine Pause gemacht, aber sie ist noch lange nicht fertig gewesen. »Mein Mann«, hat sie gesagt und mit einem goldberingten Finger in die Luft gestochen, »mein Mann ist ein ehrbarer Mensch gewesen. Damit ihr das wisst.« Aus ihrer Stimme ist Rotwein herausgetropft. Die Leute haben so dreingeschaut, wie sie immer dreinschauen, wenn jemand betrunken ist. Die lasst man reden, haben sich alle gedacht, dann ist es schneller vorbei. Dann kann man selber wieder reden. Die Betrunkenen hält man aus, weil irgendwann ist man selbst betrunken und dann will man selber ausgehalten werden. Und so was, hat sich der Ferdl gedacht, so was nennt sich Dorfgemeinschaft.

»Einen jeden von denen hätt er ausgerottet«, hat die Tante Meri weitergeredet, und mit der Hand vage Bögen in die Luft gezeichnet. Die Armreifen haben ihr ums Handgelenk gescheppert. »Alle hätt er ausgerottet, bis auf den Letzten! Diese vermaledeiten Judengfraster, die uns wie Parasiten, diese degenerierten –«, hat die Tante Meri gesagt, aber dann hat jemand die Stimme erhoben. Es ist keine schöne Stimme gewesen, sie ist irgendwie abgelutscht gewesen vom Tag und hat sich ziemlich müde angehört. »Komm«, hat jemand gesagt und dem Ferdl seine Hand wieder auf ihre Schulter gelegt, »magst jetzt nicht gehen?«, aber der Ferdl selbst ist es nicht gewesen. »Ich bring dich nach Hause«, hat jemand mit der Stimme vom Ferdl gesagt, er meine, es wäre Zeit. Der Ferdl selbst hat sich irgendwo in seinem eigenen Hinterkopf verstaut gehabt und hat die Hitze durchgelassen, die ihm nun aus allen Poren gedrungen ist, und das viel zu laute Schlagen hinter seiner Stirn. Die Tante Meri hat ihn angeschaut, mit diesem trägen, abgestumpften Blick, und dann hat sie ihr Weinglas geleert. »Ja«, hat sie gesagt und versucht, sich aufzuhieven. Der Ferdl hat trockene, knochige Finger um sein Handgelenk gespürt, die sich in einem festen Drücken zusammengezogen haben. Der Schweiß ist ihm hinuntergeronnen, und trotzdem ist ihm wieder die Ganslhaut den Arm hinaufgeklettert. Dort, wo sie sich getroffen haben, hat's ihn geschüttelt. Der Ferdl hat sich allen Ernstes gefragt, ob die Tante Meri wirklich noch am Leben gewesen ist, wie sie sich an seiner Hand hochgezogen hat. So ein kleines Gewicht ist das gewesen und trotzdem so ein harter Griff um seinen Arm. Er hat ihre raulederne Haut gespürt, wie sie sich eingehängt hat bei ihm und die Fransen von der gelben Kostümjacke mit den kurzen Ärmelchen und den großen Knöpfen an den Abschlüssen, die sich in seine Armbeuge hineingegraben haben. Der Ferdl hat sich verabschiedet, in eine dumpfe, weinselige Runde hinein. Er hat die Geistesgegenwart besessen, dass er schaut, ob jeder noch genug Wein gehabt hat, dann ist er mit der Tante Meri hinausgewackelt. Der Ferdl hat nicht gewusst, ob er sich an der Tante Meri angehalten hat oder sie sich an ihm. Er hat im Straßenlampenlicht die Plakatständer umrundet, die gelben Streifen darauf haben ihn angeleuchtet. Sie haben unwirklich ausgesehen in diesem Licht. Die Tante Meri hat Dinge gesagt am Heimweg, an die er sich nicht mehr erinnern hat können, kaum dass sie sie ausgesprochen gehabt hat. Der Ferdl weiß heute nicht mehr, wie er nach Hause gekommen ist. Ihm ist heiß gewesen, ein bisschen, ein bisschen zu heiß. Der Ferdl hat seine Knochen gespürt unter dem Fleisch. Sie haben sich angefühlt, als würden sie hinauswollen aus ihm. Als hätten sie ihm Pfeffer zwischen die Gelenke gestreut. Als würde irgendetwas drinnen absterben, langsam, und sein Körper versuchte noch, es am Leben zu erhalten, aber es gelinge ihm einfach nicht.

Danach ist der Ferdl drei Tage lang im Fieber gelegen. Er hat an nichts gedacht, aber der Weinblick von der Tante Meri ist ihm vor seinem geistigen Auge geschwebt und das Gesicht von dem Mann auf den Plakaten und der stechende Blick und er bildet sich ein, dass er ab und zu den Berger Michl hereinkommen hat hören, der ihm ein Teehäferl auf den Nachttisch gestellt hat. Der Ferdl ist zwar ein paar Tage lang nicht völlig da gewesen, aber dann ist er wieder gesund geworden. Ganz gut hat er sich trotzdem nicht gefühlt. Ihm ist gewesen, als hätt er sich eine Wunde zugezogen, eine Verletzung an einer Gliedmaße, die schon faulig geworden ist, die aber noch dranhängt an den Sehnen und irgendwie zum Ganzen gehört. Das ist jetzt ein bisschen kompliziert gewesen zum Erklären, aber der Ferdl hat im Grunde ein Nicht-Gefühl gehabt. Ein Nicht-mehr- und ein Noch-nicht-Gefühl, wenn man so will. Er hat gehofft, dieses Gefühl würde bald vergehen und sich vielleicht durch ein besseres ersetzen, aber irgendwie ist es ihm seit damals ein bisschen geblieben.

5.

Die Anni ist vor dem Hotel Bristol gestanden. Der Abend davor ist ein eigenartiger gewesen. Nachdem die letzte Saison so gut gelaufen ist, hat man sich auf gar nichts anderes mehr eingestellt gehabt als aufs Feiern. Dementsprechend sind die Leute mit einer Art Selbstgefälligkeit zur Sache gegangen, die ihnen die Anni aber nicht wirklich vorwerfen hat können. Sie hat sich selber gefühlt, als hätt sie was gewonnen. Die Anni ist mit einem Haufen aufgekratzter Spieler in der Kabine gesessen, die von ihrem eigenen Können alle sehr beeindruckt gewesen sind. Sie hat sich nicht zwei Mal bitten lassen, wie man ihr was zum Trinken nachgeschenkt hat.

Die Anni hat geglüht. Das hat ihr der Karl selbst gesagt. Mit einem leicht verächtlichen Zug in der Stimme, einem Zug, den er sich natürlich nicht erlauben hätt dürfen, hat er sie gefragt, ob ihr das Spiel gefallen hat. »Ja«, hat sie gesagt, und ihn von oben herab angeschaut. Wer ist er schon gewesen, dass er so mit ihr reden hat können? »Ich hab ja gute Gesellschaft gehabt«, hat sie gesagt. Der Karl hat geschwiegen.

Als die Feier grad so richtig in Schwung gekommen wär, ist es plötzlich leise geworden. Es ist gewesen, als hätte jemand schlagartig den Ton abgedreht. Ein schwarz uniformierter SS-Mann ist in der Tür gestanden. »Fräulein Bachinger?«, hat er gesagt, und die Anni ist nach vorne getreten. »Ich bitt Sie schön, kurz mitzukommen.« Die Anni ist noch nie von einem hohen Militär so freundlich angeredet worden, und die anderen haben's bemerkt. Das hat sich sehr gut angefühlt. Die Anni ist mit hocherhobenem Kopf vor dem SS-Mann aus der Kabine getreten.

Wie sie wieder zurückgekommen ist, hat sie rote Wangerl gehabt, und ein papierenes Sackl von einem teuren Innenstadtgeschäft in der Hand. Die Leut haben sie angeschaut. »Und?«, hat sie der Bruder gefragt, aber sie hat nur mit den Schultern gezuckt. »Und was?«, hat sie gesagt, »Ich bin halt eine gefragte Frau.« Der Maier Adi hat sie mit einem gewissen Respekt in den Augen angeschaut, der Karl hat geschwiegen. Der Bruder hat die Stirne gerunzelt, bis ihn der Adi kurz zur Seite genommen und ihm was ins Ohr geflüstert hat. Auf das hinauf hat er sein Weinglas hochgehoben. »Trinkt's zu«, hat er gesagt, »es ist heut noch für jemanden ein erfolgreicher Tag gewesen.« Und wie alle anderen schon wieder gesoffen haben, hat er ihr heimlich und mit einem verschmitzten Grinsen zugeprostet.

Und jetzt ist sie dagestanden, in einem roten Kleid – so ein Kleid hat sie überhaupt noch nie angehabt – und Stöckelschuhen – Stöckelschuhen! – und hat an der Straßenecke gewartet, wie's ihr der Untersturmführer Wipplinger angeschafft hat. Es ist warm gewesen, aber nicht zu heiß. Sie hat sich geschminkt gehabt. Sie hat sich ganz außergewöhnlich gefühlt. Als sie schon geglaubt hat, er kommt gar nicht mehr, ist endlich der Untersturmführer Wipplinger um die Ecke gebogen. Ihre Haltung hat sich gestrafft. Er hat einmal an ihr herabgeschaut, dann wieder in ihr Gesicht hinein. Dann hat er kurz und zufrieden genickt und ihr bedeutet, ihm ins Hotel Bristol zu folgen.

Wie sie hineingekommen ist, ist der Anni kurz der Atem stehen geblieben. Sie hat ihre Stöckel gehört, wie sie auf dem Boden geklackert haben; sie hat sich fast nicht auftreten getraut, so kostbar ist der Boden gewesen. Rings um sie sind Livrierte gesaust, sie haben ausgesehen, als hätten sie's eilig, ohne wirklich gehetzt zu wirken. Die Anni hat sogar die Dienstboten bewundert in diesem Haus.

Der Untersturmführer Wipplinger hat sie durch das Foyer hindurch in den hinteren Bereich der Bar gelotst. Ein jeder ist habt acht gestanden, wie er vorbeigekommen ist. Hinten ist ein kleiner Tisch für sie bereitgestanden. Noch ist niemand dort gesessen. Er hat ihr einen Platz gewiesen, und sie hat sich daran erinnert, sich hinten über das Kleid zu streichen, bevor sie sich setzt. Normalerweise hat sie keine Kleider getragen, wo man auf Fältchen achten hätt müssen.

Der Untersturmführer Wipplinger hat sich selbst einen Sessel herausgezogen und sich niedergelassen. Außer ihnen beiden ist niemand in der Bar gewesen. »Also«, hat er gesagt, und die Anni ist wieder überrascht gewesen von dem oberösterreichischen Dialekt, den sie bei ihm herausgehört hat. Dass so ein feiner Mensch so ordinär spricht, wenn niemand zuhört, das hat sie am Vortag schon gewundert. »Du weißt, wieso du da bist?« Die Anni hat genickt. Ganz sicher ist sie sich aber nicht gewesen. »Er hat's gern sanft«, hat dann der Untersturmführer gesagt. »Du brauchst dich nicht gerieren, sei einfach du. Er mag die natürliche Schönheit. Die ganzen Frauen aus der Gesellschaft machen ihm Kopfweh. Also je natürlicher du bist, desto besser.« Die Anni hat wieder genickt. Ihr ist nichts Rechtes eingefallen, was sie darauf erwidern hätt sollen. »Du wartest hier auf ihn, in einer halben Stunde ist er da. Kannst konsumieren, was'd willst. Und mach dir keine Sorgen ums Bezahlen. Anni, gö?« Die Anni hat noch einmal genickt, dann hat sie gelächelt. Der Untersturmführer hat ihr einen Cognac hingestellt und ein Glas Wasser, und dann ist er gegangen. Der Ober hat ihm salutiert.

Die Anni ist sich ein bisschen überflüssig vorgekommen. Sie hat sich Mühe gegeben, dass sie sich nicht auf ihre Hände setzt, wie sie's als kleines Mädchen immer gemacht hat. Sie ist halt solche Gesellschaft nicht gewohnt gewesen. Und überhaupt solche Häuser! Die Anni hat mit ihren Eltern draußen in Simmering gewohnt. Arm sind sie nicht gewesen, bei Gott nicht, aber dort hat es halt so was nicht gegeben. Dort ist die Kirche noch am schönsten gewesen, und das ist jetzt kein Lob gewesen für die Kirche.

Ihr ist alles ein bisserl zu groß gewesen hier drinnen; ehrlich gesagt, hat sie sich nicht wohlgefühlt. Das Kleid ist ihr zwar gut gestanden, aber trotzdem ist es irgendwie fremd an ihrem Körper gehangen. Der Cognac ist viel zu stark gewesen für sie. In dem dicken Fauteuil ist sie eingesunken. Die Anni hat schon überlegt, ob sie gehen soll, aber dann ist er gekommen.

Ihr hat's einen Moment lang die Sprache verschlagen. Jetzt hat sie ihn dort gesehen, wo er hingehört hat, nämlich in so ein Hotel, zwischen all die Kerzenleuchter und Brokatteppiche, und nicht auf eine mickrige Sportplatztribüne. Sie ist aufgestanden und hat ihm entgegengelacht. Er hat ihr eins dieser kurzen Lächeln zugeschickt, und dann hat er die Arme ausgebreitet. Sie hat gar nicht gewusst, wie sie sich so schnell hinter dem Tisch hervorgedrückt hat, aber sie ist in diese ausgebreiteten Arme geflogen und hat ihm links und rechts ein Bussl aufgedrückt. »Ich freu mich so, Sie zu sehen, Herr …« »Nennst mich Werner«, hat er gesagt und ihren Sessel wieder herausgezogen. Wie sie sich gesetzt hat, hat sie die Augen nicht von ihm lassen können. Er hat nicht einmal was sagen müssen, der Ober ist sofort mit einem Gingerale gekommen. Er hat seine Uniformjacke ausgezogen und sie hinter sich über den Sessel gehängt. Der Totenkopf am Kragen hat im gedämpften Licht geblinkt. »Ich freu mich, dich zu sehen«, hat er gesagt, und jetzt erst hat sie bemerkt, dass seine Augen grau gewesen sind. »Wunderschön siehst du aus«, hat er gesagt, und sie hat ihn angestrahlt. Sie hat ihre Mundwinkel gar nicht mehr dazu bringen können, in Normalposition zurückzukehren, sie hat das Lächeln an diesem Tag einfach nicht lassen können. »Ich muss dir danken dafür«, hätt sie angefangen, aber er hat sie mit einer Handbewegung unterbrochen: »Nichts musst du«, hat er gesagt, »ich hab dir nur gegeben, was dir von Natur aus zusteht. Bei so einer Schönheit.« Dann hat er ihre Hände in die seinen genommen. Der Ober hat sich lautlos an den Tisch geschlichen gehabt und mit einer tiefen Verbeugung gefragt, ob es denn noch ein Drink sein dürfe. Ohne ihn anzusehen, hat der Werner den Kopf geschüttelt. »Bringen Sie uns eine Flasche Sekt«, hat er gesagt, »hinauf.« Der Anni ist kurz schwindelig geworden in ihrem Kopf. Sie hat sich an seinen Händen festgehalten. Sie hat in sein Gesicht hineingeblickt. Und dann hat er wieder gelächelt.

Wie sie den Karl das nächste Mal getroffen hat, ist es schon Juli gewesen. Eine brütende Hitze ist über Wien gelegen, nirgends hat man hingreifen wollen in der Straßenbahn, weil man sich Sorgen gemacht hat, dass überall noch der Schweiß von den anderen Leuten pickt. Der Karl hat sie gepiesakt, seit dem Fußballspiel, wo sie ihren Werner kennengelernt hat. Die Anni hat eh lange genug versucht, ihn abzuwimmeln, aber irgendwoher hat der Karl ihre Adresse gehabt, und er hat keine Ruhe gegeben, bis sie nicht endlich einem Treffen zugestimmt hat.

Jetzt ist sie mit der Tramway hinaus ins Gänsehäufl gefahren. Das hat noch offen gehabt – Gott sei Dank. Man hat in der letzten Zeit viel zu wenige einfache Soldaten in der Stadt gesehen, die haben sie alle eingezogen gehabt. Eigentlich seltsam, dass der Karl noch da gewesen ist. Sie hat sich vorgenommen, ihn einmal zu fragen, was es damit auf sich gehabt hat. Am Ende hat er irgendeine Krankheit gehabt oder so.

Auch den Bruder haben sie an die Ostfront versetzt. Ihr ist das nicht recht gewesen, aber was hat man tun können, das ist halt seine Pflicht gewesen. In der Mannschaft haben sie schon gewitzelt, sie würden sich bald zu sechst aufs Feld stellen können. Die Anni hat vorgeschlagen, stattdessen Seilspringen zu gehen. Das könne man auch allein machen. Sie hat das eigentlich sehr lustig gefunden, aber trotzdem hat bei dem Witz keiner gelacht.

Die Anni selbst ist recht glücklich gewesen. Sie hat sich nicht allzu viele Gedanken um den Bruder gemacht. Der ist immer schon ein harter Hund gewesen. Der würd da schon irgendwie durchkommen. Wann immer sie können hat, hat sie sich mit ihrem Werner getroffen. Und sie hätt ja persönlich viel öfter können, aber das hat er nicht wollen.

Der Werner ist ein klasse Kerl gewesen. Am Anfang hätt man sich das nicht gedacht, aber wenn man einmal länger mit ihm zusammen gewesen ist, dann ist man erst draufgekommen, wie lieb der eigentlich gewesen ist. Er hat die Anni verhätschelt wie seine eigene Tochter. Kleider hat er ihr geschenkt und Schmuckstücke; immer, wenn sie sich getroffen haben, hat sie irgendetwas bekommen. Die Anni hat ja gefunden, dass sich ihr körperliches Erscheinungsbild in den letzten Monaten stark verbessert hat. Jetzt hat sie endlich das Geld gehabt, dass sie sich gscheit frisiert, dass sie sich gscheit anzieht und nicht herumläuft wie irgendein Madl von der Straße. Die Freundinnen in Simmering haben sie blöd angeschaut, von denen hat fast keine mehr mit ihr geredet – weil sie eifersüchtig gewesen sind, hat sich die Anni gedacht. Aber sie ist eh nicht angewiesen gewesen auf diese Trutschn. Die Anni ist jetzt über ihnen gestanden, und das haben sie sehr genau gewusst.

Nach ein paar Treffen hat die Anni nicht einmal mehr das Geleit vom Untersturmführer Wipplinger gebraucht. Wie selbstverständlich ist sie in das Hotel hineingeschritten und hat immer ein paar Zentimeter über die Leute drübergeschaut, so wie's die feinen Herrschaften machen. Man hat sie respektvoll gegrüßt. Man hat ihr ungefragt einen Cognac hingestellt, oder hat ihr, wenn sie früher hinaufgehen hat wollen, ohne zu murren den Schlüssel ausgehändigt.

Die Anni ist jetzt eine Dame gewesen. An das hat sie sich erst gewöhnen müssen, aber es hat ihr sehr gut gefallen.

Und jetzt ist die Dame Anni in der größten Hitze ins Gänsehäufl gefahren. Sie hat den Schweiß auf den Schenkeln gespürt. Der nasse Stoff hat auf den Holzsitzen geklebt, und der Rock ist eh schon kurz, aber nicht kurz genug gewesen für diese Hitze. Sie hat nicht gewusst, was sie mit dem Karl anfangen hat sollen. Sie ist jetzt anderes gewohnt gewesen; das hat er einsehen müssen. Sie hat sich vorgenommen, ihm das heute klarzumachen, und dann wär diese Geschichte auch gegessen.

Drinnen im Bad hat ein unglaubliches Getümmel geherrscht. Fast nur Madln, viel weniger Burschen, als man sich wünschen hätt können. Schad eigentlich. Die haben halt alle ihre Pflicht an der Front verrichten müssen und sind zu den Vergnügungen gar nicht vorgedrungen. Gut, dass sie so was nicht machen hat müssen – das Vaterland an der Front verteidigen. Die Anni hat sich gedacht, dass ihr das nach einer Zeit zu fad gewesen wär. Immer dieselben Leute, immer schießen und immer auf der grauslichen Erd herumrobben. Es ist schon gut gewesen, dass sie als Frau dafür nicht infrage gekommen ist. Die Anni hätt sich für so was wirklich nicht begeistern können.

Sie ist über die Wiese zu einem Baum gegangen und hat ihr Handtuch auf dem einzigen kleinen Flecken Schatten ausgebreitet, der noch übrig geblieben ist. Die Anni hat gemerkt, wie die andern Madln ihr schickes Badekostüm bewundert haben. Die sind alle in uralten Modellen herumgelaufen. Pech gehabt, hat sich die Anni gedacht. Wer's hat, der hat's; so etwas hat man auskosten müssen, solange es geht. Wenn sie ehrlich gewesen ist, dann hat sie ihnen den Neid gegönnt.

Die Anni hat mit den Handflächen ihr Handtuch glatt gestrichen, dann hat sie sich hingelegt. Sie hat gehofft, dass sie der Karl nicht findet und dass dieses Treffen ungetroffen an ihr vorüberziehen würde. Aber dann hat sie ein »Grüß dich Gott« gehört, und als sie nicht länger ignorieren hat können, dass es ihr gegolten haben muss, hat sie die Augen geöffnet. Die Anni hat sich aufgesetzt. Sie hat den Karl angeschaut. Vielleicht würd sie sich das mit dem Vergessen noch einmal überlegen. »Grüß dich«, hat sie gesagt und ihn angelächelt. Wenn es bei einem erwachsenen Menschen überhaupt möglich gewesen ist, dann hätt sie gesagt, der Karl ist in den letzten paar Monaten gewachsen. Sie ist sich nicht sicher gewesen– vielleicht hat auch nur die Badehose den Unterschied gemacht –, aber irgendwas hat sich an ihm verändert gehabt. Er ist breiter geworden in den Schultern. Er hat schon fast ausgesehen wie ein Mann.

»Wie geht's dir?«, hat er gesagt und sich neben sie aufs Handtuch gesetzt. Sie hat seine Haut an der Seite gespürt. Die ist angenehm kühl gewesen, trotz der Hitze. »Sehr gut«, hat die Anni gesagt, »man lebt. Und du?« – »Es könnt nicht besser gehen«, hat der Karl gesagt und verschwörerisch gelächelt. »Der Vater hat einen guten Posten gekriegt.« Dann ist es der Anni gedämmert. »Das heißt, der Krieg verläuft ohne dich?« – »Es scheint so«, hat der Karl genickt. »Nicht, dass ich nicht gehen würde, wenn das Vaterland mich ruft.« »Aber es ruft halt nicht«, hat die Anni lapidar erwidert. Der Karl hat geschwiegen, aber nicht zum Lächeln aufgehört.

Es hat sich herausgestellt, dass der Karl gerade eine Ausbildung zum Fernmeldetechniker gemacht hat. Außerdem ist im Gespräch gewesen, ob er nicht von der SS genommen wird. Er ist darüber zwar nicht ins Detail gegangen, aber die Anni hat seinen Reden entnommen, dass es noch am Körperlichen gescheitert ist. Er ist halt doch zu klein gewesen für die Schutzstaffel. Wenn er sich aufgestellt hat, hat er die Anni nicht um viel überragt. »Aber vielleicht wachs ich noch«, hat er gesagt, und ein Grinsen versucht. Mit der Antwort hat sich die Anni dann zufriedengegeben.

Wie sie ins Wasser gegangen sind, hat die Anni gemerkt, dass sich der Karl gut anfühlt; und wie sie nach Hause gefahren sind, ist ihr aufgefallen, dass sie viel lachen haben können miteinander. Man würde sehen. Sie hat jedenfalls keine Ausreden vorgeschoben, wie er sie um ein erneutes Treffen gebeten hat. Auf ein Datum haben sie sich dann allerdings auch nicht geeinigt.

6.

Karl Müller war ein bescheidener Mensch. Kurz nachdem er in der Stadt angekommen war, hatte er sie zu verachten begonnen. Auf seine Situation zu reagieren, oder gar Reißaus zu nehmen, hatte er sich jedoch nicht gestattet. Karl Müller würde dulden, und lächeln. Etwas anderes konnte er sich nicht leisten. Er hatte hier Wesentliches zu erledigen. Zu seinem eigenen Bedauern war Karl erst vor Ort klar geworden, dass er nicht viel Zeit dazu haben würde.

In den frühen Morgenstunden hatten sie Santiago erreicht. Der Indio kämpfte sich mit seinem wackeligen Kleinlastwagen bis ins Stadtzentrum vor; wieso, wurde Karl bald klar. Er bog in einen schlecht einsehbaren Innenhof ein und kam knapp hinter einem Telegrafenamt zu stehen. Als Karl so diskret wie möglich dem Fahrzeug entstiegen war, wies ihn der Indio mit einigen energischen Gesten an, ihm ins Telegrafenamt zu folgen. In Karl stieg so etwas wie Ärger auf. Ein einziges Mal hatte sein Führer haltgemacht und ihm gestattet, in der mondbeschienenen Einöde seine Notdurft zu verrichten. Er hatte sich dabei weder nach seinem Befinden erkundigt noch sonstige Fragen an ihn gestellt. Karl war das nicht unrecht gewesen. Der ganze Körper hatte ihn geschmerzt, sein linkes

Bein war ihm eingeschlafen und hatte ihm beim Aussteigen den Dienst versagt, weshalb er sich das Knie unter seiner dünnen Leinenhose blutig geschlagen hatte. Eine Diskussion hätte er in dieser Situation nicht verkraftet.

Nun allerdings gestattete ihm dieses Individuum nicht einmal die Zeit, seine müden Glieder zu strecken und sich einigermaßen gerade zu biegen. Ungeduldig stand der Indio hinter ihm, als er an den Reifen des Kleinlasters pinkelte. Dass ihm das unter normalen Umständen mehr als unangenehm gewesen wäre, fiel Karl gar nicht mehr auf.

Einige Minuten später standen sie in der ausladenden Eingangshalle des Telegrafenamts. Deren etwas abgenutzte, wenn auch majestätische Anmutung wurde von einer Ansammlung dreckiger Gestalten zerstört, die in den Ecken und auf den nackten Holzbänken lagerten, die in der Mitte der Halle Rücken an Rücken an den Boden geschraubt waren. Auf dem Weg zum Schalter machte Karl große Schritte, um über einige dieser Gestalten zu steigen. Er sah ihre dunklen Gesichter, die von dichtem schwarzem Haar verdeckt waren, das den Schläfern in die Augen hing. Karl hob seine Füße vorsichtiger als sonst. Er wollte diese Gestalten um keinen Preis berühren.

Als der Indio mit einem der Angestellten verhandelte, lehnte sich Karl an den Tresen. Er nutzte die Zeit, um nachzudenken. Ihm war bald klar, wieso der Indio so auf den Besuch des Telegrafenamts gedrängt hatte. Die erste Rate seines Lohns war ihm wohl vor der Überstellung Karls ausbezahlt worden, und die zweite würde er erst erhalten, wenn Karl höchstselbst seine Ankunft bestätigte. Karl hörte mit einem Ohr, wie der Indio eine ihm wohlbekannte Adresse zu buchstabieren versuchte. Er wandte den Kopf. Karl stellte sich neben seinen Führer und deutete auf den Zettel, den er in seiner Hand hielt. Der Indio musterte ihn misstrauisch, bevor er ihm den Zettel aushändigte. Tatsächlich. Karl musste lächeln. Sogar die Schrift kannte er. Er hätte sie unter tausend anderen erkannt; diese Schrift war ihm bekannter als seine eigene. Sie hatte sich schon vor langer Zeit unter seine Haut geschrieben. Ohne den Indio zu beachten, diktierte Karl die Adresse in korrektem Deutsch und gab dann eine kurze Meldung zu Protokoll, die seine Ankunft dokumentieren sollte. Abschließend nannte er noch das Codewort, ohne das er wohl eine weitaus weniger sichere Reise gehabt hätte, und trennte sich von dem Chilenen, der sich mit abgehackten Worten den Ausgang des Telegramms bestätigen ließ. Sie verabschiedeten sich nicht.

Als Karl das Telegrafenamt verließ, war um ihn schon hellster Sonnenschein. Die Stadt war längst erwacht. Es schien ihm, als gäbe es hier keine Übergangszeiten zwischen Tag und Nacht, als würde die Sonne eingeschaltet und später wieder ausgeschaltet. Es hatte heute keinen Morgen gegeben. Mit dem Abend würde es sich wohl ähnlich verhalten.

Seine Frau war bemerkenswert. Er liebte sie nun umso heißer, umso endgültiger, als ihm endlich dämmerte, wie die Dinge sich verhielten. Schon als sie sich kennengelernt hatten, hatte er sie geliebt; das war keine logische Unmöglichkeit, das war ein Faktum. Mit diesem ersten Blick war festgestanden, dass sie heiraten würden; sie hatte das genauso gut gewusst wie er. Karl war nie in seine Frau verliebt gewesen, er hatte sie nie angehimmelt wie ein benebelter Jüngling oder sich an ihrem Körper berauscht. Karl hatte seine Frau geschätzt, wie man einen Kameraden schätzt, dem man brüderliche Treue schwört, und von dem sich zu trennen einer Verleugnung der eigenen Seele gleichkäme. Seine Frau war eine Tochter aus reichem Hause, eine Verbindung mit ihr war mehr als unwahrscheinlich gewesen. Die beiden hatten sich bei einer Veranstaltung an der Universität kennengelernt, sie eine Studentin der Kunstgeschichte, er ein aufstrebender politischer Kopf und Student der Rechte. Man hatte nicht viel gesprochen bei diesem ersten Treffen. Tags darauf hatte man beschlossen, zu heiraten.

Um die gemeinsame Zukunft nicht zu gefährden, hatte man sich darauf geeinigt, zu verheimlichen, bei welcher Art von Veranstaltung man sich begegnet war. Die politische Situation im damaligen Österreich war ausgesprochen instabil gewesen, und ein ausgeprägtes Interesse an neuen, aufstrebenden Bewegungen war vor allem im konservativen Elternhaus seiner zukünftigen Frau nicht gerne gesehen. Ein Monat war noch nicht verstrichen, da hatte man das gegenseitige Versprechen wahr gemacht und war in den Stand der Ehe eingetreten. Die Ehe sollte so lange wie möglich geheim gehalten werden; einzig einige Kommilitonen hatten der Vermählung beigewohnt. Die jungen Ehegatten hatten sich Gedanken gemacht, wie sie wohl vorgehen würden, wenn sich denn die Früchte der Ehe zu zeigen begannen, doch derartige Überlegungen waren unnötig gewesen.

Man beschloss, die Verbindung gegenüber den Schwiegereltern aufzudecken. Nach einem halben Jahr der Ächtung, in dem sie auf die Hilfe befreundeter Ehepaare und Kameraden angewiesen gewesen waren, besserte sich das Verhältnis wieder. Die Schwiegereltern, deren einziges Kind seine Ehefrau war, konnten ihr nicht böse sein. Sie liebten sie, wie man nur ein Einzelkind lieben kann, und hatten sich bald der für sie unangenehmen und unerwarteten Situation gefügt.

Karl konnte sich noch an das erste Familienessen erinnern. Man hatte im Frühling geheiratet, und nach den genannten Verwicklungen war die Zeit nun gerade so weit fortgeschritten, dass das Versöhnungsessen auf den Weihnachtstag fiel. Draußen hatte es geschneit, es war bitterkalt. Seine Ehefrau trat ihren Eltern in einem abgewetzten Sonntagsmantel unter die Augen, der viel zu dünn war für diese Jahreszeit. Als die Mutter das sah – und sie sah es mit den geübten Augen einer Frau aus der Gesellschaft sofort –, fiel sie ihrer Tochter um den Hals und drückte sie fest an sich. Mit leisen Worten entschuldigte sie sich bei ihr. So viel hatten weder Karl, noch seine Gattin erwartet. Das Essen verlief ausgesprochen harmonisch. Erst als man Karls künftige Berufsaussichten anschnitt, wandte sich die Stimmung zum Schlechteren. Karl begann, vom Heraufdämmern einer neuen Ära zu erzählen. Davon, dass sich einiges ändern würde in dem Land, das er wörtlich als verlottert und korrupt bezeichnete. Es werde Betätigungsfelder geben in dieser neuen Zeit, die man jetzt noch nicht erahnen könne; neue, bessere Menschen würden herrschen und das Volk in ein Zeitalter der Prosperität und Reinheit führen … Seine Frau trat mit dem Fuß nach ihm. Kurz und schmerzhaft spürte er den dünnen Absatz ihres Schuhs, der sich in seinen Rist bohrte, bevor sie ihr Bein, von allen anderen unbemerkt, wieder zurückzog. Ihr Oberkörper war unbewegt geblieben, sie aß weiter und nahm einen Schluck aus ihrem Weinglas; mit der gleichen erhabenen Gelassenheit, die er seit dem ersten Treffen an ihr bewundert hatte.

Das Gesicht ihres Vaters hatte sich merklich verdüstert.

Er grunzte undeutlich, sagte aber nichts. Karl sah die besorgten Blicke, die seine Frau ihm zuwarf. Auch ihm war das ungesunde Rot der Stirn des Schwiegervaters ins Auge gestochen. Eine Ader war an der Schläfe hervorgetreten. Mit überzogener Freundlichkeit fragte die Hausfrau, ob sie nun den Kaffee auftragen sollte, aber der Hausherr schüttelte den Kopf. »Mir ist schlecht«, sagte er, »ich lege mich hin.« Er schlurfte in der gebückten Haltung eines alten Mannes aus dem Zimmer, ohne sich noch einmal nach dem jungen Ehepaar umzuwenden. Karl behielt den Vorfall im Gedächtnis und lernte daraus. Seine Frau hatte nie ein Wort über diese Angelegenheit verloren.

Nun stand er vor einem Hotel, dessen Adresse die einzige gewesen war, die ihm seine Frau vor seiner Abreise mitgeteilt hatte. Er hatte immer auf Kontaktleute in Chile gehofft, nun aber begann er an deren Existenz zu zweifeln. Ein Brief, den seine Frau mitsamt einem Zimmerschlüssel und einem beträchtlichen Geldbetrag an der Rezeption für ihn hinterlassen hatte, bestätigte seinen Eindruck. Sie habe ihr Möglichstes getan, um ihn sicher außer Landes zu bringen. Sie liebe ihn heiß und werde immer die Seine bleiben – an das Ende des Briefes hatte sie eine Kontonummer gesetzt und einen mehrstelligen Geldbetrag genannt, den sie ihm jeden Monat überweisen würde. Er möge sparsam leben und sich bei ihr melden, sobald die Dinge wieder im Lot seien. So wenig Aufsehen wie möglich zu erregen sei unumgänglich, wenn man in derartigen Verhältnissen nach einem Anker suche.

Karl ließ sich auf das schmale Bett des Hotelzimmers fallen, das er soeben bezogen hatte. Nach der Lektüre dieses Briefes waren seine Hoffnungen zwar etwas gesunken, aber die Bewunderung für seine Frau ins Unermessliche gestiegen. Karl faltete den Brief wieder zusammen und steckte ihn ins Kuvert. Dann schob er es in seine Unterhose. Dieser Brief war das Wertvollste, was er nun besaß. Er würde ihn keine Minute aus den Augen lassen, solange er in dieser grässlichen Stadt keinen Boden unter den Füßen gefunden hatte.

Karl beschloss, einkaufen zu gehen. Er würde sich erst waschen, nachdem er adäquate Kleider akquiriert hatte. Er fürchtete, in sauberem Zustand unter der dreckigen Masse jener Menschen aufzufallen, zu denen er in seiner jetzigen Kluft noch gehörte. Karl hielt den Atem an, als er durch die Straßen ging. Es stank nicht wirklich; besser gesagt konnte man die flüchtige Qualität dessen, was da stank, nicht richtig ausmachen. Es waren die Menschen, die undurchdringliche Schwaden nicht näher definierbarer Gerüche über die Stadt senkten; es waren die Ausdünstungen ihrer dreckigen Leiber, die ihm Übelkeit verursachten. Allesamt waren sie dunkel im Gesicht und hatten diesen stechenden Blick in den Augen, der sagte, dass sie nichts mehr zu verlieren hatten. Nicht einmal ihr Leben bedeutete diesen Individuen noch sonderlich viel. Dieser Blick, diese Unabgewandtheit der Augen war ihm wohlbekannt. Er hatte sich insgeheim immer davor gefürchtet.

Mit einiger Mühe gelang es ihm, seinem Stande angemessene Kleider zu erwerben. Zuerst wollte man sie ihm nicht verkaufen; erst als er mit der deutschen Würde, die ihm eigen war, einige Scheine auf den Verkaufstresen gelegt hatte, begannen die Augen der Verkäufer zu leuchten. Er kehrte ins Hotel zurück, wusch sich und fühlte sich endlich wieder wie ein Mensch.

Karl genoss es, das Zimmermädchen nicht beachten zu müssen, als es hereinkam. Er genoss es, grußlos an den Concierges vorbeigehen zu können und trotzdem begrüßt zu werden. Karl hatte die Garderobe eines gehobenen Bürgerlichen gewählt und war zufrieden, dass sie augenscheinlich auch in der chilenischen Hauptstadt als solche erkannt wurde.

Karl war klar, dass er diesen Lebenswandel mit den ihm zur Verfügung stehenden Ressourcen nicht lange würde aufrechterhalten können. Zwei Wochen wollte er bleiben, dann musste er eine Lösung gefunden haben. Was er machen sollte, wenn ihm das nicht gelänge, wollte er sich jetzt noch nicht ausmalen. Es musste klappen. Auch wenn die erhofften Kontakte sich als nicht existent erwiesen, würde es funktionieren. Karl war zwar nur ein zu jähem Reichtum gelangter Arbeiter, oder vielleicht Jungunternehmer, oder ein in glücklicher Position angestellter Advokat, aber hinter Karl Müller stand immer noch er selbst. Er … Karl Müller hatte guten Grund, von wohlwollendem Verhalten ihm gegenüber auszugehen. Was die deutschen Chilenen nun vernehmen würden, war der Ruf des Blutes, und er wäre – von Karl gesprochen – nichts als Musik in ihren Ohren.

Chile war ein seltsames Land. Es war lang gezogen. Es erstreckte sich über mehrere Klimazonen, sodass im selben Land zugleich tiefster Winter und andauernder wüstentrockener Sommer herrschen konnte. Das Land war frei gewesen, und groß, als Mitte des 19. Jahrhunderts die ersten deutschen Einwanderer hier gesiedelt hatten. Von den Nachwehen der Revolution 1848 und den reaktionären Kräften aus ihrer Heimat verdrängt, segelten sie nach Süden, um hier neues Land für sich zu erobern. Karl war bestens über diese Entwicklungen informiert. Man war stolz gewesen auf die Kolonien in Übersee, und auf den Patriotismus, den die Auslandsdeutschen an den Tag gelegt hatten. Weit davon entfernt, sich mit der chilenischen Bevölkerung zu mischen, waren sie unter sich geblieben, hatten deutsche Familien großgezogen und mit deutschem Fleiß einen Wirtschaftsaufschwung befördert, der vor allem dem Süden des Landes eine Position gesichert hatte, von der man vorher nicht zu träumen gewagt hatte. Anfang des 20. Jahrhunderts wurde noch berichtet, man fühle sich wie in der Heimat, wenn man in einem chilenischen Küstenstädtchen von Bord ginge; Fachwerkhäuser und deutsche Brauereien ringsum, melodische, deutsche Dialekte auf den Straßen. Auch in den jüngsten politischen Wirren waren die Deutschen in diesem Lande standhaft geblieben; sie hatten sich bedingungslos ihrer Heimat verpflichtet und mit starkem Herzen für die deutsche Sache gekämpft. Karl hatte keinen Zweifel daran, dass er auch jetzt noch Unterstützer, dass er treue Brüder im Geiste finden würde, wohin auch immer er sich wandte. Nicht umsonst hatte seine Frau dieses Land für seine Flucht ausgesucht. Karl freute sich auf den nächsten Tag, als er sich zu Bett begab und auf das Tosen und Rauschen der Großstadt lauschte, das auch am späten Abend noch nicht abgerissen war. Zwischen das Hupen und die sonoren Flüche, die an sein Fenster drangen, mischte sich eine stille Vorfreude darauf, Karl Müller bald Karl Müller sein zu lassen, und ihn ein für alle Mal in seiner Vergangenheit zu begraben.

Als Erstes wurde Karl bei der Familie eines deutschen Kleinwarenhändlers vorstellig. Er nannte seinen Namen.

Nach einem freundlichen Wortwechsel ließ er einige Andeutungen fallen, die vielleicht deutlicher gewesen waren, als sie unter anderen Umständen gewesen wären. Karl war fest davon überzeugt, dass sie auf fruchtbaren Boden fallen würden. Dementsprechend überrascht war er, als ihm ganz plötzlich eisiger Widerwille entgegenschlug und ihm selbst das Grußwort beim Verlassen des Geschäfts verweigert wurde. Nach einiger Recherche stellte sich heraus, dass es ein jüdischer Kaufmann gewesen war, dem er so begegnet war. Karl hätte es sich denken können.

Auch bei dem nächsten Geschäft erging es ihm ähnlich. Obwohl der Juwelier, bei dem er es diesmal versucht hatte, ein ehrlicher Katholik war und sich seinen bayerischen Dialekt auch in der dritten Generation bewahrt hatte, schlug ihm nichts als Abneigung entgegen. Als auch ein hoher Beamter, dessen Arbeitsstätte er ausfindig gemacht hatte, Karl unverhohlen seinen Abscheu vor seiner politischer Gesinnung zum Ausdruck brachte, geriet er ins Sinnieren. Er ließ den Beamten stehen, der gerade begonnen hatte, sich in Rage zu reden, und kehrte ins Hotel zurück. Karl tat der Kopf weh, doch das würde sich schon legen. Er war überzeugt, dass seine Fehlgriffe heute nur eine Reihe unglücklicher Zufälle gewesen waren. Man hatte so viel Gutes über die Deutschchilenen gehört. Hatte nicht die Landesgruppe von der Hauptstadt aus operiert? Die internen Scharmützel, die es gegeben hatte, waren verhältnismäßig schwach ausgefallen; nur einige wenige, Unbelehrbare hatten sich bis zum Schluss geweigert, den richtigen Weg einzuschlagen. Karl war überzeugt, dass er durch eine gemeine Fügung des Schicksals nur an diese geraten war. Er legte sich nieder, drehte das Licht ab und verfolgte das Farbenspiel der leuchtenden und blinkenden

Reklame, das durch den geschlossenen Vorhang fiel und an seiner Zimmerdecke zuckende Kanten zeichnete.

Am nächsten Tag machte sich Karl wieder auf den Weg. Er beschloss, die offiziellen Stellen aufzusuchen. Aber keiner der deutschen Vereine wollte etwas von der Partei gehört haben. Selbst der Singkreis, dessen Werbung selbstbewusst auf einen heimatverbundenen Liederabend hingewiesen hatte, wollte nun nichts mehr von einer derartigen Veranstaltung wissen. Karl hatte eine ausgebleichte Konzertankündigung von letztem Jahr auf einer Litfaßsäule in einem der Vororte entdeckt. Das Konzert habe es nie gegeben, wurde ihm versichert; wenn überhaupt, sei man Opfer einer Verleumdungskampagne geworden. Man wolle mit derartig staatszersetzenden Umtrieben nichts zu tun gehabt haben. Dann wurde Karl unmissverständlich und nicht gerade feinfühlig nahegelegt, das Vereinslokal zu verlassen und sich hier ja nicht wieder blicken zu lassen. Karl hatte darauf schon nichts mehr erwidert. Ihm lag der Klang der künstlichen Erregung, die aus diesen Stimmen troff, noch in den Ohren. Vor ihm hätten sie sich doch nicht verstellen müssen. Er war einer der Ihren. Karl war etwas niedergeschlagen, als er sich zur nächsten Station aufmachte.

Auch die anderen drei Vereine, die er an diesem Tag besuchte, hatten ihn mehr oder minder deutlich hinauskomplimentiert. Das Tuten und Blasen vor dem Hotel klang ihm ungewohnt schrill in den Ohren, als er sich an diesem Abend zu Bett legte. Es konnte doch nicht sein, dass er sich derart verschätzt hatte? Nein. Die Informationen, die er vom Auswärtigen Amt bezogen hatte, hatten eindeutig darauf hingewiesen, dass es für ihn ein Leichtes sein würde, hier Verbündete zu finden. Karl drehte sich auf den Bauch. Eine Ecke des Polsters drückte ihm schmerzhaft in den Hals, sodass er das Blut darin pochen spürte. Er brauchte einige Sekunden, bis er die Position wechseln konnte.

Irgendwo musste er einem systematischen Fehler aufgesessen sein. Es dürfte wohl an seiner Auswahl gelegen haben. Morgen würde er es bei den Frauenvereinen probieren. Vielleicht hätte er ja dort Erfolg.

Als er am nächsten Morgen den Back-Klub Deutscher Hausfrauen in Chile aufsuchte, war er guter Dinge. Der Klub war in einer Privatwohnung untergebracht, die über und über mit Stickdeckchen dekoriert, man musste schon fast sagen, ausgelegt war. Im Nachhinein betrachtet hatte Karl Glück gehabt, dass nur eine der Vereinsschwestern zugegen gewesen war. Sie hatte ihm Kaffee und – selbstverständlich – selbst gebackenen Kuchen angeboten und sich sehr über sein Interesse am deutschen Vereinswesen gefreut – bis er seine Hintergründe dargelegt hatte. Dann war sie aufgestanden und hatte vor lauter Aufregung die Kaffeekanne fallen lassen, die mit einem verhaltenen Klirren am Holzboden zerschellt war. »Wissen Sie was?«, hatte sie begonnen und Karl mit dem Tortenheber bedroht, »Ihre Leute haben meine Tochter beschimpft; bespuckt haben sie sie auf offener Straße, weil sie einen Chilenen geheiratet hat! Für die Liebe zu einem Landsmann ist sie gescholten worden, und die Regierung hat nichts dagegen getan! Pfui, ihr Schweine!« Karl bemühte sich, hinauszukommen. Die Schuhe hatte er im Vorbeilaufen geschnappt und zog sie nun vor der Wohnung an. Ihm war eine Wolke Staub entgegengestoben, als die Frau die Tür hinter ihm zugeknallt hatte. Der Aufprall war so laut gewesen, dass noch immer, in feinen Brocken, der Putz zu Boden rieselte.

Als ihm beim örtlichen Deutschen Strick- und Nähverein dieselbe Argumentation entgegenschlug, hatte Karl noch die Kraft zu fragen, was die Vereinsleiterin a.D., die beim Nähkränzchen zufällig zu Besuch war, denn damit meine – die Regierung habe nichts getan? Die Frau sah ihn einen Moment an, als könnte sie ihm mit Blicken das Gehirn aus dem Schädel zwingen. »Was das heißen soll? Jahrelang haben sie uns ungehindert gängeln können. Der Regierung ist es egal gewesen. Geknechtet haben sie uns! Die sind hier hereingekommen wie die großen Herrscher; einen jeden Deutschen wollten sie auf ihre Linie bringen! Was für ein beschissenes Pack.« Karl war einen Schritt zurückgetreten, so sehr hatte ihn die Wucht ihrer Worte getroffen. »Auf Wiedersehen«, hatte er vor lauter Schreck noch hervorgequetscht, anstatt sich grußlos zu verabschieden. Irgendetwas hatte in seinem Kopf zu arbeiten begonnen. Bei der nächsten Station schaffte er es bis zu der Frage, wie viele sich denn nicht gebeugt hätten. Er war an den Kleintierzüchterverein geraten und stand nun in einer sonnendurchfluteten Halle in der Vorstadt. Um ihn herum waren mannshoch aufgetürmte Käfige gelagert, aus denen ihn feindselige Graupapageien, Kreuzschnabelfinken und Wellensittiche musterten. Eine Reihe weiter glotzten ihm starre Zwergkarnickel entgegen, die, als wären sie ferngesteuert, alle paar Sekunden ihre Nüstern blähten, auf einem Hälmchen kauten und sich ansonsten nicht bewegten. Die Frau, die ihn durch die Gänge geführt hatte, war schon zu alt, um zu schreien. Er war froh darüber. Wenn man den Kopf hob, konnte man die Federn sehen, die im Licht langsam zu Boden schwebten und Karl einen akuten Niesreiz bescherten. Das erste Mal verschaffte es ihm eine gewisse Erleichterung, dass er hier wohl kein Gehör finden würde. Karl kam auf das Thema zu sprechen. Mit Unbehagen wurde ihm bewusst, dass er eine andere Reaktion schon gar nicht mehr erwartet hätte. Einige wenige seien es gewesen, die sich aus Dünkel und verquerer Heimatliebe der Sache dieser Verbrecher angeschlossen hätten. Was seien das nicht für Halunken gewesen! Alle Institutionen hätten sie unterwandert; sogar in ihrem Verein hätte es einen Putschversuch gegeben! Aber sie, Hermine Gonzales Brecher, habe sich immer geweigert, ihren Zuchtrammler Adolf zu taufen. Siegfried, das Hausschwein, hatte dann den Anstoß zur Rebellion gegeben – es hieß nun José und war der Beweis dafür, dass man allen Usurpationsversuchen erfolgreich widerstanden hatte.

Als Karl den Weg hinaus nahm, vermied er es tunlichst, an den Gehegen mit den Nutztieren vorbeizugehen. Eines der Hausschweine hatte ihn vorher angesehen, als wollte es ihn fressen. Er hätte es José, dieser elenden Sau, ohne zu zögern zugetraut.

7.

Beim Notar ist der Ferdl erst wirklich nervös geworden. Irgendwie hat ihm das gefallen. Dieser Zustand ist wenigstens sozial adäquat gewesen; den hat man erklären können. Den haben ihm die Leute abgenommen. Der Ferdl hat etwas gespürt, was er spüren hätte sollen, und das hat ihn irgendwie beruhigt.

Man hat also sagen können, er ist mit einer grundsoliden Nervosität in die Kanzlei gegangen. Der Ferdl hat sich geweigert, sich kleiner vorzukommen, als er ist, in diesen hohen, stuckverzierten Räumen. Die Sekretärin hat ihm ein teilnahmsloses Lächeln gegönnt, wie er bei der Tür hereingekommen ist. Der Ferdl hat sich in einen überdimensionalen Lederfauteuil sinken lassen, aus dem er fast nicht mehr aufgekommen wär. Er ist dagesessen und hat aus dem Fenster geschaut. Draußen sind die Tauben wie kleine Adler gekreist und haben von den Simsen des gegenüberliegenden Hauses auf die Straßenbahnhaltestelle darunter geschissen. Der Ferdl hat sein Herz klopfen gehört. Wenn er sich tief in das Leder hineingedrückt und seinen Rücken fest an die Lehne gepresst hat, dann ist ihm gewesen, als schlüge sein Herz gegen das Leder. Er hätt dieses klopfende Herz gern an das Sofa abgetreten. Er hätt es gerne im Notariat zurückgelassen, dass es ihn nicht mehr so belästigt. Und dann hat der Ferdl an etwas gedacht, von dem er nicht erwartet gehabt hätte, dass es ihm ausgerechnet jetzt in den Kopf sprudelt: Der Ferdl hat an eine Frau gedacht.

Er hat sie fünf Tage zuvor zum ersten Mal gesehen, und zwar genau an dem Tag, an dem die Tante Meri verstorben ist. Es ist ein Mittwoch gewesen, das weiß er noch genau, das hat er sich eben wegen der Tante Meri gemerkt. Der Ferdl ist beim Gemeindeamt gestanden und hat am Briefkasten hantiert. Bei dem Trumm hat immer die Klappe geklemmt. Der Ferdl hat verzweifelt versucht, die Hand wieder herauszuziehen, die er gerade hineingesteckt hat bis zum halben Unterarm. Es hat nicht wirklich funktioniert. »Entschuldigen Sie«, hat er hinter sich gehört. Es ist ein Dialekt gewesen, den er nicht einordnen hat können. Mit Us, wie sie die beste Bosnierin nicht zusammengebracht hätt. Der Ferdl ist erstarrt. Er hätt sich gern umgedreht und die Person angeschaut, die da gesprochen hat, aber das hat er momentan leider nicht können. »Ja?«, hat er zu der Wand hinter dem Briefkasten gesagt und die Zähne zusammengebissen. »Entschuldigen Sie«, hat die Stimme gesagt, mit einer gewissen Indignation zwischen den Worten. Es ist eindeutig eine Frauenstimme gewesen. Der Ferdl wär am liebsten im Erdboden versunken, aber das hat ihm seine Hand im Briefkastel leider nicht erlaubt. »Können Sie bitte da herüberkommen?«, hat der Ferdl gesagt. Hinter sich hat er eine verwunderte Pause vernommen. »Was?« – »Kommen Sie bitte da herüber. Dann kann ich mit Ihnen reden. Ich stecke fest.« Einen Moment ist es still gewesen, dann ist die Frau in seinem Blickfeld erschienen.

»Was machen Sie denn da?«, hat sie nur gesagt, vorwurfsvoll hat es sich angehört, und ihn angeschaut, mit so einem Blick ... Dem Ferdl hat irgendetwas das Blut abgeschnürt. Ob es die Hand gewesen ist im Briefkasten oder etwas anderes – nichts ist mehr hinaufgegangen in sein Hirn, das blutleer und schlaff in seinem Kopf gehangen ist. Der Ferdl hat sich diesen Blick einverleibt und er ist ihm fast zu viel geworden. Dann hat er geblinzelt.

»Soll ich jemanden holen?«, hat sie gesagt und auf seinen Arm gedeutet, der linkisch aus dem Briefkastel herausgehangen ist. »Nein«, hat er gesagt und auf den Boden geschaut. »Es geht schon. Wär ja nicht das erste Mal gewesen.« – »Wie Sie meinen«, hat sie gesagt und mit einer energischen Bewegung einen Zettel aus der Tasche gezogen. »Ich suche das da.« Die Bestimmtheit in ihrer Stimme hat dem Ferdl Angst gemacht. Sie hat ihn fasziniert. Während er sich den Zettel vor die Nase gehalten hat, hat er vorsichtig darüber hinweggestiert und in das Gesicht von der Frau hinein. Mit ihren schwarzen Haaren hat sie wirklich ausgeschaut wie eine Bosnierin. Sie muss im Alter vom Ferdinand gewesen sein. Ihr Gesicht ist nicht wirklich schön gewesen, aber es ist eine Entschlossenheit dringelegen, die den Ferdl mitgenommen hat. Ob er sie fragen sollt, von woher sie kommt ...? »Also?«, hat sie gesagt, und es hat sich mehr angehört wie ein Kommando als wie eine Frage. Ihre harten Augen sind auf dem Ferdinand gelegen, und er hat das Gefühl gehabt, als sei es das erste Mal, dass ihn jemand nicht als lächerlich betrachtet, obwohl er mit einer Hand im Briefkasten gehangen ist, obwohl er seit geraumer Zeit auf einen Zettel mit sehr spärlicher Botschaft gestarrt hat und keine Anstalten gemacht hat, sich wie ein normaler Mensch zu benehmen. Diese Person hat ihn ernst genommen. Das hat sich eigenartig angefühlt.

»Ach so«, hat der Ferdl gesagt, »der Gschwendtner …«
»Pension Gschwendtner«, ist ihm die Frau ins Wort gefallen und hat den Zettel wieder an sich genommen. »Ja, die ist dort vorne«, hat der Ferdl gesagt, »Sehen Sie, gleich an der Ecke.« Die Frau hat sich umgedreht und prüfend in die Richtung geschaut, die ihr der Ferdinand gewiesen gehabt hat. Er hat einen kurzen Blick hinunter gewagt. Wie er die Augen wieder gehoben hat, hat ihm die Frau schon ins Gesicht geschaut. Dem Ferdl ist die Schamesröte in die Wangen gestiegen. »Danke«, hat sie gesagt und ihm kurz zugenickt.

Der Ferdl ist schlaff gewesen, schlaff alser Ganzer. Wahrscheinlich hat ihn die Überdosis Hormone müde gemacht. Er ist ja so was nicht gewohnt gewesen. Der Ferdinand hat ihr nachgeschaut, ihrer stämmigen Figur, ihren bestimmten kleinen Schritten, dem Rollköfferchen, das hinter ihr über die dicken Pflastersteine gehoppelt ist. Nur langsam hat sich die Aufregung vom Ferdinand gelegt. Wie sie schon lange im Gschwendtner verschwunden gewesen ist, ist ihm aufgefallen, dass sich ihr Gesichtsausdruck nicht von seinem inneren Auge gelöst hat. Der Ferdl hat ihn nicht direkt gesehen, er ist ihm vielmehr unter der Haut geklebt, er hat ihn begleitet, die ganze Zeit, bis in die Stadt hinein. Sie hat einen Zug um den Mund gehabt, und es ist dieser Zug gewesen, an den der Ferdl jetzt, im Ledersofa vom Notar Federmaier, gedacht hat; in dem er genauso festgesteckt ist wie damals im Briefkastel.

Erst nach einer halben Stunde hat er die Kraft gefunden, nach dem Oberpostmeister Berger zu rufen, daran erinnert er sich jetzt, und auch daran, dass er dem Berger Michl kein Wort von dieser Frau erzählt hat, nachdem er ihn aus dem Briefkastel befreit gehabt hat. Der Berger

Michl hat ihn zwar sorgenvoll angeschaut, aber der Ferdl hat weder die Striemen gespürt, die die Briefkastelzähne in seinen Unterarm hineingebissen haben, noch die tauben Finger, die vom langen Hängen wie Fremdkörper von seiner Hand abgestanden sind. Der Ferdl hat die Frau gespürt, die ihm unter der Haut gelegen ist, die gleichsam in ihm drin gewesen ist, und er hat sich gefragt, wie um Gottes willen er sie da wieder herausbekommt.

Die Tür hat gescheppert, wie sie aufgegangen ist. Das hat den Ferdl überrascht. Die hat so massiv ausgeschaut, als hätt man nicht einmal mit einem Rammbock dagegen ankönnen. Ein kleines Männchen ist ihm aus dem geschmackvoll eingerichteten Zimmer dahinter entgegengetreten. Vielleicht ist ihm das Männchen auch nur deshalb klein vorgekommen, weil das Zimmer mindestens drei Mal so hoch gewesen ist wie er. »Herr Meininger?«, hat ihm das Männchen entgegengenäselt und ihn über seine randlose Brille hinweg gemustert. Der Ferdl hat genickt und sich und sein pumperndes Herz aus dem Lederfauteuil herausgeklaubt. Er hat ein paar Sekunden gebraucht, bis ihm das Blut wieder in die Beine geflossen ist. Die Sekretärin hat ihm präventiv ein Glas Wasser hingehalten, er hat's genommen und ist dem Notar Federmaier in sein Kämmerchen hinein gefolgt.

»Setzen's Ihnen, setzen's Ihnen«, hat der Federmaier gesagt und ist um seinen Schreibtisch herumgewuselt. Er hat viel zu kleine Schritte gemacht. Auf dem Parkettboden hätt man ihn wohl schaffeln gehört, aber bei einem Perserteppich ist so was wurscht gewesen. Der Ferdl hat sich auf ein Sesserl gesetzt, das so zierlich gewesen ist, wie sonst nur die Stühlchen in den Gastgärten von den gehobenen Kaffeehäusern. Der Ferdl hat sich nicht einmal richtig hinsetzen getraut. Er hat das ganze Gespräch über die Oberschenkel angespannt, aber das hat er erst am nächsten Tag gespürt.

»Könnt ich bitte Ihren Ausweis haben?«, hat der Notar gesagt, und der Ferdl hat seinen abgewetzten Pass herausgekramt. »Verbindlichen Dank«, hat der Notar mit einem Lächeln gesagt, als hätt er ihm gerade die eigene Großmutter abgekauft. Dann ist er zu einem Regal gegangen und hat einen enormen Aktenordner herausgezogen. Der Ferdl hätt eigentlich eine Staubwolke erwartet, wie er ihn auf den Tisch geknallt hat. Aber es ist keine gekommen.

»Das ist eine ganz außergewöhnliche Geschichte«, hat ihn der Federmaier angenäselt, während er durch seine Unterlagen gewühlt hat, »aber Ihnen als Alleinerben kann ich sie jetzt ja erzählen. Ihre Mutter ist vor zwei Jahren verstorben. Können Sie diese Information bestätigen?« Der Ferdl hat ihn angenickt. Die Kehle ist ihm trocken gewesen wie Papier, trotz dem Wasser von der Sekretärin. »Sie haben ein Haus geerbt, nicht?« – »Ja«, hat der Ferdl herausgebracht, »mein Haus.« Der Federmaier hat ihm einen vorwurfsvollen Blick über seine Brille hinweg zugeworfen, dann hat er die Augen wieder gesenkt. Es hat ausgeschaut, als hätt er die Unterlagen gefunden. »Dieses Haus«, hat er gesagt und von einem Schriftstück abgelesen, »hat Ihrer Mutter aber nicht lange gehört.« Der Ferdl hat das Schriftstück fixiert, das der Federmaier in der Hand gehalten hat. Aber er hat verkehrt herum leider nichts lesen können. »Zwei Monate vor ihrem Tod ist es ihr überschrieben worden … von Ihrer … wie nennen Sie sie? Von Ihrer Tante Meri.« Dem Ferdl hat das Herz weitergepocht. Er hat die dicken schwarzen Buchstaben angestarrt, die seltsam ausgeschaut haben, wie sie so auf dem Kopf gestanden sind. Dem Ferdl ist der Gedanke gekommen, dass er jetzt eigentlich hätte überrascht sein müssen. Aber er hat die Antwort schon geahnt. »Wieso denn?«, hat er nur gesagt. »Wie bitte?« – »Wieso hat sie ihr das Haus überschrieben? Meine Mutter hat Brustkrebs im Endstadium gehabt. Es ist absehbar gewesen, dass sie bald sterben würd.« Da hat der Ferdl den Notar Federmaier zum ersten Mal lächeln gesehen. Er hat die Brille abgenommen und ist zum Fenster gegangen. Aus dieser Perspektive hat der Ferdl gesehen, dass er wirklich kleiner gewesen ist als normal für einen Mann. Ihm ist das Fensterbrettl bis zum Bauch gegangen. »Wissen Sie«, hat der Notar angefangen, »Ihre Tante hat Sie sehr gern gehabt. Ich bin nicht über die genauen Familienverhältnisse informiert und lege auch keinen sonderlichen Wert auf die Aktualisierung meiner Kenntnisse über das Nötigste hinaus –«, mit diesen Worten hat sich der Federmaier wieder umgedreht, »aber mir gegenüber hat sie mehrfach erwähnt, Sie seien für sie wie ihr eigener Sohn.« Der Federmaier hat ihn angelächelt. Dem Ferdl ist dieses Lächeln unangenehmer gewesen als die arroganten Blicke, die er eigentlich erwartet hätt. »Und?«, hat der Ferdl gesagt, und es hat sich angefressener angehört als es eigentlich gemeint gewesen ist. »Und was?«, hat der Federmaier gesagt. Der Ferdl ist zufrieden gewesen, wie er ein bisschen Irritation aus der Stimme vom Federmaier herausgehört hat. »Und wieso hat sie's ihr überschrieben?« Da ist der Federmaier wieder hinter den Schreibtisch getreten und hat sich mit seinen kleinen Händchen an der Tischplatte aufgestützt. »Dass sie's Ihnen vererben hat können. Deswegen hat sie's Ihrer Mutter überschrieben.« Der Federmaier hat sich mit einem dieser vorwurfsvollen Blicke in seinem Bürostuhl niedergelassen und das herzklopfende Bündel Konfusion und Trotz angeschaut, das der Ferdinand gewesen ist. »So etwas nennt man Großmut«, hat der Federmaier gesagt. »So etwas nennt man Bescheidenheit.« Wie keine Reaktion vom Ferdl gekommen ist, hat sich sein Gesichtsausdruck wieder eingerenkt. Er hat sich in seinem Sessel aufgesetzt. Davon ist er leider auch nicht größer geworden. »Aber jetzt«, hat er gesagt, und eine wichtige Pause dazwischenschweben lassen, »jetzt kommen wir zum Wesentlichen. Nicht?« Dann hat er wieder gelacht. Und dann ist es dem Ferdl wirklich unheimlich geworden.

Der Ferdinand hat einen bunten Nachmittag erlebt. So hätt man das durchaus nennen können. Der Berger Michl hat sich schon gewundert, wie er ihn mitten in der Nacht – gefühlt halb neun ist es schon gewesen – zu Hause aufgescheucht hat. Der Michl hat sich gerade eine Quizshow angeschaut und ist gemütlich auf seinem Sofa gesessen, wie es draußen einmal, und sehr verhalten, geklingelt hat. Er hat zuerst geglaubt, er hat sich verhört, und ist sitzen geblieben. Aber dann hat es wieder geklingelt, kurz und spitz, und jetzt hat er es nicht mehr ignorieren können. Mit einem Seufzer ist er aufgestanden und hat das Wollgilet zurechtgerückt, das er über seinem Hausanzug getragen hat. Es hat schon etwas sehr Wichtiges sein müssen, dass man ihn so spät am Abend noch stört.

Der Berger Michl hat die Tür aufgemacht, und der Ferdl ist davor gestanden. Er hat sich an ihm vorbei ins Haus gedrängt. Das ist normalerweise nicht seine Art gewesen; sonst ist der Ferdl ja ein unglaublich zurückhaltender Mensch gewesen und ein nachdenklicher, aber dieses Mal … Der Berger Michl hat einen mitgenommenen, aber entschlossen aussehenden Ferdl zum Sofa geführt und sich neben ihn hingesetzt. Die stummgeschaltete Quizshow hat sie angeblinkt, während sie gesprochen haben. Wobei gesprochen vielleicht das falsche Wort gewesen ist dafür.

Der Ferdl hat gefasst ausgesehen, aber ein bissl zerwuschelt, als hätt er das Schlimmste schon hinter sich gehabt. Das Schlimmste wovon, hat sich der Berger Michl kurz gefragt, aber dann hat er das Fragen gelassen. Der Michl hat sich furchtbare Sorgen gemacht, wie er sich immer Sorgen macht; er hat überlegt, ob er dem Ferdl ein Bier anbieten soll, aber dann hat er doch auf Tee umgesattelt. Wer weiß, was Alkohol mit Menschen in so einer Situation alles anrichten kann. Am Ende hat er schon was gesoffen, der Ferdl. Also doch lieber Tee.

Zehn Minuten später ist der Ferdl noch immer auf dem Sofa gesessen. Er hat sich fast nicht bewegt gehabt. Nur die Teetasse in seinen Händen hat gescheppert. »Scheiße«, hat der Ferdl gesagt, mit einer nüchternen Wehmut in der Stimme, als hätt er den vollen Umfang des Problems nun erst richtig erkannt. Der Berger Michl hat sich gefreut, dass der Ferdl endlich zum Reden gekommen ist. »Was ist denn?«, hat er gefragt und dem Ferdl die Hand auf die Schulter gelegt. Der Ferdl hat das geschehen lassen, aber der Berger Michl hat die Hand recht bald wieder weggenommen. »Eigentlich sollt man meinen …«, hat der Ferdl angefangen, und dann hat er das Gesicht verzogen, »ich hätt das überhaupt nicht erwartet!« Der Berger Michl hat ein paar Sekunden gewartet, aber wie der Ferdl keine Anstalten gemacht hat, weiterzureden, hat er gesprochen. »Jetzt musst mir aber schon sagen, was passiert ist. Sonst kann ich dir ja nicht helfen.« Der Berger Michl hat mit dem Ferdl geredet wie mit einem kranken Ross. Der Ferdl hat das gemerkt. Es ist kurz still gewesen. Nur mehr die Tasse hat man leise scheppern gehört. »Ich bin ein gemachter Mann«, hat dann der Ferdl gesagt, »da stimmt etwas nicht.« – »Moment einmal«, hat der Berger Michl gesagt, und ihm ist es schön langsam gedämmert, »das hat jetzt nicht vielleicht mit dem Tod von deiner Tante zu tun?« Der Ferdl hat genickt. »Sicherlich. Und ich frag mich mittlerweile –« Er hat eine kurze Pause eingelegt. Dann hat er langsamer weitergeredet. »Wenn jemand gewusst hätt, wie viel sie hat, dann hätt es allen Grund gegeben, dass man sie um die Ecke bringt.« Der Ferdl hat den Berger Michl angeschaut, eindringlich, und mit irgendwas hinter seinem Blick. Aber der Michl hat ihm mit ungeahnter Intensität dagegengeredet: »Was redst denn du da?«, hat der Michl gesagt. »An so was soll man nicht einmal denken.« – »Und wieso nicht?«, hat der Ferdl erwidert. Der Berger Michl hat bemerkt, dass irgendwo in dem Ferdl seiner Stimme eine schneidende Qualität versteckt gewesen ist. Die ist ihm erst jetzt bewusst geworden. »Weißt«, hat der Ferdl gesagt, und von seiner Tasse aufgeschaut, geradewegs in die blinkende Quizshow hinein, »es heißt, der Briefträger hat sie gefunden.« Der Ferdl hat seinen Blick auf den Berger Michl gewendet, und den Michl hat gefröstelt unter diesem Blick. Er hat gar nicht gewusst, dass der Ferdl so schauen hat können. »Ja und?«, hat der Michl gesagt und ist ein bisschen tiefer ins Sofa hineingesunken. Er hat die Hände vor seiner Wollgiletbrust verschränkt. »Das hilft ihr jetzt auch nicht mehr. Und dir auch nicht.« Der Ferdl hat kurz gelächelt. Das Lächeln hat seine Augen nicht erreicht. Dann ist er aufgestanden. Der Michl hat gar nicht gewusst, wie groß der Ferdl eigentlich gewesen ist. Mit langsamen Schritten ist er in die Küche gegangen und hat die Teetasse zurückgetragen. Der Berger Michl hat sich dabei ertappt, wie er dem Klicken seiner Schritte gelauscht hat. Er hat so intensiv gehorcht, dass er sein Herz in den Ohren pochen hat hören. Irgendwas ist heut anders gewesen am Ferdl als sonst. Das hat dem Berger Michl nicht gefallen.

Der Ferdl ist wieder zurückgekommen und hat sich in die Tür gestellt. Mit einem unglaublich ruhigen Gesichtsausdruck hat er den Berger Michl angeschaut. Der Berger Michl hat Schlimmes dahinter vermutet. »Wer hat sie denn gefunden, hm?«, hat der Ferdl gesagt; so, als hätt er die Antwort zu dieser Frage schon lange gewusst. Die Quizshow hat blau über sie drüber geblinkt, blau und tonlos in dem Ferdl sein Gesicht hinein. Nichts hat sich bewegt in diesem Gesicht. Der Berger Michl hat kurz überlegt. Aber er hat keine Wahl gehabt. »Ich«, hat er kleinlaut gesagt. »Ich hab's gefunden.« – »Und wieso hast du mir das nicht erzählt?« – »Das tut doch jetzt nichts mehr zur Sache«, hat der Michl gesagt. »Weißt, ich hab das fernhalten wollen von dir –« – »Wieso hast du mir nichts gesagt?« Die Stimme vom Ferdl hat einen Klang gehabt, den der Berger Michl noch nie gehört hat. Sie hat ihm Angst gemacht. »Du bist mein Freund«, hat der Ferdl gesagt, »von dir hätt ich das nicht erwartet.« – »Du bist in einer emotional anstrengenden Situation gewesen«, hat der Berger Michl erwidert, »das hätt etwas Posttraumatisches sein können, ich hab mir gedacht, verschonen wir ihn damit, alles zu seiner Zeit, der Polizei hab ich's eh –« – »Und deswegen hast du's mir nicht gesagt? Weilst mich für so ein Weichei hältst, dass ich das nicht aushalt?«, hat der Ferdl mit dieser grässlichen Stimme insistiert, und der Berger Michl hat zu wimmern begonnen. »Ihr haltets mich wohl alle für deppert, hm? Glaubst leicht, ich kann nicht eins und eins zusammenzählen? Aber ich hab mir das die längste Zeit gefallen lassen – die längste Zeit, hörst du?« – »Nein«, hat der Berger Michl gesagt, »nein.« Sein Wimmern hat irgendwie verzwickt geklungen. »Was heißt da Nein?«, hat der Ferdl gedonnert, und ihm ist die eigene Stimme in den Ohren nachgeklungen. »Bitte nicht«, hat der Berger Michl gesagt, »du tust mir weh.«

Der Ferdl hat ihn wie von ferne gehört. Er hat an sich hinuntergeschaut und gemerkt, dass er den Berger Michl an seinem Wollgilet gepackt gehabt hat, dass er nach Luft gerungen hat und einen Ausdruck in den Augen gehabt hat wie ein gejagtes Tier. Einen Moment lang hat den Ferdl das angebleckt, was möglich gewesen wär. Dann hat er es weggeblinzelt. Wie mechanisch hat er seine Finger wieder aufgemacht und der Berger Michl ist dazwischen herausgefallen. Er hat sich rücklings aufs Sofa sinken lassen und hat schwer geatmet. Der Ferdl hat das Weiße in den Augen vom Berger Michl gesehen. Sein dickes Kinn hat geblinkt in den Farben vom Fernseher, der hinter ihnen noch immer seine Bilder in den Raum geleuchtet hat. Der Ferdl hat gemeint, dass er es zittern sieht.

»Entschuldige«, hat der Ferdl gesagt und seine eigene, fremde Stimme in den Ohren gehört. »Entschuldige.« Der Ferdl ist dagestanden, ein paar Zentimeter größer als er selbst. Der Berger Michl ist keuchend vor ihm auf dem Sofa gelegen und hat sich an die Gurgel gegriffen. Der Ferdl hat es nicht fassen können. Er hat sich umgeschaut im Zimmer, seine Augen sind ganz von selber über die Dinge geglitten. Er hat den teilnahmslosen Ausdruck in seinem eigenen Gesicht gespürt, gleichsam von innen hat er ihn wahrgenommen. Das ist ungewohnt gewesen. Dem Ferdl ist vorgekommen, als hielte alles die Luft an vor ihm. Als hätt sich alles vor ihm in ungeahnter Klarheit aufgefächert, und er hätt nun endlich die Chance gehabt, sich darin zu bewegen. Der Berger Michl hat Angst vor ihm gehabt, das hat der Ferdl gespürt, und es ist eigenartig gewesen, wie gut sich das angefühlt hat. Im Nachhinein ist ihm klar geworden, dass das der Anfang gewesen ist. Dieser Moment und kein anderer. Zu seiner eigenen Überraschung ist der Ferdl ohne ein weiteres Wort gegangen.

Nachdem der Ferdl weg gewesen ist, hat sich der Berger Michl seine Wolljacke enger um den Leib gezogen. Die Tür hat er zwei Mal abgesperrt und den Sicherheitsriegel vorgeschoben, was er sonst nie getan hat. Er hat das Teehäferl, das der Ferdl benutzt hat, zwei Mal ausgewaschen. Dann ist ihm mit Schrecken eingefallen, dass im ersten Stock das Klofenster zum Lüften offen gewesen ist, und der Berger Michl ist, so schnell es ihm in seinen Hauspatschen möglich gewesen ist, hinauf und hat es zugemacht.

Es ist eine eigenartige Sache gewesen, das hat der Ferdl schon gewusst. Die Tante Meri ist die Stiegen hinuntergefallen. Ja und, hat er sich gedacht, das passiert. Vor allem in einem Haus, das so viele Stiegen gehabt hat wie das von der Tante Meri. Wie sie umgekommen ist, ist für ihn sekundär gewesen; er hat mehr damit zu kämpfen gehabt, dass sie tot gewesen ist. Wenn der Ferdl jetzt zurückgedacht hat, dann hat diese Todesart ganz gut in die Geschichte von der Tante Meri gepasst. Sie ist älter geworden, ja, das hat man im Dorf gewusst – und sie hat sich beständig geweigert, dass man ihr jemanden als Hilfe ins Haus schickt. Der Ferdl hat sie mehrmals gefragt, aber sie hat sie nicht einmal ignoriert, diese Frage. Eine Haushaltshilfe ist für sie schlicht und einfach nicht in Betracht gekommen. Umbauen hat sie auch nichts lassen wollen – keinen Stiegenlift, obwohl sie das Geld dafür gehabt hätte, kein leichter zugängliches Bett, nein, gar nichts. Ihr Lebtag hat sie in einem mahagonifarbenen Doppelbett geschlafen, dessen Einstiegshöhe schon von einem normal gebauten Menschen einen kleinen Hupfer verlangt hätte. Wie es bei der Tante Meri ausgesehen haben muss, will sich der Ferdl gar nicht vorstellen. Und dass es ein Doppelbett gewesen ist, ist ihm auch erst jetzt gedämmert.

Man hat es also kommen sehen im Dorf. Man hat darauf gewartet. Der Ferdl ist ja nicht der sozialste Mensch gewesen, aber das hat sogar er gespürt. Die Tante Meri hat es irgendwie schon immer gegeben; wie alt sie gewesen ist, hat keiner gewusst, aber jeder hat sich gedacht, dass sie nicht ewig leben kann. Und so hat halt die Nachricht keinen überrascht.

Der Ferdl hat die letzten paar Tage in einer dumpfen Blase von Begräbnisvorbereitungen, Anrufen vom Notar und persistierenden Gedanken an die Frau verbracht, die er am Briefkasten getroffen hat – am meisten wohl mit Letzterem, obwohl er sich das nicht gerne eingestanden hat. Seit dem Tag, als die Tante Meri verstorben ist, hat es in ihm gebrodelt, und jetzt hat sich seine Stimmung schön langsam eingekocht gehabt. Sie ist zäher geworden. Er hat was damit anfangen können. Der Wahnwitz seiner Situation ist ihm schön langsam normal vorgekommen, und so hat er jetzt endlich wieder einen klaren Gedanken fassen können. Und das Gespräch mit dem Notar hat da Entscheidendes dazu beigetragen.

Er ist herausgetreten aus dem großen Haus mit seinen großen Hallen und kleinen Menschen und ist im hellen Wiener Sonnenschein gestanden. Obwohl es Herbst gewesen ist, hat das Licht warm ausgesehen, saftig beinahe. Die Kälte hat man nur in den Fingern gespürt. Der Ferdl ist also in diesem Licht gestanden, und es ist ihm unwirklich vorgekommen. Seinem Empfinden nach hätte es Nacht sein müssen. Er hat das Gefühl gehabt, er habe Tage beim Notar Federmaier verbracht. Er ist jetzt ein gemachter Mann gewesen. Kein Installieren mehr. Nie wieder ein Röhrl. Und mehr noch, keine Tante Meri.

Der Ferdl ist in die Straßenbahn gestiegen und gemächlich in Richtung Außenbezirke gerattert. Die Tauben haben sich von seinem glasigen Blick nicht beunruhigen lassen, sie haben munter weiter von den Dächern geschissen und mit gurrenden Lauten die Haltestellenpfosten umkreist. Die Fahrgäste haben das anders gesehen. Sie sind dem Ferdl ausgewichen, haben einen Respektabstand zu ihm gehalten. Und in einer voll besetzten Straßenbahngarnitur will das etwas heißen. Dem Ferdl ist vage bewusst geworden, dass sie ihm aus anderen Gründen ausgewichen sind als sonst. Nicht weil er eigenartig dreingschaut hat. Nicht wegen seinem verzwickten Gesichtsausdruck, nein. Die Leute haben ihn anders betrachtet, und er, der Ferdl, hat anders zurückgeschaut. Wenn er es nicht besser gewusst hätte, dann hätte er das Gefühl gehabt, er sei in den letzten Stunden um ein paar Zentimeter gewachsen.

Auf dem Heimweg hat sein Gehirn dann zu rattern angefangen. Irgendwas ist abgestorben in den hohen Zimmern des Notars, endgültig, irgendwas ist jetzt tot gewesen in seinem Kopf. Er ist lange damit beschäftigt gewesen, es auszuspeien, aber jetzt ist es weg gewesen, endgültig und unwiederbringlich. Ein Teil seines Gehirns ist kurze Zeit vakant gewesen und hat sich mit etwas anderem gefüllt, das der Ferdl jetzt noch nicht benennen hat können. Er ist aber den Verdacht nicht losgeworden, dass sich auch diese Frau, diese unsägliche Frau mit den harten Augen und dem kleinen Kostüm irgendwo in der Leere eingenistet hat und dass er sie so bald nicht wieder loswerden würde aus seinem Kopf.

Der Ferdl hat sich ans Steuer gesetzt. Das Lenkrad ist kalt gewesen unter seinen Fingern, aber er hat es fast nicht gespürt. Es ist erst Mittag gewesen; seltsam, hat sich der Ferdl gedacht, da sind Welten dazwischen gelegen zwischen dem Mittag gestern und dem Mittag heute. Aber vielleicht hat es diese Welten auch nur im Ferdl gegeben. Was weiß man. Was weiß man überhaupt. Am Mittwoch ist es gewesen, dass man es ihm gesagt hat. Nachdem er auf der Post gewesen ist, ist er nach Hause gegangen. Er hat bis zum Nachmittag keine Aufträge zu erledigen gehabt, und danach auch nur einen einzigen. Der Fernseher ist aufgedreht gewesen. Der Ferdl hat noch die Bisswunden vom Briefkasten auf seinem Unterarm gespürt und die Augen von der Frau in seinem Schädel. Es hat geklingelt, über den Fernsehlärm hinweg, und der Ferdl hat aufgemacht, obwohl er eigentlich lieber zu gelassen hätte. Vor der Tür sind zwei geknickte Gendarmen gestanden. Der traurige Ausdruck in ihren Gesichtern hätte professionell aussehen sollen, das ist ihnen aber nicht gelungen. Sie haben beide furchtbar verzwickt dreingeschaut. »Was ist denn?«, hat der Ferdl gesagt und sich seine Jogginghose hinaufgezogen. »Ferdl«, hat der alte Kummer gesagt und ihn angeschaut, mit seinen trägen Dackelaugen hat er ihn angeschaut. »Das ist keine schöne Angelegenheit.« Der Ferdl hat den Blick vom Kummer zu seinem jungen Gehilfen gleiten lassen, einem halbwegs ansehnlichen Burschen, der ganz augenscheinlich keine Ahnung gehabt hat, wohin er seine Hände tun hat sollen. »Deine Tante«, hat der Kummer angefangen und sich das Polizeikappel vom Kopf genommen. Der Ferdl hat ein paar spröde Haare gesehen, die am Kummer seinem Kopf vom Hutabnehmen in Unordnung geraten sind. »Deine Tante ist verstorben.« Der Ferdl hat noch immer an die Haare gedacht und daran, dass es eigentlich ein Verbrechen sein sollte, sie quer über den Kopf zu kämmen, Glatze hin oder her, bis die Aussage vom Kummer endlich durchgesickert ist. »Bitte was?«, hat der Ferdl gesagt und vermutlich ziemlich deppert dreingeschaut. »Deine Tante ist verstorben«, hat der Kummer gesagt und einen eindringlichen Blick auf seinen Hilfsgendarmen geworfen. Der hat einen Moment lang verständnislos zurückgeblinzelt, bis es ihm eingefallen ist und er sich ebenfalls eilfertig das Kappel vom Kopf gerissen hat. Weil er nicht gewusst hat, was er sagen hätt sollen, hat er ein »Mein Beileid« hervorgedrückt. Er hat dem Ferdl irgendwie leidgetan.

»Kommt's herein«, hat der Ferdl gesagt, und die beiden haben augenscheinlich schon darauf gewartet gehabt. Sie haben sich an den Küchentisch gesetzt, alle drei, und der Ferdl hat jedem ein Stamperl hingestellt. Der junge Gendarm hat es besorgt angesehen. Aber als der Kummer als Dienstälterer getrunken hat, hat er auch zugegriffen. Der Ferdl hat sich die nächste Zeit an dem Jungen seinem Gesichtsausdruck festgehalten, der besagt hat, dass er eindeutig noch nicht lange Gendarm gewesen ist und keine Ahnung von Selbstgebranntem gehabt hat, was ungefähr auf dasselbe hinausgelaufen ist.

Dann haben sie ihm von dem Tod der Tante Meri erzählt. Offenkundig kein Fremdverschulden, die Gendarmerie hat den Unfallsort genau untersucht. Gestern Abend muss es passiert sein, oder heute in der Früh. Der Briefträger hat sie gefunden, keine drei Stunden ist das her. Man hat sie schon abgeholt. Man hat angenommen, das sei dem Ferdl so recht. Im Nachhinein hat es ihn gewundert, dass es nicht schon bei »Briefträger« in ihm drinnen geklingelt hat, aber er hat zuerst gar nicht daran gedacht. Der Ferdl hat sich das alles wie in einer Wolke angehört, seine Gedanken sind ihm entglitten, und er hat sich dabei ertappt, wie er im Geiste schon daran gedacht hat, dass er Grablichter und Kränze besorgen und dass er sich darum kümmern müsste, dass man ihren Nachnamen auch richtig schreibt auf dem Grabstein. Ihn hat eine Trägheit angefallen, jäh und schwer wie nasser Zement hat sie sich ihm auf die Brust gelegt. Mit einem Mal hat sich für den Ferdl die Aussicht auf alles aufgetan, was jetzt kommen würde, auf Begräbnis, Vorbereitungen, Nachbereitungen, auf Leute, viele Leute. Das hat er doch mit der Mutter gerade erst gehabt. An ein Erbe hat er da noch gar nicht gedacht.

Die beiden Gendarmen haben seinen Gesichtsausdruck offensichtlich als Traurigkeit interpretiert. Sie haben sich angesehen. Der Kummer hat den Jüngeren unter dem Tisch angestoßen. Er ist ja schließlich zu Lernzwecken hier gewesen. Der Junge hat Luft geholt. Er hat den Ferdl unsicher angeschaut. »Mein Beileid«, hat er wieder gesagt, weil man mit »mein Beileid« nie falsch liegen kann, und »meine Oma ist auch gestorben. Vor zwei Jahren.« Dann hat Stille geherrscht. Der Kummer hat die Augen klein gemacht. Er hat hier drinnen eindeutig nicht das sagen können, was er gern gesagt hätte. Der Ferdl hat seinen Blick und den panischen Ausdruck in den Augen des Jüngeren bemerkt und sich ein Herz gefasst. »Mein Beileid«, hat er gesagt, »das ist sicher keine leichte Zeit gewesen.« Der Junge hat aufgeatmet. Er hat genickt und den Ferdl angelächelt. Der Kummer hat das gelten lassen. Nach einem weiteren Stamperl und nachdem der Ferdl noch einmal das außergewöhnliche Mienenspiel am Gesicht vom Jungen beobachten hat können, sind sie gegangen. Der Ferdl hat sich seine Jogginghose hinaufgezogen und den Auftrag vergessen. Dann hat er sich schlafen gelegt.

8.

Zwei Tage später ist ein Brief bei der Anni im Postkastel gelegen. Die Mutter ist ganz aufgeregt gewesen, wie sie ihn ihr hingetragen hat. Der Brief hat das offizielle Reichssiegel getragen. Er ist aus schwerem, feinem Papier gewesen. Sie hat sich kurz Sorgen gemacht, aber dann hat sie den Gedanken verworfen. So haben keine Todesnachrichten von einem einfachen Soldaten ausgeschaut. Die Anni hat den Brief aufgerissen, dann hat sie ihn zu Boden fallen lassen. Sie hat sich darin gefallen, wie sie dem entsetzten Gesicht der Mutter ein Lächeln entgegengeschleudert hat. »Er will sich mit mir in der Öffentlichkeit zeigen!«, hat sie gesagt. »Der Herbstempfang der Freunde der Wiener Philharmonie!« Sie ist der Mutter um den Hals gefallen, und die Mutter hat sich erst einmal setzen müssen. Dann ist sie sofort wieder aufgestanden. »Madl«, hat sie gesagt, und hat begonnen, im Zimmer auf und ab zu gehen. »Was wirst denn da anziehen? Was sollst denn tragen?« Die Anni hat der Mutter mit einer dieser neu einstudierten Gesten die Hand auf die Schulter gelegt und hat gesagt, wie eine Dame von Welt hat sie das gesagt: »Ma chérie, mach dir keine Gedanken darüber. Der Werner schickt mir was. Wir werden das alles arrangieren.«

Und tatsächlich, ein paar Tage später ist der Untersturmführer Wipplinger persönlich vor der Tür gestanden und hat ihr ein Packerl vorbeigebracht. Sie hat ihn von der Straße aus kommen sehen. Ist das ein Aufruhr gewesen im Haus! Wenn sich die alte Priklopil noch weiter aus dem Fenster gelehnt hätt, dann wär sie wohl hinausgefallen. Die Anni ist stolz gewesen, dass sie so wichtige Leute besuchen kommen. Sie hat ihm schon aufgemacht gehabt, bevor er noch geklingelt hat.

Der Untersturmführer Wipplinger hat gesagt, dass der Hauptsturmführer Seytel in den nächsten Wochen leider keine Zeit haben würde für sie, er sei bis Ende August mit seiner Frau auf Urlaub. Sie würde der Ersatz sein für seine Ehefrau, die noch einige Wochen länger in Oberbayern zu verbleiben wünsche. Es sei unbedingt wichtig, dass sie sich den öffentlichen Charakter des Empfangs vergegenwärtige und sich dementsprechend verhalte. Dann ist der Untersturmführer Wipplinger wieder in seinen oberösterreichischen Dialekt verfallen. Ob das klar sei? Die Anni hat genickt. Das Wort Ersatz hat sie geflissentlich überhört gehabt. »Richten's ihm einen Gruß von mir aus«, hat die Anni gesagt, aber da ist der Untersturmführer schon wieder im Stiegenhaus gewesen.

Ihr ist ja nicht alles recht gewesen, was der Untersturmführer gesagt hat. Aber was hat sie schon machen können? Sie hat die Zähne zusammenbeißen müssen und kuschen, der Untersturmführer Wipplinger hat ihr das mehrmals zu verstehen gegeben. Zum Beispiel hat sie sich vor einiger Zeit bei ihm beschwert, dass der Werner sie nur am Wochenende treffen könne, und dazu nur alle paar Wochen einmal. Das sei zu wenig für sie. Der Untersturmführer Wipplinger hat sie mit einer schneidenden Kühle gemustert, die sie ihm nicht zugetraut hätte, und gesagt, es sei nicht an ihr, zu beurteilen, ob das zu wenig sei oder nicht. Die Anni hat die Lippen zu einem schmalen Strich zusammengezogen und böse geschaut, und ist daraufhin ganz still geblieben.

Der Werner hat ihr nicht viel erzählt von seiner Arbeit, und sie ist sehr vorsichtig gewesen mit ihren Fragen. Sie hat gemerkt, dass er darüber nicht gerne spricht. Bis jetzt hat sie nur in Erfahrung bringen können, dass er am Land beschäftigt ist, und nahe bei seinem Arbeitsplatz in einem Dorf lebt, mit seiner Frau, in einem frisch renovierten Haus. Über die Renovierung hat er sich bei ihr beklagt, deswegen hat sie davon gewusst. Dass er eine Frau hat, ist von Anfang an klar gewesen. Er hat es nicht einmal erwähnen müssen; die Anni hätte sich gewundert, wenn ein Mann wie er nicht verheiratet gewesen wäre. Allerdings hat es sie ziemlich überrascht, als sich herausgestellt hat, dass diese Ehe bis dato kinderlos geblieben ist. Die Anni hat sich seine Klagen darüber angehört und geschwiegen. Sie hat nachgedacht. Aber gesagt hat sie nichts.

Der Herbstempfang ist fulminant gewesen. Der Anni ihre Augen haben geglüht, als sie dem Karl davon erzählt hat. Der Untersturmführer Wipplinger hat ihr ein schwarzes, bodenlanges Chiffonkleid gebracht. Sie hat sich vor ihrer eigenen Erscheinung gefürchtet, wie sie sich im Spiegel gesehen hat. So etwas Mondänes ist ihr noch nie untergekommen. Die Arbeit im Frisörladen hat sie zwar schon lange aufgegeben gehabt – zumal die Chefin nie aus dem Urlaub zurückgekehrt ist –, aber frisieren hat sie sich noch immer können. Mithilfe der Mutter hat sie sich eine Frisur gezaubert, dass die anderen hin und weg gewesen sind. Sie hat die Blicke der Frauen in ihrem Rücken gespürt, die

Blicke, die auf ihr gelegen sind und auf dem Mann, in dessen Arm sie sich locker eingehängt hatte. Es ist herrlich gewesen. So hätte sie alle ihre Abende verbringen mögen. Die Anni hat geseufzt.

Der Karl hat sich ihre Erzählungen emotionslos angehört. Er hat relativ bald Wind davon bekommen, wie sich die Dinge verhalten haben, zwischen ihr und dem Hauptsturmführer Seytel, wie sie ihn vor Karl immer genannt hat. Karl hat nicht versucht, ihr die Liaison auszureden. Er hat wohl gewusst, dass es keinen Sinn gehabt hätte. Stattdessen hat er ihr zugehört und ab und zu genickt und sich bemüht, nicht allzu verzwickt dabei dreinzuschauen.

Sie hat den Karl inzwischen richtig lieb gehabt. Es ist süß gewesen, wie er sich um sie bemüht hat, aber auf die lange Sicht ist der Karl halt doch nur der Karl gewesen. Ein, zwei Mal hat er bei ihr geschlafen, aber dann haben sie's gelassen. Sie hat den Karl öfters fürs Kino getroffen, oder fürs Theater, manchmal sind sie gemeinsam spazieren gegangen; das hat sich angeboten, jetzt, wo's wieder kälter geworden ist. Bei den Vereinsfesten von der Mannschaft ist er immer dabeigesessen; ihm hat das gut gefallen, obwohl die Mannschaft mittlerweile zu einem mickrigen Häuflein zusammengeschmolzen ist. Die Anni hat schon lange nichts mehr von ihrem Bruder gehört. Sie ist ein bisschen traurig geworden, wenn sie an ihn gedacht hat. Wie sie ihm das gesagt hat, hat ihr der Karl den Arm um die Schultern gelegt und gesagt, er habe auch einen Bruder, der habe sich den Krieg eingebildet. Der habe unbedingt an die Front ziehen wollen, und jetzt liege er mit einem abgeschossenen Bein irgendwo in einem Feindeslager. Der Karl hat gesagt, es hätte noch schlimmer kommen können; nach seinem jetzigen Wissensstand lebe er noch. Solange man nichts Definitives höre, solle man die Hoffnung nicht aufgeben. Und beten, wenn man möchte. Die Anni hat nicht viel vom Beten gehalten, aber sie hat ihm auch nichts dagegen gesagt. Stattdessen hat sie ihre Hand an seine Hüfte und den Kopf an seine Schulter gelegt. Das hat sich fest angefühlt, das ist gut gewesen für sie. Dann hat sie den Karl geküsst und beschlossen, ihn öfters zu sehen in nächster Zeit, auch wenn er nicht der Werner gewesen ist. Er ist immerhin ein lieber Bursch gewesen, und das hat ihr genügt.

Der Winter ist vergangen, ohne dass sie viel vom Werner gehört hätte. Seit dem Herbst hat sie keine Nachricht mehr von ihm gehabt; dass der Karl dagewesen ist, hat ihr da auch nicht viel geholfen. Mit dem Werner hat er halt nicht mithalten können, so sehr er sich auch bemüht hat. Vielleicht ist sie ein bisschen ungerecht gewesen zu ihm; aber da hat die Anni nichts dafür können, so sind die Dinge nun einmal gestanden und aus.

Die Anni ist ziemlich traurig gewesen zu dieser Zeit. Die hämischen Blicke von den Madln aus ihrem Grätzl haben ihr wehgetan. Sie ist sich sicher gewesen, dass die gewusst haben, was los gewesen ist. Die Mutter hat ihr gesagt, dass sie sich beruhigen soll und dass sie sich das nur imaginiert, aber die Anni hat sich nicht belehren lassen und hat weiter gegreint. Erst als im Frühling ein Brief gekommen ist, mit einem offiziellen Reichsadlerstempel drauf, der in dieser schmalen, hohen, wohlbekannten Schrift an sie adressiert gewesen ist, hat sie sich wieder beruhigt.

Das erste Treffen ist glorreich gewesen. Sie hat dem Werner eine Leidenschaft entgegengebracht, die sie selbst nicht für möglich gehalten hätt. Der Werner hat es gemerkt. Ihm dürfte es gefallen haben; gleich für die nächste Woche hat er wieder ein Treffen ausgemacht. Gemeinsam haben sie den Frühling gespürt; die Anni hat sich wieder verliebt in ihn – als hätt sie ihn jemals vergessen gehabt! Ihre angestrengte Liebe, ihre unbeugsame Hoffnung hat sie durch die Wintermonate getragen, und jetzt hat sie ihn wieder für sich gehabt. Insofern hat sie sich auch nicht gewundert, dass sie es ihm zwei Monate darauf sagen hat können. Sie hat es gespürt; es ist Schicksal gewesen. So hat es kommen müssen. Die Mutter hat Freudentränen geweint, wie sie's ihr berichtet hat, und der Werner hat geschwiegen. »Bist du dir sicher?«, hat er gesagt, und sie hat genickt. »Vor drei Wochen hätt's schon kommen müssen. Ich hab gewartet, bis ich ganz sicher bin, aber jetzt kann ich's dir sagen.« Der Werner hat sie angeschaut, mit seinen undurchdringlich grauen Augen hat er sie angeschaut, und dann hat er sie in die Arme geschlossen. Der Totenkopf an seinem Revers hat sich ihr in die Wange gedrückt. Das ist das erste Mal gewesen, dass sie ihn schluchzen hat hören, und sogar dabei hat er seine Würde behalten.

Es ist ein seltsamer Sommer gewesen. Im Frühling haben sie angefangen, Wien zu bombardieren. Bis nicht die ersten Geschosse eingeschlagen sind, hätt es keiner für möglich gehalten. Sie selbst ist in den ersten Monaten schwanger gewesen, und sie hat schön langsam gespürt, dass sich etwas verändert in ihr. Manchmal ist ihr gewesen, als hätt sich das Kind bewegt, obwohl sie gewusst hat, dass das gar noch nicht möglich gewesen ist zu dieser Zeit.

Im Sommer sind die Attacken schlimmer geworden; sie haben jetzt andauernd Fliegeralarm ausgerufen. Der Karl ist herumgeschossen und hat gefunkt wie ein Wahnsinniger. Das erste Mal hat er das Gefühl gehabt, dass sein Handeln eine Rolle spielt; sie hat das in seinen Augen gesehen und hat sich gefreut für ihn.

Sie hat sich überhaupt gefreut für jeden zu dieser Zeit. Das Sirenengeheul beim Fliegeralarm ist wie in einer Wolke an ihr vorbeigezogen, sie hat sich verboten wohlgefühlt in diesen Monaten. Gegen Anfang des Sommers ist sie sich sicher gewesen, dass sie das Kind nun spürt; man hat endlich begonnen, ihren Bauch zu sehen. Sie hat sich gefreut über die Gesichter, die die Leute gemacht haben, wie ihnen gedämmert hat, was los ist mit ihr, und von wem es wohl ist, dieses Kind.

Seit Juni haben sie nicht mehr in der Oper gespielt. Dass sie nach der Sommerpause wieder anfangen würden, ist mehr als fraglich gewesen. Das ist der Anni dumpf bewusst geworden, als sie an einem Abend im Spätsommer ins Hotel Bristol gegangen ist. Ihr Bauch hat sich mittlerweile deutlich unter ihren Kleidern abgezeichnet, und sie ist stolz gewesen darauf. Sie hat den Eindruck gehabt, dass sie die Livrierten diesmal weniger herzlich gegrüßt haben als sonst, aber gleich darauf hat sie sich gesagt, dass sie sich das wohl nur eingebildet hat.

Wie sie ins Zimmer hinaufgekommen ist, ist der Werner schon da gewesen. Das ist ungewöhnlich gewesen für ihn. Erst auf den zweiten Blick hat sie gemerkt, dass der Untersturmführer Wipplinger auch dagesessen ist, auf einem kleinen, zarten Stuhl, der ausgesehen hat, als wäre er viel zu klein für ihn. Der Untersturmführer Wipplinger hat einfach nicht hierhergepasst. Halb verdeckt von den schweren Vorhängen ist er in der Ecke gesessen und hat die Augen nicht von ihr gelassen.

»Grüß dich Gott«, hat der Werner gesagt. Er hat zerstreut gewirkt. Auf seiner Stirn hat sich eine Nachdenklichkeit abgezeichnet, die sie dort selten gesehen hat. »Setz dich bitte«, hat er gesagt, und es ist mehr eine Feststellung gewesen als eine Aufforderung. Sie hat sich in einen der breiten Fauteuils mit den kurzen Rückenlehnen niedergelassen und sich sofort deplatziert gefühlt. Mit ihrem Bauch ist es nicht möglich gewesen, aufrecht zu sitzen. Dieser Sessel hat sie in eine schräge, fast schon liegende Position gezwungen, die ihr ausgesprochen unangenehm gewesen ist. Die Anni hat das Gefühl gehabt, ihr Bauch drückt auf sie herunter. Sie hat zwischen dem Werner und dem Untersturmführer Wipplinger hin und her g'schaut. Ihr ist seltsam zumute gewesen.

Der Werner ist zum Schreibtisch gegangen, hat mit einem Bleistift gespielt, der dort gelegen ist. Kein einziges Mal hat er noch die Augen auf sie gewendet. »Kennst du einen gewissen Karl Müller?«, hat er gesagt. Seine Stimme ist ganz ruhig gewesen. Die Anni hat genickt. »Du kennst ihn auch«, hat sie gesagt, »du hast ihn gesehen, bei dem Spiel letztes Jahr, wo wir uns das erste Mal –« – »Kennst du ihn gut?«, hat der Werner gefragt, und seine Stimme ist nicht lauter geworden, aber die Anni hat's geschaudert vor ihrem Klang. »Er ist ein Freund von mir«, hat sie gesagt. Anni hat versucht, sich aufzusetzen, ist aber immer wieder im Sessel zurückgerutscht. »Ein Freund«, hat der Werner gesagt. Wieder in diesem furchtbar ruhigen Tonfall. Schön langsam ist es der Anni gedämmert. »Werner«, hat die Anni gesagt, »der ist nur ein Freund, komm, versteh das doch –« – »Sei leise!«, hat sie der Werner dann angefahren, und sie hat solche Worte überhaupt noch nie aus seinem Mund gehört. Er ist zu ihr hingegangen. »Du schlafst mit ihm, du Schlampe!« – »Werner …«, hat die Anni gesagt und ihn mit großen Augen angeschaut, aber der Werner hat sie von hinten an den Haaren gepackt und ihr den Kopf zurückgerissen. Der Anni sind die Tränen in die Augen gestiegen. »Schlafst du mit ihm?«, hat er geschrien. »Aber wie könnt ich denn?«, hat die Anni geschluchzt. Der Werner hat sie unverwandt angeschaut. Dann hat er in einem hämischen Tonfall gesagt, in einem Tonfall, den sie bei ihm nie für möglich gehalten hätt: »Wieso solltest denn nicht können? Jung ist er, und schön, der macht Sport, der ist noch agil in den Lenden …« Die Anni hat aufgeschluchzt und ist sich mit den Händen an den Hinterkopf gefahren, aber der Werner hat nicht losgelassen. »Schlafst du mit ihm?«, hat er in ihr Ohr gebrüllt. Sie hat sich gewunden unter seiner Hand. »Aber wie könnt ich denn, er ist ja nicht du.« Dann ist es still gewesen hinter ihr. Sie ist furchtbar erleichtert gewesen, wie sie der Werner ausgelassen hat. Er ist vor sie hingetreten und hat zu ihr hinuntergeschaut. Die Anni ist noch immer in diesem Sessel gesessen, in dieser grässlichen Position, aber sie hat sich nicht anmerken lassen, wie unangenehm ihr das alles gewesen ist. »Wie meinst du das?«, hat er gefragt. »Wie könnt ich denn mit dem zusammen sein?«, hat die Anni geschluchzt und sich bemüht, möglichst verächtlich zu klingen. Es ist ihr nicht schwergefallen. »Schau doch, wie klein der ist! Richtig mickrig! Dann schreckt er vor jeder Herausforderung zurück! Weißt du, dass er nicht kämpfen geht aufs Feld, weil sein Vater hier einen Posten hat?« Der Werner hat mit dem Untersturmführer Wipplinger einen Blick gewechselt. Anscheinend hat das was geheißen. Die Anni ist stolz gewesen auf sich. »Ein Feigling ist das, ein gemeiner! Glaubst du, der kann mithalten mit einem wie dir? Mit einem, den ich liebe?« Die Anni hat sich mit Müh und Not aus dem Sessel aufgehievt. Der Werner ist ihr nicht zur Hand gegangen. Es hat ein bisserl gedauert, bis sie wieder gestanden ist. Sie hat ihn angeschaut und hat seine Hände genommen. Eine hat sie auf ihren Bauch gelegt. »Merkst du nicht, dass ich dich liebe? Ist dir das in den ganzen Monaten nicht aufgefallen? Für mich sind das nicht nur Treffen im Hotel, für mich ist das mein Leben!« Der Werner hat sie unbewegt angeschaut, nach einer scheinbar unendlichen Minute hat er ihr die Hände vom Bauch genommen. »Wir werden sehen«, hat er gesagt und sich umgedreht. Er ist wieder zum Schreibtisch gegangen und hat den Bleistift hochgenommen, den er dort abgelegt gehabt hat. Seine Finger haben dünn ausgesehen und lang, als er damit gespielt hat; brüchig und schmal wie der Stift. Die Anni hat sich zum Untersturmführer Wipplinger hingedreht, doch der hat den Blick schon längst abgewandt gehabt von ihr. Er hat mit einem trägen, faden Gesichtsausdruck aus dem Fenster gesehen, aus dem kleinen Spalt, den die Brokatvorhänge offen gelassen hatten. »Auf Wiedersehen, Anni«, hat der Werner gesagt, und sie hat seinen Rücken angeschaut, den Rücken, den sie so gut gekannt hat. Der Anni hat es gestochen in den Augen. Und in der Nase. Das ist das erste Mal gewesen, dass sie sich in der Gegenwart vom Werner so klein und nichtig, so unbedeutend vorgekommen ist, dass es ihr schon fast physisch wehgetan hat. Jetzt hat sie gewusst, wie sich seine Feinde fühlen. Die Anni hat sich auf die Lippe gebissen, dass sie nicht losschluchzt, und wie sie sich sicher gewesen ist, dass sie das Weinen zurückhalten würde können, hat sie ein »Auf Wiedersehn« herausgepresst und ist mit kleinen, unsicheren Schritten gegangen.

9.

Am nächsten Tag war Karl krank. Er blieb im Bett und ließ den Lärm der Großstadt dumpf an sich vorüberziehen. Eine dunkle Vermutung war ihm mittlerweile zur Gewissheit geworden. In den Abendstunden schleppte er sich zur Bibliothek und entlieh einige Bücher, kurz bevor die Bibliothek für das Wochenende schloss. Karl fiel ins Bett, sobald er das Zimmer betreten hatte, und blieb zwei Tage im Fieber darin liegen. Am dritten Tag war er so weit wiederhergestellt, dass er es schaffte, die Bücher zur Hand zu nehmen. Sein Spanisch war gut genug, um den Text zu entziffern. Karl hielt gebundene Exemplare der wichtigsten chilenischen Zeitungen in Händen; er hatte sich die Jahrgänge 1943 und 1944 herausgesucht. Karl blätterte sie auf. Ihm wurde augenblicklich wieder schwummrig im Kopf. Er hatte es sich fast gedacht. Woher das Auswärtige Amt die Informationen bezogen hatte, die ihm so sicher erschienen waren, war ihm schleierhaft. Hier war eine beispiellose Kampagne gegen seine Partei geführt worden, deren Landesgruppe in diesen Schmuddelblättern für sämtliche Übel der Welt verantwortlich gemacht wurde. Sie habe die deutschsprachige Minderheit in Chile unterwandert und sei dabei, eine »Fünfte Kolonne« zu bilden – aber, dachte Karl, und rief sich die Worte einer seiner unfreiwilligen Gastgeberinnen aus den Hausfrauenklubs ins Gedächtnis, die Regierung hatte nichts dagegen unternommen. Zwar schien es, als wäre chilenischen Staatsbürgern der Eintritt in die NSDAP verwehrt gewesen, aber Deutsche hatten sich im Wesentlichen so organisieren können, wie sie wollten, solange sie politisch keine Gefahr für das Land dargestellt hätten. Mit Interesse las Karl Berichte über den Süden des Landes, wo vor allem aus dem Hafenstädtchen Valdivia und dem am großen See gelegenen Puerto Varas verdammungswürdige nationalsozialistische Umtriebe berichtet wurden. Die Landesgruppe sei dort so weit gegangen, Chilenen das Unterrichten an den deutschen Schulen zu verbieten und Chilenisch als Unterrichtssprache zu hintertreiben. Obwohl die Zeitungen, insbesondere derartig buntscheckige Medien wie diese, zu Übertreibungen neigten, war Karl etwas leichter ums Herz. Vage wurde ihm bewusst, dass sich in seinem Kopf so etwas wie ein Plan formte. Eine Woche würde er es noch probieren. Wenn es dann nicht klappen sollte, war ihm wenigstens seine nächste Station bekannt.

Am nächsten Tag klapperte Karl einige Fußballvereine ab. Ohne Erfolg – nur bei zwei der Klubs war überhaupt jemand anwesend, und beide zeigten kein besonderes Interesse an einer Bekanntschaft mit ihm. Einzig bei einem deutschen Brauchtumsverein war ihm so etwas wie Verständnis entgegengeschlagen. Es war mehr Mitleid gewesen denn Sympathie. Hier ging Karl von selbst, denn so etwas hatte er nicht nötig.

Als er an diesem Abend ins Hotel zurückkehrte, erwartete ihn eine Überraschung. Man hatte einen Brief für ihn hinterlegt. Schon als ihm der Portier den Umschlag entgegenstreckte, dachte Karl, dass seine Frau normalerweise ein anderes Format benutzte. Er nahm den Brief entgegen, fuhr über den Umschlag und die dicken, cremeweißen Kanten. Karl konnte das Siegel eines internationalen Betriebs ausmachen, dessen Name sogar ihm als Europäer ein Begriff war. Betrachtete man das Siegel genau, sah man, dass es ein stilisiertes Familienwappen war, in dessen Mitte ein Bergarbeiterhelm, eine Harke und ein Grubenhunt abgebildet waren. Noch bevor er sein Zimmer erreicht hatte, hatte er den Umschlag aufgerissen. Karls Herz hatte zu klopfen begonnen. Es war sonst nicht seine Art, sich über ein Schriftstück derart zu erregen, aber dies war vielleicht seine letzte Chance. Er hielt eine Einladung zu einem privaten Abendessen in Händen. Karl ließ sich auf seinem Bett nieder. Ihm starrte ein Name entgegen, dessen hoher Klang ihm noch aus alten Zeiten in den Ohren hallte: Er erinnerte sich an Stammtische, bei denen man sich über die Rentabilität des Kupferabbaus unterhalten hatte, bei denen man vor der zukünftigen wirtschaftlichen Übermacht der südlichen Länder gewarnt und mit wässrigen Augen ins Bierglas geblickt hatte. Mit einer Fingerspitze fuhr er über die Unterschrift. Der Unterzeichnete hatte mit entschlossenem Strich angesetzt; sein Kopierstift hatte sich tief ins Papier gegraben und deutlich ertastbare Linien hinterlassen. »Ignatio Ramien Daniele Schulz« stand da geschrieben, und Karl war sich über die Bedeutung dieser vier Worte im Klaren. Er war an sein Ziel gelangt. Die Gerechtigkeit hatte doch noch ihre Unterstützer gefunden.

Im Nachhinein besehen wunderte sich Karl, wie Schulz an seine Adresse gekommen war. Dieser Mann musste Kontakte haben. Karl hatte an manchen seiner Stopps vage Angaben zu seinem Aufenthaltsort, dem Viertel oder der Gegend fallen lassen, nie aber hatte er den Namen des Hotels genannt. Viel mehr noch, nachdem ihm die ersten Äußerungen des Unmuts entgegengeschlagen waren, hatte er sich bewusst bedeckt gehalten. Man konnte nie wissen, wozu verletzter Stolz in der Lage war. Und Karl war momentan nicht in der Position, es auszutesten.

Er hatte seinen besten Anzug angelegt und sich in einem der noblen Geschäfte der Stadt eine Fliege gekauft. Ob der Umstände seiner Flucht würde man sicher Nachsicht walten lassen, wenn sich seine Garderobe nicht ganz auf dem Niveau befand, das er von zu Hause gewohnt war. Karl machte sich auf in ein hübsches Innenstadtviertel. Schon einige Ecken bevor er die betreffenden Straßenzüge erreichte, wurde ihm bewusst, dass hier die gehobene Gesellschaft verkehrte. Es war, als hätte die Luft umgeschlagen – weg der Lärm, weg die blinkende Reklame, obwohl er sich noch immer in bester Lage mitten in der Stadt befand. Karl ging vorbei an weitläufigen Anwesen, deren Vorgärten mit Tannen, Pinien und anderen, teils exzentrisch zusammengewürfelten Pflanzen übersät waren. Fast wäre ihm ein Seufzer entkommen. Solch ein Haus in der Innenstadt wäre auch ihm zugestanden. Wenn sich die Dinge zu Hause nur anders entwickelt hätten … Diskret warf er einen Blick auf den Brief, den er zur Sicherheit mitgenommen hatte, bevor er ihn wieder in seine Brusttasche zurückgleiten ließ. Karl hatte die Adresse gefunden. Er stand vor einem Haus, das, wenn das denn möglich war, noch prachtvoller aussah als die anderen, obwohl man es auf den ersten Blick gar nicht gesehen hätte. Fast als hätten die Bewohner versucht, es zu verstecken, wurde es von einem weitläufigen, üppig bewachsenen Vorgarten beinahe vollständig verdeckt. Karl traute sich zuerst nicht, die Klingel zu betätigen, und er schreckte hoch, als er den Ton vernahm, den er selbst ausgelöst hatte.

Einige Minuten später wurde er von einem Livrierten über die geschwungene Einfahrt zum Haus begleitet. Man erwarte ihn schon. Der Bedienstete maßte sich an, ihn in einem ungewöhnlich direkten Tonfall zu belehren. Wenn der Hausherr wünsche, dass sich der Gast entferne, habe dieser es schleunigst zu tun. Ansonsten werde er persönlich dafür sorgen, dass der Gast das Haus verlasse. Das Faktum, dass der Livrierte seine Rede in einem jiddisch getünchten Wiener Dialekt vorgetragen hatte, ließ in Karl nicht gerade Vertrauen aufkommen. Wortlos ging er die Stufen zur Eingangstür hoch und bemühte sich, diese seltsame Begrüßung zu vergessen.

Man öffnete ihm. Ein anderer Hausangestellter bat ihn, nach oben zu gehen. Die Herrschaften würden bald erscheinen. Karl war der Atem gestockt, als er die Eintrittshalle betreten hatte. Es war kein simpler Raum, es war eine Halle; nach seinem Empfinden war sie von demonstrativer Größe. Sie löste beim Betrachter das Gefühl aus, er selbst sei ein Eindringling, ein unerwünschter Schmarotzer an dieser ganzen Pracht und Herrlichkeit. Ihr Boden war mit weißem und schwarzem Marmor ausgelegt; grafische Muster stützten den Eindruck des Modernen. Die Torbögen, die sich zu beiden Seiten der Halle öffneten, und die große, breit geschwungene Treppe, die sich am Kopfende des Raumes in die oberen Stockwerke wand, ließen allerdings auf ein gewisses Alter des Anwesens schließen. Die Verkleidungen waren aus dunklem, gebeiztem Holz; die Verzierungen am Treppengeländer schienen Karl aus einer anderen Epoche zu stammen. Sogar im fahlen Licht, das zu dieser Tageszeit in die Halle fiel, schienen sie ihm in ihrem erhabenen, verhaltenen Glanz unendlich kostbar. Karl war beeindruckt; und das wollte in seinem Falle was heißen. Er konnte sein Glück nicht fassen, als er die Treppe hochstieg. Ignatio Ramien Daniele Schulz musste ein Mensch sein, zu dem man aufschauen konnte. Karl bemühte sich nicht, die tief empfundene Erleichterung zu unterdrücken, die sich einstellte, als ihm bewusst wurde, dass er nun endlich jemanden getroffen hatte, dem Respekt zu zollen kein Verbrechen gegen seine eigene Würde gewesen wäre.

Karl machte einige Schritte in Richtung eines großen Zimmers, das sich vom Treppenabsatz aus öffnete. Er glaubte, es als das Esszimmer zu identifizieren. Von drinnen hörte er Besteckklappern. Karl tat einige Schritte auf dem knarrenden Holzboden, als ihm eine Stimme entgegentönte: »Papa wird bald da sein.« Karl traute seinen Ohren kaum. Welch süßer Tonfall, welch himmlischer Klang! Nur ganz zart waren die Schlieren des Spanischen zwischen wohlgeformten, reinen deutschen Worten zu vernehmen. Karl war im Himmel. Als er in das Zimmer eintrat, breiteten sich die Dinge vor ihm mit einer ungewöhnlichen Klarheit aus: Er würde sie heiraten. Er würde diese Frau zu der seinen machen. Eine blonde, zarte Gestalt, nicht im Geringsten von der dunklen Farbe dieses Landes beschmutzt, stand vor ihm; wie eine Erscheinung aus einer anderen Welt, wie eine deutsche Nymphe. Mit Kennerblick rückte sie die Löffelchen und Teller zurecht. Ihr Aussehen war von einer derartigen Schönheit und Apartheit, das Karl nichts anderes überblieb, als sie zu lieben. Sofort und mit einem Schlag. Sie blickte auf, als wäre sein Hereinkommen nicht der Rede wert gewesen. Ihre Augen waren von einer ausdruckslosen Gleichgültigkeit, die ihn sofort für sie einnahm. »Folgen Sie mir bitte.« Ohne sich nach ihm umzusehen, ging sie aus dem Zimmer.

In einem kleinen Nebenzimmer befand sich ein Sofa, ein Glas Wasser stand auf einem Beistelltischchen für ihn bereit. »Hier können Sie warten«, sagte sie und wandte sich wieder zum Gehen. »Sie entschuldigen mich. Ich muss mich noch frisch machen.« Karl stieß eine Frage hervor. Er erschrak vor der Lautstärke seiner eigenen Worte. »Fräulein«, rief er, »wie ist Ihr Name?« Die junge Frau steckte ihren Kopf zurück ins Zimmer. Das blonde Haar fiel ihr über die Schultern. Sie musterte ihn eine Sekunde lang, ohne, dass ihr Blick an Ausdruck gewonnen hätte. »Valentina Ignatia Maria Schulz«, sagte sie und war schon wieder fort. Sie hatte nicht gelächelt.

Eine halbe Stunde später betrat der Alte den Raum. Karl konnte ihm nicht vorwerfen, dass er ihn hatte warten lassen. Er hätte es genauso gemacht. Der Alte kam nicht so sehr herein, als dass er erschien. Mit einem freundlichen Lächeln, das knapp unter seinen Augen endete, bat er Karl zu sich an den Tisch. »Grüß Gott«, sagte er und wies Karl einen Platz, »setzen Sie sich, und erzählen Sie mir, was Sie hier in diesem Land tun.« Unter anderen Umständen hätte sich Karl über die direkte Anrede gewundert. Niemand hatte ihn noch so unumwunden nach seinen Plänen gefragt. Doch dieser Mann hier konnte es sich leisten. »Ich wurde verfolgt«, begann Karl, »ich bin von den feigen Mächten, die unser Land nun unter Kontrolle haben, aus der Heimat gejagt worden und habe mich aufgemacht, das Deutsche woanders zu suchen. Hier, in Ihrem Haus – entschuldigen Sie bitte diese Sentimentalität – hier vermeine ich, es wiedergefunden zu haben.« Der Alte hatte sich mit einer Hand an den Tisch gelehnt. Seine etwas untersetzte Statur wirkte weichlich und sanft. Der graue, drahtige Schnurrbart zog eine dichte, waagrechte Linie unter seiner Nase. Er blickte unbeweglich auf Karl, so lange, dass es ihm beinahe unangenehm wurde. »Beatrisa«, rief er über seine Schulter, ohne die Augen von Karl zu wenden, »tragen Sie bitte das Essen auf.«

Die Suppe aßen sie schweigend. Der Alte machte keine Anstalten, zu sprechen. Karl begann, sich in dieser Situation unwohl zu fühlen. »Und«, sagte er schließlich, »Sie besitzen also eine Kupfermine?« – »Einige«, sagte der Alte, »im Norden.« Dann aß er weiter. Karl schien es, als werfe er an seinem Kopf vorbei mehrmals ungeduldige Blicke auf den Treppenabsatz, der sich hinter Karls Rücken auftat. Endlich richtete er eine Frage an ihn. »Seit wann sind Sie nun schon hier?« – »Seit knapp zwei Wochen«, begann Karl, erleichtert darüber, dass das Gespräch nun in Fluss zu kommen schien. »Ich bin vor eineinhalb Monaten aufgebrochen und dann über Italien an die Küste gelangt, von wo ich …« Schulz unterbrach ihn, als hätte Karl nie gesprochen. »Und wieso haben Sie meine Volksgenossen belästigt?« Karl hielt einen Moment inne. Er war sich nicht sicher, ob er richtig gehört hatte. »Was meinen Sie?« – »Welchen Grund hatten Sie, den Angehörigen der deutschen Minderheit in diesem Land mit Ihrem unsinnigen Geschwätz von politischer Solidarität in den Ohren zu liegen? Glauben Sie etwa, es hätte hier ein zweites Drittes Reich gegeben?« Karl schluckte. Er musste sich verhört haben. Vage wurde ihm bewusst, dass er das Besteck noch immer in Händen hielt, als wollte er den nächsten Bissen schneiden. »Jetzt hören Sie mir einmal zu«, sagte Schulz und beugte sich nach vorne. Karl fiel auf, dass die scheinbare Ruhe in seiner Stimme nur mühsam unterdrückte Wut gewesen war. »Was glauben Sie, wer Sie sind? Wissen Sie, wie Ihre Parteigenossen uns gepiesackt haben? Ich habe versucht, diplomatisch zu sein, ich habe es im Guten wie auch im Bösen versucht. Ich wäre bereit gewesen zu Kompromissen, aber diese Bastarde – unsere Organisation … so eine Arroganz ist mir in meinem Leben noch nicht untergekommen.« Karl merkte, dass seine Hände das Besteck sinken gelassen hatten. Wie mechanisch nahm er einen Schluck von seinem Wein und betrachtete Schulz, der gar nicht daran dachte, weiterzuessen. »Ich bin verantwortlich gewesen, die Interessen der Deutschchilenen zu vertreten, und nicht die Ihrer Partei. Passen Sie auf«, sagte Schulz, und seine Stimme musste nun weithin durchs Haus zu hören gewesen sein, »Sie haben die deutsche Minderheit unterschätzt. Wir halten zusammen, aber nicht, weil wir uns einer rassischen Reinheit rühmen, sondern weil wir Chilenen sind! Wissen Sie, welchen Keil Sie in unsere Gemeinschaft getrieben haben? Die Hälfte hat Sie geliebt und wäre Ihnen in den Abgrund gefolgt, die andere Hälfte hat Sie verabscheut wie den Höllenfeind! Unsere Jugend haben Sie verhetzt, mit Hitlerabzeichen sind Sie im Süden aufmarschiert und haben sich etwas auf Ihr Deutschtum eingebildet! Fünfzehntausend deutsche Juden sind zu uns geflohen und wären in unserer Mitte bereitwillig aufgenommen worden, wenn nicht Sie dafür gesorgt hätten, dass man sie zu allem Schlechten fähig gehalten hätte! Und jetzt –« Schulz war aufgestanden und hatte beide Hände auf dem Tisch abgestützt. Sein Kopf war rot geworden. Karl registrierte mit einiger Verwunderung, dass er zitterte. »Jetzt wird unserer deutschsprachigen Gemeinschaft derartiger Argwohn entgegengebracht; ein derartiges Misstrauen herrscht gegenüber unserer Minderheit, dass ich nur warte, bis der Erste in seinem Blute liegt! Wer deutsch ist, ist Nationalsozialist, so denkt der Chilene, so denken unsere Landsleute; und das ist Ihre Schuld!« Schulz atmete heftig. Karl war einen Moment versucht, zu ihm hinzugehen und ihn zu stützen. Aus dem Augenwinkel sah er eine zierliche Gestalt, die gerade das Zimmer betrat. »Vater«, sagte Valentina Ignatia in einem ungeahnt herzlichen Tonfall, »Benjamin ist hier.« Der Alte raffte sich auf und holte ein paar Mal kräftig Luft, bevor er sprach. »Bitte ihn herein«, sagte er, »ich habe schon auf ihn gewartet.« Seine Tochter verschwand und kehrte einige Minuten später mit einem jungen Mann wieder. Der Bursche war von zierlicher Statur, er hatte einen außergewöhnlich intelligenten Blick und etwas Verschmitztes in den Augen. Karl konnte ihn auf Anhieb nicht leiden. »Hallo, mein Sohn«, sprach der Alte und bewegte sich mit müden Schritten auf den jungen Mann zu. Auf jede Wange drückte er ihm einen Kuss. »Sehen Sie«, sagte er, an Karl gewandt, »das ist der zukünftige Gatte meiner Tochter, in einem Monat ist der große Tag. Seine Eltern sind vor sieben Jahren aus Deutschland geflohen. Rahel hatte als Bibliothekarin gearbeitet, Aaron war Universitätsprofessor gewesen, bevor« – der Alte machte eine kurze Pause – »diese Dinge passiert sind.« Er betrachtete den jungen Mann mit großem Wohlwollen. »Sehen Sie ihn sich an. Bald ist er Doctor juris, in seinem Leben wird er für Gerechtigkeit sorgen. Nehmen Sie ihn sich als Vorbild. Ich bin stolz, ihn zum Schwiegersohn zu haben.« Der junge Mann lächelte; er war sich anscheinend bewusst, dass er soeben Objekt einer Vorführung geworden war. Offensichtlich nahm er es dem Alten nicht übel. Karl dachte, dass auch er sich schwergetan hätte, seinem Schwiegervater irgendetwas übel zu nehmen, wenn er von ihm bald eine Kette milliardenschwerer Kupferminen erben würde.

Die beiden hatten das Zimmer verlassen, Schulz war aufgestanden und zur Kredenz gegangen, wo er sich nun ein Glas Cognac einschenkte. Er winkte Karl zu sich her.

»Sehen Sie«, sagte der Alte und stellte die Bouteille wieder hin. Die bernsteinfarbene Flüssigkeit glitzerte im trägen Licht, das durch die Fensterscheiben fiel. »Ich habe noch nie etwas von einem Karl Müller gehört. Ich bin nicht unglücklich darüber. Aber ich weiß, was Leute wie Sie gemacht haben.« Er nahm einen Schluck. Karl blickte wie gebannt auf ein kleines Tröpfchen, das sich in seinem Schnauzbart verfangen hatte. »Ich verabscheue Sie. Ich habe das noch nie mit einer solchen Überzeugung zu einem Menschen gesagt: Ich verabscheue Sie.« Der Alte sah ihn mit einem Blick an, den Karl nicht gewohnt war. Seine Stimme klang jetzt sanft. Karl wusste, was diese Sanftheit zu bedeuten hatte. »Ich habe keine Ahnung, was Sie vorhaben«, sagte Schulz, »aber ich rate Ihnen, es zu unterlassen. Scheren Sie sich aus dieser Stadt. Gehen Sie irgendwohin, aber lassen Sie sich hier nie wieder blicken. Ziehen Sie von mir aus in die Berge, setzen Sie sich in ein Erdloch und büßen Sie Ihre Sünden. Wenn es irgendeine Gerechtigkeit gibt auf dieser Erde, wird Sie der Leibhaftige selbst mit Blitz und Donnerknall zermalmen.« Der Alte leerte sein Glas in einem Schluck. Mit einem leisen Klirren stellte er es auf die Anrichte. Der letzte Tropfen Cognac lief in einem schwachen Rinnsal am Rand des

Glases hinab. »Wen auch immer Sie fragen, in dieser Stadt werden Sie keine Herberge erhalten. Wo auch immer Sie ansuchen, niemand wird Ihre Waren kaufen – sollten Sie jemals in der Position sein, welche zu produzieren. Wie sehr Sie auch schmeicheln, keine unserer Töchter würde auch nur im Entferntesten daran denken, sich mit jemandem wie Ihnen abzugeben, solange ich dabei ein Wörtchen mitzureden habe. Sie würden auf Sie spucken und Ihnen die Augen auskratzen, wenn Sie sie auch nur betrachteten. Wagen Sie es nie wieder, einen Fuß in dieses Haus zu setzen, sonst sorge ich persönlich dafür, dass Sie auf einer Bahre hinausgetragen werden.«

Der Alte war ans Fenster getreten und sah nun hinaus. Je länger seine Rede gedauert hatte, desto stärker war das Spanische durchgeschlagen. Karl blickte auf die Schultern, die einmal stark gewesen sein mussten, stark und imposant. »Ich gebe Ihnen zwei Tage.« Der Alte drehte sich wieder zu Karl. »Wenn Sie dann noch hier sind, findet Sie die Polizei. Das verspreche ich Ihnen.« Als Karl sich schon zum Gehen gewandt hatte, vernahm er klar und deutlich hinter sich: »Der Teufel möge Sie holen.«

10.

Jetzt erst ist dem Ferdl gekommen, dass er fragen hätte können. Fragen! Das wäre doch das Natürlichste von der Welt gewesen! Aber er hat alles kommentarlos hingenommen; die haben seine Tante hin- und herführen können, wie sie wollten, die haben Dinge über seinen Kopf hinweg entschieden, und es ist ihm wurscht gewesen. Das Schlimmste daran ist, dass sie mit ihrer Einschätzung, es sei ihm egal, vollkommen recht gehabt haben. Aber das würde sich jetzt ändern. Dafür würde er schon sorgen. Der Ferdl ist also hinter dem Steuer gesessen und hat das Lenkrad gewürgt wie einen imaginären Gegner. Die könnten etwas erleben. Das, was weggefallen ist aus seinem Gehirn, hat sich jetzt bemerkbar gemacht durch seine Abwesenheit; er hat Luft gehabt im Kopf, viel Luft, er ist so leichtsinnig gewesen wie schon lang nicht mehr. Wieso er nicht gleich daran gedacht hat! Der Briefträger! Nach knapp zwei Stunden ist er bei der Dorfeinfahrt eingebogen und direkt vor die Polizeistation gefahren. Die Handbremse hat geknarzt, wie er sie angezogen hat.

Außer dem Kummer ist niemand da gewesen. Der Kummer hat seine ausgewickelte Wurstsemmel neben sich deponiert gehabt und hat sie angeschaut. Der Ferdl hat ihn gekannt. Er hat gewusst, dass er sie nicht vor fünfzehn Uhr essen würde. Der Kummer hat eine Diät dringend nötig gehabt, immer schon, seit der Ferdl ihn gekannt hat. Und das ist seine Version von einer Diät gewesen. Eine Zeit-Diät gewissermaßen. Jetzt ist es fünf vor drei gewesen und der Ferdl hat den Missmut in den Augen vom Kummer gesehen, wie er zur Tür hereingekommen ist. »Ja?«, hat der Kummer gesagt und vom Ferdl weg zu seiner Wurstsemmel gelinst. Er würde ihn wohl zum Diätbrechen veranlassen. Das hat dem Ferdl eine gewisse Genugtuung verschafft. »Ich hätt da ein paar Fragen«, hat er gesagt und sich an die Budel gelehnt, hinter der der Kummer gesessen ist. Der Kummer hat den Blick von seiner Jause getrennt. Er hat seine Wurstsemmelgelüste noch nicht begraben gehabt, das hat der Ferdl gesehen. »Ich glaub, ihr habt's mir ein paar Dinge nicht gesagt. Zum Beispiel –«, hat der Ferdl angefangen, aber der Kummer hat ihn unterbrochen: »Du, Ferdl, muss das wirklich jetzt sein? Wir haben doch schon alles geklärt! Es gibt da an und für sich gar nichts mehr zu besprechen –« – »Ihr habt's gesagt«, ist der Ferdl fortgefahren, »der Briefträger hat's gefunden. Welcher Briefträger ist das denn genau gewesen?« Der Kummer hat die Lippen aufeinandergedrückt. Augenscheinlich hätt er lieber die Wurstsemmel dazwischen gehabt als diese Frage. »Das tut doch nichts zur Sache –«, hat er angefangen. »Für mich sehr wohl«, hat der Ferdl gesagt und einen pointierten Blick auf die Wurstsemmel geworfen. Der Kummer hat die Entschlossenheit in seinen Augen bemerkt. Er hat geseufzt. »Der Berger Michl hat's gefunden.« Der Kummer hat sein Gewicht von einer Arschbacke auf die andere verlagert. Der Sessel hat unter seinem Hintern gequietscht. Der Ferdl hat geschnaubt. »Hab ich's mir doch gedacht«, hat er gesagt, »hab ich's mir doch –« – »Sei nicht so schnell mit dem Urteilen«, hat der Kummer gesagt. Der beruhigende Tonfall seiner Stimme hat den Ferdl beinahe aggressiv gemacht. »Es ist zu deinem eigenen Besten gewesen.« – »Was soll daran zu meinem eigenen Besten sein? Dass ihr mich für dumm verkaufts?«, hat der Ferdl zurückgegeben. »Schau«, hat der Kummer gesagt und ist wieder auf seinem Sessel hin- und hergerutscht, unangenehm, befangen, und immer mit der Wurstsemmel im Blick. »Man muss nicht alles wissen, dass man's … weiß. Was hätt's dir denn geholfen, wenn wir dir das mit dem Michl gesagt hätten? Wir wollten dich halt nicht damit belasten.« Sobald er den Blick vom Kummer zu fassen bekommen hat, hat der Ferdl ihm direkt in die Augen geschaut. »Aber ich will damit belastet werden«, hat er gesagt, »also, wie ist es gewesen?« – »Na, nichts ist gewesen«, hat der Kummer gesagt und abwehrend mit den Schultern gezuckt, »der Michl hat ihr wie jeden Tag die Post hineingetragen, und da hat er sie liegen sehen, unten, bei der großen Stiege, weißt eh, die direkt zum Schlafzimmer hinaufführt.« – »Moment einmal«, hat der Ferdl gesagt, »hineingetragen hat er's ihr? Wieso denn hinein?« Der Kummer hat auf die Seite geschaut, vorbei am Ferdl, irgendwo auf einen Punkt zwischen Türstock und Decke. »Na weil er's ihr jeden Tag hineingetragen hat. Sie hat in der Früh die Haustür aufgesperrt, und er hat ihr die Post auf den Telefontisch gelegt. Das ist normal so gewesen.« Der Ferdl hat den Kummer angestarrt. »Ja, aber was ist, wenn sie am Vorabend gestorben ist, wie hat sie dann in der Früh die Tür aufsperren können? Ist euch das nicht verdächtig vorgekommen?« »Es hat ja niemand gesagt, dass sie am Vorabend verstorben ist«, hat der Kummer gesagt. »Die kann genauso gut gestürzt sein, nachdem sie ihm die Tür aufgesperrt hat.«

Der Kummer hat den Blick vom Ferdl bemerkt. Dann hat er geseufzt. »Schau«, hat er gesagt, »soll ich deiner Meinung nach jetzt den Berger Michl verdächtigen? Der hat ja auch nicht gewusst, wann sie die Tür aufgesperrt hat, vielleicht ist sie jeden Abend offen gestanden. Immer wenn er gekommen ist, ist jedenfalls aufgesperrt gewesen. Er hat da nicht nachgefragt.« Im Ferdl seinem Kopf haben sich die Dinge schön langsam zusammengesetzt. Irgendwie hat ihm die ganze Geschichte nicht gefallen. »Ja, und wieso habt's mir das nicht sagen wollen? Das ist ja alles noch verkraftbar.« Der Kummer hat einen Blick auf seine Semmel geworfen, dann hat er sich losgerissen. »Schau«, hat er gesagt, »das ist ja nicht immer so gewesen. Das hat sich erst – in den letzten Monaten –« Der Kummer hat pausiert. »Was?«, hat der Ferdl gefragt, wie er gemerkt hat, dass der Kummer nicht weiterreden hat wollen. »Deine Tante hat sich nicht mehr aus dem Haus getraut. Die Nachbarin hat ihr zwei Mal in der Woche eingekauft. Der Arzt hat sowieso nur mehr Hausbesuche gemacht. Wir haben ihr die Post hineingetragen. Ich glaub, die hat das Haus in den letzten paar Monaten nicht ein einziges Mal verlassen.« Der Ferdl hat den Kummer angeschaut. Irgendetwas hat da nicht zusammengepasst. Irgendwo ist da eine feine Linie gewesen, ein Bruch zwischen den Worten vom Kummer und seinem Bild von der Tante Meri. Die Frau hat ihr Lebtag keine Türen offen gelassen. Da muss es ihr schon sehr schlecht gegangen sein, dass sie das macht. Und dass sie das Haus nicht mehr verlassen hat wollen, das hat sich auch mit seinem Bild von der Tante Meri gespießt. Hat sie Angst gehabt vor irgendwas? Oder ist sie wirklich schon so gebrechlich geworden? »Ferdl«, hat der Kummer gesagt, »deine Tante hat uns das Versprechen abgenommen, dass wir's dir nicht sagen. Sie wollt nicht bloßgestellt werden vor dir. Und mit deiner Tante«, der Kummer hat eine bedeutungsvolle Pause eingelegt, »diskutiert man nicht.«

Der Ferdl hat nichts gesagt. Es ist zehn nach drei gewesen. Die Wurstsemmel hat nicht auskühlen können. Gut für den Kummer. »Das ist ja …«, der Ferdl hat eine Pause mitten in seinen Satz sinken lassen, eine Pause, die zu seinem leeren Hirn gepasst hat und der vielen Luft, die dort ihre Kreise gezogen hat. »Ihr seids ja lauter Wahnsinnige«, hat er gesagt, »lauter Wahnsinnige. Ich pack euch ned.« Der Ferdl hat vom Kummer auf die Wurstsemmel geschaut, ein Essiggurkerl ist wie eine schlaffe Zunge herausgehangen. In dem Ferdl seinem Kopf sind einige Gedanken kollidiert. »Ferdl«, hat der Kummer gesagt und eine Hand hochgenommen, damit er sie dem Ferdl auf den Arm legt. Angesichts vom Ferdl seinem Blick hat er sich's mitten in der Bewegung anders überlegt. »That's life. Es tut mir leid, aber sie ist halt am Ende alt geworden. Alt und nichts weiter.« Der Blick vom Kummer ist mitleidig gewesen und ungeduldig zugleich. Und da ist irgendwas im Ferdl dann umgeschnappt.

Der Ferdl hat keine Wurstsemmel mehr gesehen und keinen Kummer, der Ferdl hat nur mehr den Sturm gespürt, der kommen würd, und die Stille, die davor gelegen ist. In ihm drinnen ist es sehr leise gewesen. »Wenn irgendjemand geahnt hätt, wie viel die Frau gehabt hat – wenn einer auch nur den geringsten Dunst gehabt hätte –« Der Ferdl hat aufgehört zu sprechen. Er hat dem Kummer zugeschaut, wie sich in seinem Kopf drinnen die Rädchen zu drehen begonnen haben. »Was meinst denn du damit?«, hat der Kummer gesagt. Der Ferdl hat den Blick vom Kummer bemerkt, der versucht hat, zwei und zwei zusammenzuzählen, aber irgendwo hat ihm immer eine Zwei gefehlt. Dann hat sich der Ferdl zum Kummer nach vor gelehnt und zurückgewispert: »Ich bin ein reicher Mann. Ich bin Großbauer geworden, ich hab eine Hacienda mitsamt Ländereien. In Südamerika! Kannst dir das vorstellen?« Der Kummer hat ihm entgegengestarrt. Er hat dem Ferdl fast leidgetan. Ganz augenscheinlich hat er sich's nicht vorstellen können.

Der Ferdl hat sich aufgerichtet, er hat seine Schulterblätter gespürt, wie sie sich eng an seinen Rücken angelegt haben. Irgendwo da hinten hat er's knacken gehört. Der Ferdl hat einen Blick auf die Wurstsemmel geworfen und auf ihre Zunge. Hinter dem Kummer seiner Stirn hat sich einiges abgespielt, das hat er gemerkt. Der Ferdl ist eigenartig zufrieden gewesen mit sich selbst und mit dem Kummer und mit der verspäteten Wurstsemmel. »Mahlzeit«, hat er gesagt, und dann ist er hinausgegangen.

Er hat den nachdenklichen Blick vom Kummer in seinem Nacken gespürt. Noch ist es ruhig im Ferdl gewesen, noch hat sich der Sturm irgendwo in der Ferne gesammelt, aber er hat ihn kommen gespürt. Er hat sich gefragt, wie es sich anfühlen wird, so richtig wütend zu sein, aber er hat keine Antwort darauf gewusst. Der Ferdl hat gewartet, bis sich der Sturm in dem Teil von seinem Gehirn, der jetzt leer gewesen ist, breitgemacht hat, bis seine ersten Vorboten hereingesickert sind und umgerührt haben bei ihm dort oben. Dann hat er aufs Gaspedal gedrückt und ist mit einem erbärmlichen Gluckern im Getriebe zum Berger Michl gefahren.

Die Totenkränze haben zum Großteil aus Tannenzapfen bestanden. So ist es dem Ferdl jedenfalls vorgekommen.

Er hat in der letzten Woche eine Menge Zeit in Floristikgeschäften und in der Partezetteldruckerei verbracht, hat mit dem Bestattungsunternehmen beinahe schon freundschaftliche halbstündige Gespräche geführt und sich unter anderem zu ernsthaften Unterhaltungen über die Farbe der Mehlspeisglasur hinreißen lassen. Der Ferdl hat gar nicht gewusst, dass es da so viel zu reden gegeben hat. Was kann schon alles passieren bei einem Begräbnis? Hinunter damit und zugeschaufelt; der Toten tut es eh nicht mehr weh. Aber der Ferdl hat sich über die exakte Höhe der Grablichter unterhalten müssen, über ihre Anzahl, Brenndauer und Kompatibilität mit der Farbe des Blumenschmucks. Dem Grabredner hat er gesteckt, was er nicht sagen soll. Dem Steinmetz hat er gesagt, dass tatsächlich ein Ypsilon dringewesen ist in ihrem Namen. Und den Dorfchor hat er nur mit großem rhetorischem Feingefühl davon überzeugen können, von einem einstündigen Konzert inklusive einiger einstudierter Musical-Nummern mit Tanzeinlage abzusehen. Niemand im Dorf hat sich die Gelegenheit zu einem großen Auftritt entgehen lassen wollen. Ein Begräbnis ist schließlich ein Ereignis gewesen, und der Ferdl ist dafür verantwortlich gewesen, dass es eines wird.

Der Ferdl war knapp daran sich zu wünschen, mit der Tante Meri Platz zu tauschen. Die hat in ihrem plüschgepolsterten Sarg wenigstens eine Ruhe gehabt. Der Ferdl hätt mittlerweile sofort Holzdicke, Lacksorte und Katalognummer des blassrosa Stoffbezugs herunterrattern können, auf dem die Tante Meri die nun folgende Ewigkeit verbringen würde. Er hat keinen Wert darauf gelegt, diese Fakten allzu lange zu behalten. Der Ferdl hat nicht gemein werden wollen, aber er hat sich eingestehen müssen, dass er sie gern so schnell wie möglich unter der Erde gehabt hätte, begraben, in die Ewigkeit versenkt, und die ganze Begräbnisorganisiererei gleich mit ihr mit.

Dem Ferdl ist am Tag davor was Komisches passiert. Wobei etwas Komisches wohl zu mild ausgedrückt gewesen ist. Hätt er es nicht mild ausdrücken wollen, hätt er gar nicht darüber sprechen können, und deshalb hat er es lieber so gesagt als gar nicht. Etwas Komisches deshalb, weil das Passieren bei dieser Sache noch nicht vorbei gewesen ist, auch heute nicht. Sie ist ihm nachgehangen wie ein langer Schatten. Überhaupt sind ihm viel zu viele Dinge nachgehangen in letzter Zeit, angesabbert haben sie ihn, angesaugt haben sie sich an seinen Horizont … Sie haben nicht von ihm abgelassen und sich in seinen Tellerrand verbissen, sodass er sie immer mit sich herumgetragen hat, wie schwere Bommeln an seinem Hut, wie die Salatkarotte, die dem Esel vors Maul gehängt wird und die ihm doch immer unerreichbar bleibt. Der Ferdl hat einfach nicht aufhören können, daran zu denken – vorher die Frau am Briefkasten, und jetzt das.

Dem Ferdl sind an diesem Tag ja viele komische Sachen passiert, das muss man zugeben, und vielleicht ist es auch nur die Anhäufung dieser Dinge gewesen, die seine Entdeckung in ein derartig mysteriöses Licht gerückt hat. An dem Tag hat er's erfahren. An dem Tag ist er bei der Polizei gewesen. Und dann beim Berger Michl. Und dann hat ihn irgendetwas geritten und er ist zur Tante Meri ihrem Haus gefahren.

Selbstverständlich hat er gewusst, dass er dort hinein hat dürfen. Es ist ja immerhin sein Haus gewesen – vielleicht noch nicht offiziell, aber auf offiziell hat er in seinem

Geisteszustand gepfiffen. Der vom Berger Michl ausgelöste Sturm hat noch immer nicht aufgehört gehabt, der ist noch so derartig am Wüten gewesen in seinem Kopf, dass es ihm in den Ohren gerauscht hat. Der Ferdl hat gewusst, wo der Schlüssel zu Tante Meri ihrem Haus gewesen ist. In den Rosenbüschen neben der Einfahrt; originell ist sie in dieser Hinsicht nicht gewesen. Er hat sich umgesehen, wie er ihn aufgehoben hat. Dann hat er sich erinnert, dass er sich eigentlich nicht umsehen hätte müssen, und hat sich gestreckt. Er hat versucht, den schmalen, mit Steinplatten ausgelegten Weg hin zur Eingangstür mit erhobenem Haupt zurückzulegen, aber ganz ist es ihm noch nicht gelungen. Das Vorhaus ist offen gestanden, wie immer. Die Eingangstür ist verschlossen gewesen; irgendjemand hat wohl die Anständigkeit besessen, zuzusperren. Der Ferdl hat die Tür aufgestoßen. Drinnen hat eine samtene Dunkelheit geherrscht, die zwar dunkel gewesen ist, aber nicht so dunkel, dass man nichts gesehen hätte. Durch manche Fenster hat der Mond hereingescheint, der schon ziemlich voll gewesen ist zu dieser Zeit. Bei anderen haben die Straßenlaternen mit ihrem eigenartigen, blassorangenen Licht hereingeleuchtet und schwache Farbkreise am Boden gezogen. Der Ferdl hat nicht gewusst, wieso er das Licht nicht eingeschaltet hat. Aber irgendwas in ihm hat sich dagegen gesträubt. Es ist eine Situation gewesen, in der man kein Licht gebraucht hat, in der das Licht alles zerschlagen hätte, was dagewesen ist – die Möbel, die Teppiche, die Porzellanvasen und die Erinnerung an die Tante Meri, die tief in jeder Furche dieses Hauses gesteckt ist.

Der Ferdl hat die Hand ausgestreckt und auf das Treppengeländer gegriffen. Er hat das Haus so gut gekannt wie sein eigenes. Mit jedem Schritt hat er die Hand auf dem hölzernen Geländer ein Stückchen weiter hinaufgeschoben; er hat gespürt, wie abgegriffen es gewesen ist, wie alt, und wie gut es in seiner Hand gelegen ist. Der Ferdl hat den dicken Teppich gespürt, der blassrosa gewesen wäre im Tageslicht und vom Treppenansatz hinunter die ganze Stiege bedeckt hat. Keinen seiner Schritte hat man gehört. Es ist still gewesen, so still, wie's nur im Haus von der Tante Meri sein hat können. Der Ferdl hat sich zwar nicht wohlgefühlt, aber er hat diese Stille gekannt, und das hat ihn beruhigt.

Der Ferdl ist auf halber Höhe stehen geblieben und hat hinuntergeschaut in das Dickicht von Möbeln, Vasensilhouetten und orangenen Lichtpfützen im Erdgeschoss. Die Treppe ist frei gestanden, man hat von hier aus fast das gesamte Erdgeschoß überblicken können – man hat die Türen gesehen, die in die Küche gehen, ins Wohnzimmer, ins Badezimmer. Unter der Treppe ist der Abgang in den Keller gelegen. Der Ferdl hat sich gedacht, dass alles viel größer ausgeschaut hat, wie er klein gewesen ist, dass er damals das Gefühl gehabt hat, er geht unter in dem blassrosa Teppich, er versinkt in dem Sofa mit den wulstigen Lehnen, das im Wohnzimmer gestanden ist und ihn als Schlagobers schleckenden Buben fast verschlungen hätte. Der Ferdl hat an die Tante Meri gedacht, wie sie da wohl hinuntergefallen ist. Wie sie dann dagelegen ist. Aber der Ferdl hat es sich beileibe nicht vorstellen können. Eigentlich hätt ihr ja gar nichts passieren dürfen, hat er sich gedacht, der Teppich ist eh so dick gewesen, der hat alles verschluckt, jeden Schlag, jeden Stoß und jedes böse Wort. Der Ferdl hat seine Gedanken aus dem Kopf geschoben, aber der Sturm hat sie nicht leicht losgelassen. Er hat das Stiegengeländer unter seinen Händen gespürt und seine abgegriffene Glätte und hat nicht losgelassen, bis seine Gedanken vergangen sind.

Der Ferdl ist oben gewesen, im ersten Stock. Hier nur mehr Mondlicht, blaues, weißes, durch die Spitzenvorhänge abgestumpftes. Für die Straßenlaternen ist es hier schon zu hoch gewesen. Der Ferdl ist ins Gästezimmer hinein; das ist seins gewesen, früher, ohne dass man es ihm je offiziell zugesprochen hätte. Hier hat er sein können, wenn er sonst nirgendwo sein hat wollen. Das Angebot hat er aber selten in Anspruch genommen. Der Ferdl hat sich an der Wand entlanggetastet, er hat Schubladen gespürt, das Regal, in dem er eine Zeit lang seine Comichefte aufbewahrt hat und dann die Hefte, die er eigentlich nicht lesen hätt dürfen. Er hat die schmalen, messingenen Knöpfe gespürt, mit denen man die Laden öffnen hat können, die Holzeinlegebretter in den Regalen, die scharf gewesen sind an den Kanten. Es ist ihm vorgekommen, als hätt sich alles anders angefühlt als Kind, aber vielleicht hat sich nur der Ferdl anders angefühlt und nicht die Laden, und nicht sein Zimmer da heroben, sondern nur er selbst.

Er ist hinaus, hat den Türrahmen gespürt, der gegen seine Fingerknöchel gestoßen ist. Der Ferdl hat die Hand gehoben, hat sie über die Wand gleiten lassen. Er hat die Tapete gespürt unter seinen Fingern, die kleinen Vertiefungen und Erhebungen, die Goldverzierungen und Borten, deren Glanz man im Mondlicht nur erahnen hat können. Er ist über ein kleines Bild geglitten – das mit dem Jäger, der die Flinte über die Schulter gehängt gehabt hat, wobei die Flinte fast größer gewesen ist als er selbst –, dann über noch eines – der Apfelbaum, der seine Zweige über eine kleine Schafherde ausgebreitet hat, die im echten Leben nie unter einem einzigen Baum Platz gehabt hätte –, dann über das dritte. Das ist sein Lieblingsbild gewesen. Ein Schläfer, dessen Gesicht seltsam verquollen ausgesehen hat, mit weißer Tünche und viel zu roten Wangen. Er hat die Tracht des späten 18. Jahrhunderts getragen, weiße Kniebundhosen und eine Perücke. Der Ferdl hat sich als Bub immer gefragt, wie man schlafen hat können mit einer Perücke. Aber vielleicht ist sie weich gewesen, wie ein Polster. Vielleicht hat sie die Steine abgedämpft, die sicher am Wegesrand gelegen sind, dort, wo der Schläfer sich zum Rasten hingelegt gehabt hat. Der Ferdl hat in sein Gesicht geschaut. Es ist zu groß gewesen für seinen Körper, die Nase ist seltsam davon abgestanden und noch dazu irgendwie im falschen Winkel. Ein schlafendes Auge ist größer gewesen als das andere; man hat seine Wimpern gesehen, was auf die Distanz eigentlich nicht möglich sein hätte sollen. Der Ferdl hat gewusst, dass der Maler einfach nicht malen hat können, und dass das eigentlich kein schönes Bild gewesen ist. Aber den Ferdl hat es immer schon irgendwie fasziniert. Der Schläfer hat nämlich ausgesehen, als befände er sich in einer Metamorphose, als wäre er gerade dabei, sich in irgendetwas anderes zu verwandeln, als schlüge seine Haut im Gesicht Blasen. So wie in den Comicheften, wo die Helden zuerst auch komisch dreingeschaut haben und dann in wilde Zuckungen verfallen sind und »Grrrrtz!« und »Hrrr!« in ihre Sprechblasen gesagt haben, und dann plötzlich wer anderes gewesen sind. Der Ferdl hat sich vorgestellt, wie dieser Schläfer einfach seine Haut ablegt, wie sie sich genau an seiner Nase spaltet und er sie auszieht wie einen schlaffen

Anzug. Und dann als etwas ganz anderes heraussteigt, als etwas, das noch niemand kennt und niemand weiß und wovon der Schläfer selbst noch keine Ahnung hat. Der Ferdl ist im Mondlicht davor gestanden und hat sich das verbeulte Gesicht vom Schläfer angeschaut. Er ist ruhig dagelegen, wie immer, wie schon die ganzen letzten vierzig Jahre. Der Ferdl hat sich gedacht, dass er schon ziemlich lange für die Metamorphose braucht. Und dann hat ihn irgendwas geritten und der Ferdl ist, er weiß nicht wieso, ins Schlafzimmer gegangen.

Mit dem Schlafzimmer hat es so etwas auf sich gehabt. Der Ferdl hat dort eigentlich nicht hineindürfen. Als Bub nicht und später auch nicht wirklich. Der Ferdl hat nur gewusst, dass da ein mahagonifarbenes Doppelbett mit einer absurden Einstiegshöhe dringestanden ist, weil er es ein einziges Mal gesehen hat. Die Tante Meri hat befunden, dass sie einen Fernseher im Schlafzimmer braucht, und den hat er ihr hinaufgetragen. Das ist vor einigen Jahren gewesen, und seitdem hat er keinen Fuß mehr in das Zimmer gesetzt.

Der Ferdl ist hineingegangen. Er hat irgendwie ein schlechtes Gewissen gehabt. Das Doppelbett hat ihn angeschaut, vorwurfsvoll, mitten im Zimmer ist es gestanden. Der Fernseher hat sich verschämt in eine Ecke gezwickt gehabt. Der Schreibtisch ist lang und dünn unter dem Fenster gestanden. Der Einzige, der dem Doppelbett Paroli bieten hat können, ist der Kasten gewesen. Der Ferdl ist zu dem Kasten hingegangen, dunkel und hoch hat er in die vom Mondschein angezuckerte Luft hineingestochen, bis fast an die Zimmerdecke ist er gegangen. Er ist im selben Holz gehalten gewesen wie das Bett, genauso dunkel, genauso groß, genauso schwer ist er dagestanden und hat den Ferdl betrachtet. Mit einer Trägheit, die sich nicht jeder leisten hätt können, hat ihn die lange, glatte Fläche angebleckt – fast die gesamte Schmalseite des Zimmers hat der Kasten eingenommen. Er ist direkt vorm Doppelbett gestanden, sodass man ihn angesehen hätte, wenn man drin gelegen wäre. Von der Wand dahinter ist da nicht viel übrig geblieben. Der Ferdl hat sich losgerissen und ist zum Fenster hingegangen. Er hat das Bedürfnis gehabt, dass er die Vorhänge zuzieht. Unten hat er die Kegel gesehen, die die Straßenlaternen in den Asphalt geschlagen haben, wie breite, flüssige Dotter haben sie ausgesehen, alle paar Meter einer. Ihm ist gewesen, als hätt er eine Bewegung wahrgenommen, als hätt jemand einen Fuß in den Dotter gesteckt gehabt. Aber die Bewegung ist so schnell wieder weg gewesen, wie sie gekommen ist. Der Ferdl hat sich gesagt, es ist die Katze gewesen von dem Nachbarn gegenüber, oder die von dem aus der anderen Straße, oder eine ganz andere Katze, die er noch nicht gekannt hat.

Der Ferdl ist zum Kasten hingegangen. Er hat drei Doppeltüren gehabt. Der Ferdl hat sich die mittlere ausgesucht, die genau aufs Doppelbett hingezeigt hat. Der Ferdl hat den kleinen Schlüssel, der aus der Kastentür herausgestanden ist, einmal zwischen seinen Fingern gezwirbelt, und die Kastentür ist aufgesprungen. Er hat nicht genau gewusst, was er tut, aber er hat's trotzdem getan. Der Ferdl ist zwischen den offenen Kastentüren gestanden. Ihm hat der Geruch der Tante Meri entgegengeschlagen, jäh, wie ein solider Block ist er auf ihn herausgefallen. Es hat sich angefühlt, als schlüge ihm jemand ins Gesicht. Der Ferdl ist noch ganz benommen gewesen, wie er die Hand über die Kleidungsstücke im Kasten drübergleiten hat lassen. Er hat ihre Chiffonblusen gespürt, die sperrigen Kostümjacken, die tantendunklen Festtagsröcke, von denen sie nur einige wenige besessen hat. Der Ferdl hat nachgefasst, hat tiefer hineingegriffen, bis er plötzlich mit der Hand an der Kastenrückwand angestanden ist. Er hätte Holz erwartet. Er hat innegehalten, ist noch einmal drübergefahren. Nein, er hat sich nicht geirrt gehabt. Da ist etwas gewesen, in einer Linie mit der Kastenwand, von den anderen Kleidungsstücken vollkommen verdeckt. Wie ein dichtes Fell, wie glatt gekämmter, kurzer Pelz hat es sich angefühlt, steif, und doch irgendwie biegsam, von einer Textur, die sich ziemlich unterschieden hat von den anderen Stoffen in der Tante Meri ihrem Kasten. Der Ferdl hat weitergetastet, hat die zweite Hand auch hineingesteckt. Die Blusen haben zwischen seinen Armen gerauscht. Er hat aufpassen müssen, dass er sich nicht ein Auge aussticht mit einem Kleiderbügel. Er hat den Gürtel ertastet. Kleine, metallene Knöpfe. Der Ferdl ist mit den Händen weiter hinaufgefahren, das Kleidungsstück an der Kastenwand entlang, hat Anstecker gespürt, viele, in zwei kurzen, waagrechten Reihen sind sie angebracht gewesen. Er hat zwei Schultern ertastet, gepolstert, aber nicht übertrieben. Weiter hinauf, der Kragen, noch ein Anstecker, eine seltsame Form, der Ferdl hat nachgetastet, ist die Ecken und Rundungen, die seltsamen Sprießln abgefahren mit seinen Fingerkuppen, und dann ist es ihm gekommen. Der Ferdl hat einen Moment lang das Gefühl gehabt, in den Tiefen des Kastens das Gleichgewicht zu verlieren und hineinzustürzen, bis er auf der anderen Seite wieder aufkommt, aber dann hat er sich gefangen. Mit einem energischen Ruck hat er das Ding von der hinteren Kastenwand abgepflückt, und unter erheblichem Rascheln hervorgezogen. Der Ferdl hat sich von einer bestickten Bluse befreit, die ihm noch über dem Kopf gehangen ist, und das Ding vor sich an der Kastentür aufgehängt. Er hat es betrachtet. Es hat im Mondlicht geglitzert, ganz zart nur, aber zart hat genügt. Der Ferdl hat die Hände in die Hüften gestemmt, dann hat er sie hinterm Rücken gefaltet, und dann in die Hosentaschen gesteckt. Er hat keine Ahnung gehabt, was das bedeuten hat sollen. Was so etwas hier zu suchen gehabt hat. Er hat an einen Fehler geglaubt, das hat ja nicht sein können, aber dann hat er an die Tante Meri gedacht und an ihre Aussagen und dass da ein Doppelbett gestanden ist, und dann hat er sich setzen müssen. Der Ferdl ist ein paar Schritte zurückgegangen, und das Doppelbett hat ihm von hinten in die Kniekehlen geschlagen. Es hat seinen Fall abgefangen. Er ist dort gesessen, auf diesem Doppelbett, wo die Tante Meri wohl – … Er hat es gar nicht denken wollen. Der Ferdl hat stattdessen das eigentümliche Blinken angeschaut vor seinen Augen und das Mondlicht, das sich davon abgestoßen hat, das aufgesaugt worden ist von dem Fell drumherum. Der Ferdl hat an den Schläfer gedacht und an die Metamorphose, und dann ist ihm klar geworden, wieso er so lang nichts getan hat. Mit wackeligen Beinen ist der Ferdl aufgestanden und hat's zurückgehängt, der Kasten hat ihn eingesaugt, das Zimmer hat ihn ausgespien. Er ist den dumpfen Teppich hinuntergegangen, kein Schritt auf der Treppe, nichts, was man hören hätt können. Hinaus, den Schlüssel hinter den Rosenbusch. Der Ferdl, der herausgekommen ist, ist nicht der Ferdl gewesen, der hineingegangen ist. Er hat den Rücken nicht strecken können. Er hat kein Recht gehabt, hier zu sein.

Der Ferdl hat sich gebückt gehalten, hat sich von Lampenschatten zu Lampenschatten gehantelt, bis er zu Hause gewesen ist. Er hat einen Fehler gemacht, das hat er durch den Sturm hindurch gewusst, der ihm von innen an die Ohren gedrückt hat und die Nacht zugedeckt hat mit seinem Rauschen.

11.

Die nächste Zeit ist nicht leicht gewesen für die Anni. Sie hat nicht gewusst, was sie ohne den Karl gemacht hätt. Sie haben zwar nicht viel miteinander geredet, aber er ist da gewesen. Das hat sie ihm hoch angerechnet.

Der Bauch ist immer mehr abgestanden von ihr, er ist schon zu einem richtigen Fremdkörper geworden für sie. Obwohl sie gewusst hat, dass er angewachsen ist, hat sie das Gefühl gehabt, sie trage ihn wortwörtlich vor sich her. Da ist keine Verbindung mehr gewesen zwischen ihr und dem Kind; es ist zwar da gewesen und ihr schwer im Magen gelegen, aber über diesen Bauch hinaus hat es für die Anni keine Bedeutung mehr gehabt. Die Anni hat überhaupt nicht viel an dieses Kind gedacht; sie hat anderes zu tun gehabt. Wenn es ihr nicht ab und zu einen Tritt in die Magengrube versetzt hätte, hätte sie wohl wirklich darauf vergessen.

Bis in den November hinein hat sie keine Nachricht vom Werner bekommen. Aber dann ist alles ganz schnell gegangen. Der Werner hat sie zu sich beordert, nicht ins Hotel Bristol diesmal, sondern in ein Kaffeehaus. Mit gesenkter, aber ruhiger Stimme hat er ihr dargelegt, was sie in den nächsten Monaten zu tun haben würde. Die Anni hätte dafür zu sorgen, dass sie hier keiner vermisst. Am besten solle sie das Gerücht verbreiten, dass sie in eine große, deutsche Stadt auswandere. Welche, könne sie sich aussuchen. Das würde man ihr auf jeden Fall glauben. Kurz nach der Geburt des Kindes würde sie dann aufs Land ziehen. Sie wisse doch, dass er mit seiner Frau im Gau Oberdonau lebe? Die Anni hat genickt. Er habe im selben Ort ein zusätzliches Haus akquiriert. Die Anni habe vorzugeben, sie sei die Witwe eines gefallenen Soldaten, die das erste und einzige gemeinsame Kind nun alleine aufziehen würde müssen. Habe sie das verstanden? Die Anni hat genickt. Ein bisschen verwirrt ist sie aber schon gewesen. Und deine Frau …?, hat sie begonnen. Seine Frau hätte die Anni nicht zu interessieren. Für ihr eigenes Wohl würde gesorgt sein, auch um Arbeit müsse sie sich nicht bemühen. Das sei alles, was sie wissen müsse.

Die Anni hat aus dem Fenster geschaut, auf den Teppich aus dicken Schneeflocken, die in ungebremstem Strom vom Himmel gefallen sind. Ungewöhnlich früh hatte es dieses Jahr zu schneien begonnen. Es würde wohl ein kalter Winter werden.

Der Werner hat ihr über den Tisch ein Kuvert zugeschoben. Nicht hineinschauen, hat er gezischt, als sie's schon aufmachen hat wollen. Ein Pass sei drinnen, hat er gesagt, und alle relevanten Dokumente. Die Anni hat ihn fragend angeschaut. Sie solle sich keine Sorgen machen, hat der Werner gesagt, es sei zu ihrem eigenen Besten. Man könne nie wissen. Die Anni hat den Blick abgewandt. Sie würde fortan Susanne heißen, Susanne Meininger. Sie wäre zwei Jahr jünger als sie eigentlich sei, aber derartig kleine Altersunterschiede fielen keinem auf. Wenn nicht unbedingt nötig, solle sie nicht über ihre Vergangenheit sprechen. Alles, was sie zu wissen hätte, sei auf einigen Seiten zusammengefasst, die sich ebenfalls in dem Kuvert befänden. Sie solle die Schriftstücke gut durchlesen und dann, wenn möglich, alsbald vernichten.

Die Anni hat derweilen aus dem Fenster gestiert, sie muss wie hypnotisiert ausgesehen haben. Ob sie das verstanden habe? Die Anni ist aus ihren Träumereien hochgeschreckt und hat genickt. Sie hat den Werner nur kurz angesehen und den Blick gleich wieder auf ihre abgebissenen Nägel gesenkt, auf die klammen Finger, die ihre Kaffeetasse umschlossen gehalten haben. »Gut«, hat er dann in einem etwas sanfteren Tonfall gesagt. »Ich freue mich. Ich freue mich auf unser gemeinsames Kind.« Die Anni hat ihn angelächelt, aber es ist ein müdes Lächeln gewesen. Er dürfte das nicht bemerkt haben, er ist mit den Gedanken schon ganz woanders gewesen, das hat die Anni gesehen. Eilig hat er ein paar Münzen auf den Tisch geworfen und ist dann mit einem hingemurmelten »Sieg Heil« aus dem Lokal gegangen. Die Anni hat noch seine Hand gespürt, mit der er flüchtig ihre Schulter gedrückt hatte. Sie hat ein mulmiges Gefühl im Bauch gehabt, und sie hat gewusst, das ist nicht von der Schwangerschaft gewesen. Vielleicht ist der Anni ja da schon gedämmert, dass es das letzte Mal gewesen sein würde, dass sie den Werner sieht.

Niemandem hat sie von den bevorstehenden Ereignissen erzählt. Nicht einmal ihrer Mutter; die hat ihr die Deutschland-Geschichte viel zu schnell abgenommen. Sie hat wohl eine große Zukunft für ihre Tochter in der Hauptstadt gesehen. Irgendwo hat das der Anni im Herz wehgetan, aber sie hat ja der Mutter nicht dreinreden wollen in ihre Freude.

Einzig dem Karl hat sie etwas von ihren Plänen gesteckt. Er ist jetzt öfters bei ihnen zu Hause gewesen. Gemeinsam sind sie am Bett gesessen und sie hat sich an ihn gelehnt und geschnauft. Ihr Bauch ist mittlerweile wie ein Medizinball abgestanden von ihr. Sie hat die gedrungene, feste Gestalt Karls in ihrem Rücken gespürt. Das hat sie ein bisschen beruhigt.

Der Karl hat sich stark verändert gehabt in letzter Zeit. Er ist irgendwie finsterer geworden. Der Anni ist das zuerst nicht so aufgefallen, eigentlich ist jeder finsterer gewesen in diesen letzten Kriegsmonaten. Sie hat nicht sagen können, wann die Stimmung gekippt ist, aber irgendwie hat jetzt niemand mehr an einen Sieg geglaubt. Sagen hat sich das natürlich keiner getraut. Aber man hat es gespürt, und man hat es gesehen, wenn manchmal die Realität herausgeschimmert hat aus den Blicken der Leute.

Der Karl hat gesagt, es könnte sein, dass er bald weg müssen würde. Es werde immer wahrscheinlicher, dass er eingezogen werde. Unabhängig davon hat er ihr erzählt, dass der Posten seines Vaters gewackelt hat. Die Anni hat die richtigen Schlüsse daraus gezogen und nicht weitergefragt.

Der Karl hat sich ihre Ausführungen zu dem Treffen im Kaffeehaus angehört und mit gerunzelter Stirn an die andere Seite des Zimmers gestiert. »Susanne«, hat er gesagt; nach einer kurzen Pause, die der Anni ein gewisses Unbehagen verschafft hat. Die Anni hat in seine Schulter hineingenickt. »Na gut«, hat er gesagt, »dann müssen wir üben – liebe Susi, ich bin der Karl.« Wie zum Spaß hat er ihr die Hand hingestreckt und sie hat sie genommen und einen Kuss draufgedrückt. Sie hat lächeln müssen – über seine Gesten, über die gerunzelte Stirn und über dieses schöne, melodische, erhaben geschwungene »S«, das sie in ihrem Wiener Dialekt nie herausgebracht hätt. In dem Moment hat sie geglaubt, dass sie den Karl liebt. Sie ist sich fast sicher darüber gewesen.

Anfang Jänner ist das Kind auf die Welt gekommen. Es ist gänzlich unspektakulär gewesen. Die Anni hätt sich das irgendwie aufregender vorgestellt. Der Karl ist da gewesen, aber mehr zufällig, als dass er absichtlich gekommen wär. Sie haben gerade zu Abend gegessen, da hat sie die ersten Wehen gespürt. Sie hat die Leute nicht stören wollen und hat zuerst nichts gesagt. Aber dann ist es stärker geworden und sie hat den Löffel hingelegt und der Mutter gesagt, sie sollten allein fertig essen. Die Mutter und der Karl haben sich angeschaut, und dann ist der Karl der Anni ins Zimmer gefolgt.

Zwei Stunden später ist das Kind da gewesen. Es ist ein Junge gewesen, ein klebriger, kleiner, verrunzelter Junge. Der Karl hat ihn hochgenommen und sich die Uniform dreckig gemacht dabei, und die Anni ist sofort eingeschlafen. Sie hat jetzt nichts wissen wollen von dem Kind, das hat ihr alles gestohlen bleiben können. Jetzt erst hat sie gemerkt, wie müde sie eigentlich gewesen ist.

Wie sie wieder aufgewacht ist, ist der Karl immer noch dagesessen. Es muss in den frühen Morgenstunden gewesen sein. Im Nebenzimmer hat die Anni die Mutter räumen gehört, sie hat wohl das Bettchen hergerichtet für den Kleinen. Der Karl hat den Buben gewaschen gehabt. Er ist dagesessen und hat ihn gehalten wie eine kostbare Vase, die jeden Moment unter seinen Händen zerbrechen könnte. Einen Gesichtsausdruck hat er gehabt, den hat sie überhaupt noch nie gesehen an ihm. Der Bub hat geschlafen wie ein Engerl. »Magst ihn halten?«, hat der Karl gefragt und die Anni hat genickt. Sie hat ihn genommen und sich das kleine Gewichterl auf die Brust gelegt. Mit einiger Verwunderung ist ihr gedämmert, dass es dasselbe Gewicht gewesen ist, das sie bis vor Kurzem noch in ihrem Bauch getragen hat. Dafür ist es eh ordentlich schwer gewesen, dieses Kind.

Während der Bub angefangen hat, an ihrer Brust zu saugen, hat die Anni den Karl angeschaut. Der hat ein Lächeln gehabt, dass es ihr fast unheimlich geworden ist. »Die Augen«, hat er nur gesagt, und auf den Buben gedeutet. Die Anni hat das Kind von ihrer Brust entfernt. Wie im Schmerz hat es das kleine Gesichterl verzogen. Die Anni hat seine verklebten Augen betrachtet, aus denen es müde herausgeblinzelt hat. Dann hat sie den Kopf gehoben und vielleicht das erste Mal wirklich in dem Karl sein Gesicht geschaut. Da ist ein junger Bursch vor ihr gesessen, ungewöhnlich ernst für sein Alter, mit feinen Zügen im Gesicht; alles in allem vielleicht drei, vier Jahre jünger als sie. Unter seinen dunklen Augenbrauen haben ihr zwei Augen entgegengeblickt, die sie an diesem Tag das erste Mal wirklich wahrgenommen hat. Die Anni hat den Atem gespürt in ihrer Lunge und in ihrem Bauch, wie er hinuntergeht und unten aufkommt. Irgendwas hat sich zusammengezogen in ihr. Die Anni hat die überzählige Luft hinuntergeschluckt und versucht, zu lächeln. An diesem Tag ist ihr aufgefallen, dass dem Karl seine Augen grau gewesen sind; grau und kühl und schön.

12.

Karl hatte schon einmal etwas von einem Deutsch-Chilenischen Bund gehört, nun wusste er mehr. Nachdem die Einflussnahme der Partei abgewehrt worden war, war die Vereinigung in der Bedeutungslosigkeit versunken. Karl hatte also mit dem jetzigen Leiter gesprochen, der vor den Scherben einer ehemals geeinten Gemeinde gestanden war. So war auch Schulzens Erregung zu erklären. Mit einiger Genugtuung musste Karl feststellen, dass es die Ablehnung der Partei gewesen war, die zu der Spaltung geführt hatte – die Interessen der Nationalsozialisten waren immer schon die Interessen der Gemeinschaft gewesen, und gegen die Partei zu arbeiten, hatte in Chile wie auch zu Hause nichts anderes bedeutet, als gegen das Volk zu arbeiten. Karl seufzte in seine Unterlagen.

Er hatte sich relativ schnell von den Anschuldigungen des Alten erholt. Die Hoffnung, die er in ihn gesetzt hatte, war augenscheinlich verfehlt gewesen. Gleichsam wie aus einer Blase war er auf den Boden der Realität gefallen, und nun musste er sich um etwas anderes umsehen. Karl begann, die Komplexität der Lage in der Gemeinschaft zu begreifen. Je besser er sein Umfeld verstand, umso ruhiger und angenehmer würde er leben können. Karl hatte gleich nach dem Treffen beschlossen, seine letzten Tage in der Hauptstadt über den ausgeborgten Büchern zu verbringen.

Karl war Ignatio Schulz nicht böse. Der hatte nur seine diplomatischen Interessen gewahrt. Das war zu respektieren. Bei der Recherche hatte sich immer stärker herauskristallisiert, dass die Ablehnung der Partei durch die deutsche Bevölkerung nicht so groß gewesen war, wie Schulz es dargestellt hatte. Viele Angehörige schienen sich erst jetzt zu distanzieren, wo der Krieg in Europa entschieden war. Trotz seiner emotionalen Reden schob Karl auch Schulz in diese Ecke. Ein Mann der Wirtschaft konnte sich politische Sentimentalität nicht leisten, also mussten seine Tiraden einen anderen Grund gehabt haben. Wenn Karl dieser Opportunismus auch zuwider war, so konnte er ihn doch nachvollziehen.

Je mehr er in die Materie eindrang, desto stärker wuchs seine Bewunderung für die Organisation der Parteiorgane in diesem Lande. Um Kontroversen zu vermeiden, wurde chilenischen Staatsbürgern deutscher Abstammung – den Volksdeutschen – der Eintritt in die Partei versagt. So wurden die Vorwürfe entkräftet, die Partei untergrabe das politische System im Lande. Ausländer – also Reichsdeutsche – durften sich so lange politisch engagieren, solange sie nicht die Sicherheit des Gastlandes in Frage stellten. Offenbar hatte die Regierung den Eindruck gehabt, dass sie das nicht taten.

Über die Hintertür wurden Vereine gegründet, die der Partei gegenüber getreue Rechenschaft ablegten. Sie sorgten für die moralische und weltanschauliche Ertüchtigung derjenigen, die nicht in die Partei einzutreten befugt waren. Die Unterscheidung in Volks- und Reichsdeutsche war in der öffentlichen Debatte ein zunehmend wichtiges

Kriterium geworden. Karl sah den argumentativen Kunstgriff hinter dieser Unterscheidung, war sich aber gleichzeitig bewusst, dass sie von keinerlei Relevanz für die Parteiorgane gewesen sein konnte. Ein wahrer Deutscher war sich seiner Abstammung bewusst, egal, welchen Pass er zu einem gegebenen Zeitpunkt mit sich trug.

Drei Tage später erklärte Karl seine Recherche vor sich selbst für beendet. Er glaubte nun zu wissen, was er wissen musste. Noch heute würde er Santiago verlassen. Karl besaß die Geistesgegenwart, sich vor seiner Abreise einige bescheidenere Kleidungsstücke zuzulegen. Wo er sich nun hinzuwenden gedachte, könnten ihm die feineren Stücke auch von Nachteil sein. Karl hatte die Fahrpläne studiert; er würde den Nachtbus nehmen, um sich gleich morgen früh in seinen Angelegenheiten engagieren zu können. Er hatte sich vorgenommen, diesmal vorsichtiger zu sein. Der ruppige Empfang in der Hauptstadt war insofern lehrreich gewesen, als er ihm die unberechtigte Hoffnung genommen hatte, er wäre hier willkommen. Die gesunde Demütigung, die ihm diese Vorkommnisse verpasst hatten, hatte er hingenommen; darüber zu verzweifeln, war nicht angebracht. Er musste sich anpassen, was für einen geschickten Mann seines Formats ein Leichtes sein würde. Langsam und bedächtig würde er sich hinaufarbeiten, er würde sich Freunde schaffen, ohne Wellen zu schlagen. Karl war bereit, Jahre auf die vollständige Rehabilitation seiner gesellschaftlichen Position hinzuarbeiten. Eines Tages würde er schließlich wieder das Leben führen können, das er von zu Hause gewohnt gewesen war, und nicht dazu gezwungen sein, Almosen von seiner Frau zu empfangen. Das war der einzige Gedanke, der Karl wirklich schmerzte. Unangenehm erinnerte ihn seine jetzige Situation an die ersten Ehejahre, die er mit ihr verbrachte.

Maria hatte trotz aller Anfangsschwierigkeiten eine beschämend großzügige Mitgift in die Ehe eingebracht und hatte als Alleinerbin vollen Zugriff auf das Vermögen ihrer Eltern gehabt, während er … Nun ja, es waren die kleinen Dinge gewesen, die ihn daran erinnert hatten, wie weit ihre jeweiligen gesellschaftlichen Umgangsfelder auseinander gelegen waren. Die Art, wie sie das Besteck hielt, wie sie sich mit der Serviette den Mund abtupfte; das kleine höfliche Lächeln, zu dem aus seinem näheren Umfeld einzig sie imstande gewesen zu sein schien; die Namen berühmter Schriftsteller und öffentlicher Personen, die ihr wie Wasser von den Lippen flossen. Er selbst war so etwas nicht gewohnt. Bei ihm zu Hause hatte ein anderer Umgangston geherrscht. Sein Vater hatte es bis zum Fabrikvorarbeiter gebracht, und seine Mutter war nach der dritten Geburt kläglich verendet; anders hatte man ihr Ableben nicht bezeichnen können. Er hatte sich das lange nicht eingestanden, aber er war in Gegenwart seiner Frau immer etwas beschämt gewesen. Wenn er ehrlich war, war er das bis heute. Maria hatte das gemerkt; nichts hatte er ihr verheimlichen können. Zuerst hatte er es abgestritten, und dann war er mit zusammengebissenen Zähnen an ihre Brust gesunken und hatte das Brennen in den Augen wegzudenken versucht, das ihm an die Lider drückte. Es war ihm nicht gelungen. Maria hatte seinen Kopf zwischen ihre Hände genommen und in ihren Schoß gelegt. Der sanfte Druck ihrer Handflächen auf seinen Schläfen hätte ihn die Kühle nicht erwarten lassen, die Klarheit, mit der sie ihre Worte an ihn gerichtet hatte. »Ist dir bewusst«, hatte sie gesagt, »dass du dich damit an unseren Überzeugungen versündigst?« Er hatte sich aufgerichtet und sie angesehen. Noch nie war sie ihm so engelsgleich, so überirdisch klug und schön vorgekommen wie in diesem Moment. »Was meinst du?«, hatte er gefragt, obwohl er die Antwort schon geahnt hatte. »Was du getan hast, ist egal – dass du Arbeiter gewesen bist, dass du im Dreck aufgewachsen bist –, das ist vollkommen nichtig, das löst sich alles auf vor dem größeren Hintergrund …« – »… den unser Volk uns bildet.« Er hatte den letzten Satz zu Ende gesprochen. Er wusste, wo sie beide ihn gehört hatten. Sie hatte ihn angesehen, mit einem Feuer in den Augen, das ungleichmäßig und zuckend in ihr loderte. Ihm war das Rot aufgefallen, das sich still in ihre Wangen geschlichen hatte. Es hatte unnatürlich ausgesehen an ihr.

»Es ist unser Blut«, hatte sie gesagt, »das uns vereint, das uns gleich macht; etwas anderes wird nicht zählen in der kommenden Welt.« Ihm war aufgefallen, dass sie seine Hände mit den ihren gefasst hatte, sodass er nun die Wärme spüren konnte, die von ihr ausging. Sie küsste ihn, mit einem Feuer, das er nicht erwartet hätte. Er war zu überrascht gewesen, um zu reagieren; er hatte ihre Hände an seinem Kragen gefühlt, spürte nun, wie sie den Knopf zu öffnen versuchte, der sein Hemd zuoberst verschloss, und wie ungeübt sie darin war. Er war wie erstarrt gewesen. »Was ist?«, hatte sie gesagt, als sie bemerkt hatte, dass er nicht reagierte. Er hatte wortlos den Kopf geschüttelt. Er wollte seine Frau nicht anfassen, er hätte seine Frau nie anfassen können, nicht so, nicht nach den ersten Ehemonaten. Damals hatte er erledigt, was die Pflicht von ihm verlangt hatte, unwillig, und mit großem Zögern. Er hatte schon bald gewusst, sich derlei Intimitäten zu entziehen.

Nicht dass er seine Frau nicht begehrt hätte, aber er begehrte sie auf andere Weise als all die anderen. Ihr gegenüber war sein Begehren rein. Sie begehrte er wie ein Kind die Mutter, mit Inbrunst und Ehrlichkeit, aber ohne Wollust. Alles andere wäre unter ihrer Würde gelegen. Und die Würde seiner Frau zu verletzen, wäre wie ein Stich in sein eigenes Herz gewesen. »Was ist denn?«, hatte sie gesagt, und er war schockiert gewesen, diese Unruhe in ihrer Stimme zu hören, dieses Bedürfnis, dieses Sehnen. Er hatte ihre Hände von seinem Kragen genommen, war ihre Unterarme hinabgefahren, bis zu ihren Handgelenken. Ihre Augen waren zugeflattert, sie hatte den Kopf geneigt. Er hatte sie atmen gehört. Die kleinen Härchen, die ihren Unterarm bedeckt hatten, hatten sich erhoben, wie ein helles, zartes Fell hatten sie sich angefühlt unter seinen Händen. Er hatte sie an ihren Handgelenken angefasst, an den weißen, schönen Handgelenken, die er so liebte, und ihre Arme in ihrem Schoß gefaltet. »Nicht«, hatte er gesagt, sanft, sodass man es beinahe nicht gehört hätte. Ihre Augen waren aufgeflogen, eine kleine Falte hatte sich an ihrer Stirn gebildet, knapp über ihren hellen Brauen. »Was?«, hatte sie gesagt, und er hatte so getan, als hätte er ihre Frage überhört. »Es ist besser so«, hatte er gesagt und war aufgestanden. Er hatte das Bedürfnis gehabt, sich die Hände zu waschen, derartige Gedanken an seine Frau abzuschütteln und nie mehr wieder aufkeimen zu lassen. Maria hatte das nicht verdient. Sie war über diesen Dingen gestanden, immer schon; er hätte sie nicht berühren können, selbst wenn er gewollt hätte. Er hatte sie angelächelt, bevor er aus dem Zimmer gegangen war, und versucht, den enttäuschten Ausdruck in ihren Augen so schnell wie möglich zu vergessen.

Er wusste nicht, ob Maria jemals verstanden hatte, wie viel sie ihm bedeutete. Seine Ehefrau war es gewesen, die ihm gezeigt hatte, was geistige Leidenschaft wirklich ausmachte. Welche Opfer es verlangte, kompromisslos und unbeugsam zu bleiben. Was es hieß, einer Sache Treue zu schwören und ihr die Treue zu halten bis in den Tod. Von seiner Frau hatte er fürs Leben gelernt – nicht von den Professoren an der Universität, nicht aus den Seminaren in der Partei, nicht durch den langen, zermürbenden, entbehrungsreichen Kampf in der Illegalität. Seine Frau hatte ihm ein Wissen geschenkt, das ihm jeden Tag unentbehrlicher schien, und ohne das er es nicht bis hierher geschafft hätte. Von seiner Frau hatte er gelernt, was es hieß, zu brennen, und deshalb liebte er sie mit seinem ganzen Leben, und mit allem, was er durch sie geworden war.

Nach der Episode mit Schulz war Karl bewusst geworden, dass er wieder heiraten würde müssen. Er kannte zwar den echten Karl Müller nicht, aber er nahm an, dass er ein umtriebiger Bursche gewesen war. Er selbst hatte die Frauen gebraucht. Er wusste nicht wieso, aber er hatte nie Probleme damit gehabt, sie zu akquirieren. Frauen waren eine Sache, die so selbstverständlich zu ihm kam wie Speis und Trank; eine Sache, über die er ebenso wenig nachzudenken pflegte wie darüber, Atem zu holen. Er konnte sich nicht erinnern, dass er jemals lediglich eine Frau zur selben Zeit gehabt hätte – es waren stets mehrere Frauen gewesen, die für derartige Zwecke abgestellt waren. Seiner Ehefrau hätte er eine derartige Erniedrigung nie zugemutet; er hatte dieses System vielmehr aus Respekt vor ihr kreiert, vor ihr, die sie seine Einzige war und immer sein würde. An den anderen hatte er sich lediglich die überschüssige Energie abgestoßen. Keine dieser Frauen war der Rede wert gewesen. So hatte es ihn umso mehr überrascht, dass Maria sehr verstimmt gewesen war, als diese letzte Sache aufgeflogen war. Die Affäre war zugegebenermaßen etwas pikant gewesen, aber dennoch hätte er sich nie gedacht, wie sehr sich Maria dieses Vorkommnis zu Herzen nehmen würde. Es reute ihn, ihr Leid verursacht zu haben, aber dennoch war es nicht mehr zu ändern gewesen. Er hatte ihr seine Lage erklärt, und Maria hatte verstanden, wie nur Maria verstehen konnte.

Die darauf folgende Zeit war eine seltsame gewesen. In ihrer schillernden, unzusammenhängenden Eigenartigkeit konnte sich Karl sehr gut daran erinnern – und hatte die Vorkommnisse dieser letzten Kriegstage im nächsten Augenblick schon wieder vergessen. Alles hatte sehr schnell gehen müssen, eine jegliche Tat war ein unbedingter Imperativ gewesen. Diese Eindeutigkeit hatte ihm gefallen. Seine Frau hatte die Zähne zusammengebissen über dem Schmerz, den er ihr verursacht hatte, und ihre Kontakte spielen lassen. Erst hier in Chile war ihm klar geworden, wie viel sie tatsächlich für ihn getan hatte. Und ihm Unwürdigen war bewusst, dass er sich nie in gebührendem Maße bei ihr revanchieren würde können.

Karl nahm den Nachtbus nach Süden. Am nächsten Tag schon nahm sein Leben eine überraschende und ausgesprochen glückliche Wendung. Karl trat auf die Straße, erblickte den Vulkan im Osten und den großen See an dessen Fuße. Er hörte Kirchenglocken läuten. Im ersten Gasthaus, das er betrat, wurde sein arisches Aussehen gelobt; in seltsamem Deutsch bot man ihm Bier, bot man ihm Sauerkraut und Würste an. Karl konnte sein Glück nicht fassen. Er begann endlich, die Sicherheit zu fühlen, die ihm so lange abgegangen war. Hier unten wähnte man sich bedroht vom Chilenischen, man war überzeugt, die Regierung wolle die Deutschen auslöschen. Eine Mehrzahl der Bauern war der Partei beigetreten und hatte sie nur mit äußerstem Widerwillen wieder verlassen. Nachdem Karl seine Position im ehemaligen Reich unter aller gegebenen Vorsicht präzisiert hatte, war die Euphorie groß gewesen. Unter allgemeinem Beifall hatte man ihn zu einem Mann gebracht, über den nichts, außer seine enorme Wichtigkeit in Erfahrung zu bringen gewesen war. Es stellte sich heraus, dass besagter Mann über die Landesgruppe beste Verbindungen zum Sicherheitsdienst der Partei gehalten hatte. Señor Schmidt, wie er sich zu nennen pflegte, hegte ein ausgesprochenes Misstrauen gegenüber allem, was Chilenisch war. Er war ein herber Charakter, aber von aufrechter Gesinnung. Karl schien ihm zu behagen. Er versicherte Karl, dass ihm aus seiner Vergangenheit hier keine Probleme erwachsen würden, und Karl hatte keinen Grund, sein Wort zu bezweifeln.

Karl dachte, dass er es trotz allem gut getroffen hatte, als er sich an einem der nächsten Tage auf einem Stuhl in Señor Schmidts Garten niederließ. In einiger Distanz sah er den See herüberschimmern, sah, wie er an seine Ufer leckte und das Schilfgras im seichten Wasser in sanfte Schwingungen versetzte. Der Alte hatte alles hören wollen, hatte ihn selbst über die kleinsten Details seiner Reise ausgefragt, und Karl hatte erzählt. Über die Vorkommnisse in der Hauptstadt war er ebenso empört wie Karl selbst, von den Verhältnissen in der Heimat ganz zu schweigen. Nur als er ihn in einer amikalen Geste nach seinem wirklichen Namen gefragt hatte, hatte Karl einen Moment gezögert. Der Name war ihm ans Herz gewachsen. Er hatte ihn bis hierher gebracht. Er würde Karl Müller nicht noch einmal beseitigen.

Karl sog die kühle chilenische Luft bis tief in seine Lungen ein und blies sie dann in die klare Herbstsonne hinaus. »Karl«, hatte er gesagt, »Karl Müller. Das ist mein richtiger Name.« Der Alte hatte ihn etwas verwundert angesehen, hatte dann aber mit den Schultern gezuckt und diesen Namen hingenommen.

Karl hatte keinen Grund zur Sorge. Er hatte die Perspektive auf eine gute, nicht allzu lästige Frau, und wenn er sich ein wenig anstrengte, konnte er hier auch wirtschaftlich sein Glück machen. All das wurde ihm klar, als er an diesem Herbstmorgen im Garten des Señor Schmidt saß und dessen sentimentalen Reden über das alte Deutschland lauschte, das er noch aus seiner Kindheit kannte. Karl ließ die Erzählungen des Alten an sich vorübergleiten, ohne ihnen sonderliche Beachtung zu schenken. Der Vulkan blickte wohlwollend auf ihn herab, fast schützend stand er über dem See, der sich vor Karls Blick dehnte, bis er am Fuße des Vulkans zu einem dunstigen Streifen verschwamm. Karl war angekommen. Er wusste, wem er Dank zu zollen hatte, wer ihn bis hierher gebracht, wer ihm dieses neue Leben ermöglicht hatte. Er würde sich revanchieren. Karl ließ einen behaglichen Seufzer hören und lehnte sich in seinem Stuhl zurück. Und von einem Werner Seytel würde er sein Lebtag nichts mehr hören.

13.

Der Sturm im Ferdl seinem Kopf hat immer noch nicht aufgehört gehabt. Er hat das Gefühl gehabt, dass er kurz vor einem Durchbruch steht, dass irgendwas sein hat wollen. Die ganze Welt ist ihm dünnwandig vorgekommen im Jetzt und noch dünnwandiger zur Zukunft hin. Der Ferdl hat sich in die Augen gesehen und hat dort einen merkwürdigen Blick zurückgespiegelt bekommen, von dem er schwören hat können, dass er ihn am Tag davor noch nicht gesehen hat. Vielleicht hat das Hirnviertel durchgescheint, das jetzt leer gewesen ist und voller Sturm. Vielleicht hat er aber auch einfach zu wenig geschlafen gehabt. Oder vielleicht hat der Ferdl auf den Grund der Dinge gesehen. Aber so weit hat er dann doch nicht schauen wollen.

Er ist sich nicht sicher gewesen, ob man eine schwarze Krawatte zum schwarzen Anzug tragen soll. Ob das überhaupt geht. Vor dem Spiegel hat es ausgeschaut, als ginge ein vertikaler Balken den gesamten Ferdl hinunter und verschwände irgendwo in der Nabelgegend im Sakko. Unterhalb von den sturmumbrausten Augen hat sich am Ferdl relativ wenig getan, er ist schwarz gewesen, schwarz und weiß, und keine besondere Augenweide. Aber irgendwas ist heut anders gewesen an ihm, das hat der Ferdl selbst gesehen. Sein Spiegelbild hat eine Schärfe gehabt, die Ecken sind herausgestanden aus dem Ferdl und haben das Licht abgefangen und Schatten gemacht. Er hat ausgeschaut, als wär er jemand, und das hat zuallererst ihn selbst überrascht. Der Ferdl hat sich die Haare gerichtet, ist sich über den Bart gefahren – der Krawattenknoten ist zerknautscht gewesen wie eh und je –, aber irgendwas ist heute drangewesen an ihm. Irgendeine neue Qualität. Vielleicht hat das abgestorbene Hirnviertel noch irgendwas anderes mitgerissen gehabt, er hat es nicht gewusst, aber er hat gedacht, es muss ihm gutgetan haben. Der schwarze Ferdl hat einen letzten Blick auf sich geworfen und auf den kalten Novembertag vor dem Fenster, und dann ist er hinausgegangen.

Das halbe Dorf hat sich fürs Begräbnis angekündigt gehabt. Der Ferdl hat sich im Stillen gedacht, dass die Tante Meri als Lebendige nie so viele Fans gehabt hat wie jetzt als Tote. Seltsam, dass die alle ihre Liebe zu ihr erst jetzt entdeckt haben. Aber über so was hat man sich nicht wundern dürfen. Das sind halt die Menschen, hat sich der Ferdl gedacht, die werden sich in absehbarer Zeit nicht ändern. Sich darüber zu ärgern ist nur was für jemanden, der die entsprechende Ausdauer hat. Der Ferdl hat sie jedenfalls nicht besessen.

Er hat gewusst, dass die Leute etwas erwarten. Den Leuten ist irgendwo klar gewesen, dass die Tante Meri jemand gewesen ist und wohl auch etwas wegzugeben gehabt hat – aber wer sie gewesen ist, und vor allem wie viel sie wegzugeben gehabt hat, das hat keiner gewusst. Das ist ja dem Ferdl selbst nicht vollkommen klar gewesen. Er hat da im Grunde jemanden bestattet, den er nicht gekannt hat, nämlich gar nicht gekannt hat; seit gestern ist ihm das nur noch stärker bewusst gewesen. Der Ferdl hat sich gefühlt, als hätt man ihm ein Gewicht von der Brust gehoben, wie die Tante Meri verstorben ist; als hätt man ihn chirurgisch von einer Wucherung getrennt, die schon so mit ihm verwachsen gewesen ist, dass ihn erst ihr Fehlen überrascht hat. Der Ferdl hat nicht sagen können, dass er die Tante Meri nicht gemocht hätte. Aber dass sie weg gewesen ist, hat ihn auch nicht sonderlich gestört. Vielmehr ist da jetzt Luft gewesen, unerklärlich viel Luft und unerklärlich viel Möglichkeit, und ziemlich wenig Tante Meri. Der Ferdl wär gerne traurig gewesen, oder zumindest ergriffen. Er hätt gern mehr gefühlt bei ihrem Tod, als er tatsächlich empfunden hat. Hat er aber nicht. Vielleicht ist gerade das das Traurige an der ganzen Sache gewesen.

Der Ferdl hat also die Kirche betreten. Er hat sich zuerst selbst geschreckt, wie dick die aufgetragen haben, aber bitte sehr, er hat's immerhin so bestellt. Er hat nicht genau gewusst, wieso, aber irgendwie hat er das Gefühl gehabt, er schuldet es der Tante Meri. Und jetzt ist er dagestanden, zwischen ausladenden Blumengestecken und wagenradgroßen Kränzen vor den mit schwarzen Schleifen verzierten Kirchenbänken, und hat diesen ganzen Kitsch mit einer Würde ertragen, von der er vorher nicht gewusst hätte, dass er sie überhaupt aufbringen hat können.

Der Ferdl ist über die gesammelte Vegetation drübergestiegen und hat ein paar große Schritte zu der Tante Meri ihrem Sarg hin gemacht. Außer ihm ist noch niemand da gewesen. Der Ferdl hat sich der Tante Meri ihr Gesicht vorgestellt, wie sie da drinnen liegt. Er hat versucht, sich den Ausdruck zu vergegenwärtigen, der immer in ihrem Gesicht gestanden ist, der eigentlich gar kein

Ausdruck gewesen ist, der teilnahmslos gewesen ist und glatt und immer ein bisschen fad, und da hat der Ferdinand festgestellt, dass es schon passiert gewesen ist. Er hat das schon ein paar Mal erlebt, dass die Leute zu anderen Menschen werden, kaum dass sie tot sind. Das ist eine ganz spezielle Form der heiligen Wandlung, die man sich logisch nicht erklären kann. Noch wie sie dagelegen ist unter der dünnen Holzdecke, ist die Tante Meri zu einer Frau geworden, deren Leben von Großmut, Feinsinn und lauter anderen guten Dingen geprägt gewesen ist, die ausschließlich mit buchstabenreichen Hauptwörtern zu fassen gewesen sind. Sie ist nicht mehr die Tante Meri gewesen, die der Ferdl gekannt hat, mit ihrer Trockenheit und den hinuntergezogenen Mundwinkeln und dem Charme von einem zerbrochenen Teehäferl, den sie zeitlebens versprüht hat, sondern jemand anderes, jemand fundamental anderes, eine Lichtgestalt, eine Hoffnung ihrer Zeit. Der Ferdl hat sich ihr Gesicht nicht mehr vorstellen können. Der Ausdruck darin ist ihm verschwommen vor Augen und hat sich sang- und klanglos in die Vergangenheit abgesetzt. Er ist ersetzt worden von einem anderen, neutralen, weichgezeichneten, der so viel zu tun gehabt hat mit der Tante Meri wie Gott mit der Kirche. Der Ferdl hat sich gewundert darüber, aber traurig ist er nicht gewesen. Wobei, wenn sich der Ferdl ehrlich gewesen ist, sind ihm zumindest die Mundwinkel in Erinnerung geblieben. Die hat ihm sogar der Tod nicht weggebracht.

Der Ferdl hat einen kurzen Blick hinter sich geworfen. Die Pompfüneberer sind vor der Kirchentür gestanden und haben geraucht. Der Pfarrer ist nicht zu sehen gewesen, und der Redner hat sich in der Sakristei noch schön gemacht. Der Ferdl ist alleine gewesen in der Kirche; kein

Publikum, keine Schaulustigen, keine Urteiler. Sogar der Jesus hat beschämt zur Seite geschaut, halb schräg hinunter auf den Boden neben seinen gekreuzigten Füßen. Dem Ferdl ist ein unseliger Fliederduft in die Nase gestiegen und darunter ein Geruch, den er nicht benennen hat können. Einige Sekunden hat er sich den Holzkasten angeschaut, in dem die Tante drinnen gelegen ist, klein wie immer, verrunzelt und zach wie Hosenleder; vor allem aber unfähig, aus dieser Kiste wieder aufzustehen.

Der Ferdl hat einen Schritt auf sie zu gemacht. Er hat die glatte Holzfläche betrachtet, auf die schlaff die Blätter von einem Blumenkranz gehangen sind, unter der er ihr Gesicht vermutet hat. Es ist leise gewesen um ihn herum. Und dann hat er der Tante Meri ins Gesicht gegrinst, blank und weiß hat er ihr ins Gesicht gegrinst, mit all der Wangenmuskulatur, die er gehabt hat, mit allen Zähnen, die ihm im Mund gestanden sind, und mit so viel Esprit, wie er aufbringen hat können an diesem Tag. Und dann ist es aus gewesen zwischen ihm und seiner Tante Meri.

Das Begräbnis ist unspektakulär verlaufen. Man hat ihr alle Würden angedeihen lassen, die ihr eben zugestanden sind. Nichts ist schiefgegangen, zumindest nicht katastrophal schief. Es ist nur eine Sache vorgefallen, die er nicht eingeplant gehabt hat. Der Ferdl hat sie überspielt, so gut er können hat. Er hat danach sein Herz in der Stille der Kirche pumpern gehört, so laut, dass es nicht einmal die lang gezogenen Worte des Grabredners übertönen haben können. Aber der Ferdl hat den begründeten Verdacht gehabt, dass es sonst niemand gehört hat. Zumindest hat er das gehofft.

Die Frau ist da gewesen. Der Ferdl hat zuerst geglaubt,

er sieht schlecht, und hat sich die Messe über einzureden versucht, dass er sich geirrt haben muss. Aber wie sie dann unter Chorgesang den Weg zum Grab angetreten haben, hat er noch einmal ganz genau geschaut. Das ist tatsächlich sie gewesen. Das Schauen hat sich für den Ferdl relativ schwierig gestaltet, weil er ganz vorne vom Zug gegangen ist und sich kompliziert umwenden hat müssen, dass er nach hinten sieht. Also hat er sich ein paar Mal umgedreht und streng in die Runde geschaut. Das ist ihm als Hauptleidtragendem immerhin zugestanden. Einmal hat sie den Kopf gehoben und direkt zurückgeschaut, und da hat er dann geglaubt, das Blut bleibt ihm endgültig im Kopf drin stehen, er habe sich die Halsschlagader abgesperrt vom vielen Halsumdrehen und würde jetzt augenblicklich umfallen. Bestimmt hätt es ihm aus den Ohren herausrinnen wollen. Oder sein Herz hätt zu bluten angefangen mit dem letzten Rest, der ihm noch geblieben ist, weil Unterdruck entstanden ist dort unten. Oder ihm wär ein Fuß abgestorben, jäh und plötzlich, und so, dass er es zuerst gar nicht bemerkt, bis er umfällt und der Fuß weg ist. Zu dem Ferdl seiner Erleichterung hat sich das Blut dann doch wieder verzogen und ist mit bleierner Schwere in seinen Adern weitergekreist.

Der Ferdl ist am Grab gestanden und hat die Handschläge abgefangen, die ihm ein jeder Dorfbewohner entgegengeschleudert hat. Mein Beileid, ist es von jedem gekommen, mehr oder weniger mitfühlend, mehr oder weniger ohne Untertöne. Der Ferdl hat alle mit einem Nicken hingenommen und dabei gleichzeitig immer wieder auf die Seite geschielt, die lange Schlange der Kondolierenden hinunter. Er hat die Frau schon von Weitem kommen sehen, langsam ist sie vorgerückt, einen nach dem anderen hat er abgefertigt, bis sie schließlich vor ihm gestanden ist. Wie sie ihm die Hand geschüttelt hat, hat er geglaubt, er fällt rücklings ins Grab hinein. Die Frau hat das natürlich gemerkt. Und weil der Ferdl gemerkt hat, dass es die Frau gemerkt gehabt hat, ist es ihm noch unangenehmer gewesen. Sie hat ihm in die Augen geschaut, mit einem Blick, den man bei einem Begräbnis eigentlich nicht schauen hätt dürfen, und den aber trotzdem keiner als das erkannt hätte, was er gewesen ist. Irgendwo tief drinnen hat sie ihn ausgelacht, andauernd, mit ihren Augen, und dabei gleichzeitig ein ernstes Gesicht bewahrt. Der Ferdl hat nicht gewusst, wie er sich fühlen hat sollen, das Blut ist unter seiner Haut gekreist und hat irgendwo hinauswollen. Er hat das Gefühl gehabt, dass es an manchen Stellen stockt. Das ist ihm ungesund vorgekommen. Die Frau ist vorbeigegangen, der Ferdl hat weiter Hände geschüttelt, und die Tante Meri ist hinter ihm langsam, Schäuferl für Schäuferl, zugeschüttet worden.

Sie ist nicht weit gegangen, ein paar Meter nur, bei der nächsten Grabreihe hat sie haltgemacht. Sie hat mit irgendjemandem geredet, ernsthaft, mit mitfühlendem Blick. Sie hat genickt, aber nicht so, als hätt sie das Nicken notwendig gehabt. Während seine Hand zahlreiche andere Hände geschüttelt hat, hat er sie angeschaut. Klein ist sie gewesen, stämmig. Er hat sich eingebildet, dass sie dasselbe Kostüm getragen hat wie an dem Tag, an dem er sie zum ersten Mal gesehen hat. Gegens Licht hat sich ihre Figur beinahe unwirklich abgehoben, ihr Gesicht, die dichten schwarzen Augenbrauen, die Nase, das Haar, das sie mit einem unglaublichen Haargummi zu einem straffen Knödel gebunden gehabt hat, der eng an ihrem

Hinterkopf gesessen ist. Wie sie in Richtung Friedhofstor weitergegangen ist, hat er seinen Blick nicht weiter hinunterwandern lassen, er hat ihn festgehalten an dem mit Strass besetzten Samtungetüm, das ihre Haare zusammengehalten hat. Ob es jetzt Mode gewesen ist oder nicht, der Ferdl hätt ihre Haare lieber offen gesehen, und lang und schwarz und wie sie hinunterreichen, sicher bis zu ihrem –

»Ferdl?«, hat er gehört, und jemand hat persistierender an seiner Hand geschüttelt als die anderen. »Ferdl?« – »Dankeschön«, hat der Ferdl gemurmelt, ohne die Augen von der Frau zu nehmen. »Ferdl? Hallo?« Der Ferdl hat sich losgerissen und hat seine Augen auf den Berger Michl gesenkt, der vor ihm an seiner Hand gehangen ist. Schütteln hat man das gar nicht mehr nennen können. Der Berger Michl hat an seiner Hand gerupft wie ein kleines Kind und so lange an seinen Fingern gezogen, bis sich der Blick vom Ferdl wieder eingerenkt hat. »Ach so«, hat der Ferdl gesagt und: »Du.« Dem Berger Michl hat es kurz enttäuscht in den Augen aufgeblitzt, aber dann hat er sich wieder gefangen. Er hat ganz augenscheinlich etwas vorgehabt. »Ferdl«, hat er gesagt, »wennst nachher Zeit hast … Ich möcht dir gern was zeigen. Vielleicht interessiert dich das ja.«

Der Berger Michl ist die ganze weitere Schüttelprozedur über nicht von dem Ferdl seiner Seite gewichen. Was am Vortag passiert ist, hat er augenscheinlich vergessen gehabt oder sich zumindest sehr bemüht, sich nicht mehr daran zu erinnern. Einem jeden hat er zugenickt, offiziell, fast als hätt er durch seine Freundschaft zum Ferdl die Legitimation dazu erworben. Dem Ferdl ist es aufgefallen, und ihm ist es recht gewesen. Soll nichts Schlimmeres passieren als dass sich jemand an seine Seite stellt und nickt.

Wie die Leute schön langsam weggesickert sind in Richtung Gasthaus und hinüber zum Leichenschmaus, hat der Berger Michl den Ferdl auf die Seite genommen. Der Ferdl hat den Kopf verdreht mitsamt seiner lädierten Halsschlagader und Ausschau gehalten nach der Frau, während ihn der Berger Michl quer über den Friedhof gezerrt hat. Aus Gründen der Erhabenheit dieses Ereignisses hat der Michl sein Fahrrad hinter dem Friedhof geparkt gehabt, und somit ist er jetzt mit dem Ferdl genau in die diametral andere Richtung gegangen wie alle anderen Gäste. Der Ferdl hat seinen Geduldsfaden klirren hören in der Kälte dieses Novembernachmittags. Wenn der Michl ihm jetzt nicht wirklich etwas zu sagen gehabt hat, dann würd es Granada spielen. Das ist überhaupt ein Musikstück gewesen, das er in Zukunft öfter auflegen würd. Das hat sich der Ferdl vorgenommen.

Der Michl hat sich von dem widerwilligen Ferdl nicht beirren lassen. Sie haben gerade die letzten Gräber passiert und sind auf den Platz hinausgetreten, den jeder Friedhof irgendwo hat und der immer gleich ausschaut, wurscht, auf welchen Friedhof man geht. Container mit alten Kränzen und zerbrochenen Lichtern stehen dort herum, eine Gießkannenauffüllstation für den Friedhofswärter, ab und zu sogar ein Teelichtspender; in jedem Fall aber eine Mauer. An dieser Mauer ist das Fahrrad vom Berger Michl nun gelehnt. Der Ferdl hat es zunächst nur schemenhaft erkannt. Das Licht ist schon schummrig geworden; die Tage sind kurz gewesen, und das Licht ist genau in der Klemme gesteckt, in der es selber nicht gewusst hat, ob es noch den Tag anzeigt oder schon den Abend. »Es ist nämlich Folgendes«, hat der Berger Michl angefangen, und er hat wirklich erst jetzt gesprochen. Der Ferdl hätt ihm das gar nicht zugetraut; auf dem Friedhof hat er nämlich eisernes Schweigen bewahrt. Der Michl hat ganz aufgeregt gewirkt, wie er den Ferdl näher zu seinem Fahrrad hingezerrt hat. »Deine Tante hat ein paar Monate vor ihrem Tod ziemlich viel Post bekommen«, hat der Michl gesagt. Er hat den Ferdl losgelassen und ihn verschwörerisch angeschaut. »Sie hat mir selber erzählt, dass ich mich nicht wundern soll, wenn sie jetzt mehr Post aus dem Ausland bekommt. Ich würd dir das alles ja nicht verraten, wenn sie nicht deine Tante wär …« Der Berger Michl hat sich umgesehen, dann hat er weitergesprochen. »Sie hat ein Postfach gehabt in der Stadt, das sie aber nicht mehr bedienen hat können, wie sie wacklig geworden ist in den letzten Monaten. Das hat sie mir selber erzählt. Und jetzt halt dich an –« Der Michl hat sich eilig umgedreht und sich an einer der Satteltaschen zu schaffen gemacht, die links und rechts von seinem Fahrrad weggehangen sind.

Aber der Ferdl hat den Berger Michl nicht gesehen. Er hat auch nicht gehört, was er gesagt gehabt hat. Der Ferdl hat auf das Fahrrad geschaut. Er hat seinen Augen nicht getraut. Es ist zwar schon schummrig gewesen, aber das hätt er überall erkannt, gerade das. Der Ferdl hat geblinzelt. »Michl, was ist das?«, hat der Ferdl gefragt. Der Michl hat die Lasche zurückgeklappt, das schlaffe Leder hat sich über den Sattel gesenkt. Er hat dem Ferdl keine Beachtung geschenkt. »Schau her«, hat der Michl gesagt, »ich hab mir eine Liste geschrieben, soweit ich mich noch erinnern hab können. Weißt, ich hab dir das nicht vor den anderen zeigen wollen, weil strikt gesprochen ist es ja nicht ganz legal –« – »Michl, was ist das?« Der

Ferdl hat seine Augen auf die Fahrradgabel geheftet, auf einen Punkt knapp unter dem Lenker. »Also, deine Tante hat ziemlich viel Post bekommen aus –« – »MICHL, WAS IST DAS?«

Und da ist sie wieder gewesen, diese grässliche Stimme. Der Ferdl hat die Augen vom Berger Michl ängstlich blinken sehen in der Dämmerung, das Fetzerl Papier, seine geheimnisvolle Liste, ist ihm lasch zwischen den Fingern gehangen. »Aber was denn?«, hat der Berger Michl gesagt und sich augenscheinlich nicht entscheiden können, ob er verwirrt sein soll oder sich doch lieber fürchten. »Das da«, hat der Ferdl gesagt. Er hat sich gar nicht bemüht, seine Stimme zurückzunehmen. In seinem Kopf hat der Sturm wieder Fahrt aufgenommen. Der Ferdl hat auf ein samtenes Ungetüm gezeigt, das das Dynamokabel und die Fahrradgabel zusammengehalten hat. In einem mattschwarzen Knäuel hat es sich um die Gabel gelegt, die Strasssteine haben im sanften Licht geglitzert. Es hat auf die Fahrradgabel gepasst wie die Faust aufs Auge. »Das?«, hat der Michl gesagt, und hat die Verwunderung nicht aus seiner Stimme heraushalten können. »Das ist ein Gummiringerl.« – »Und wo«, hat der Ferdl gesagt, »wo hast du das her?« Er hat sich bemüht, die Erregung nicht zu stark durch seine Worte sickern zu lassen. Der Ferdl hat sich gefühlt, als stünde er kurz vorm Explodieren. »Das weiß ich nicht mehr –«, hätt der Berger Michl angefangen, aber der Ferdl hat sich mit einer Geschwindigkeit bewegt, die er sich selbst nicht zugetraut hätte. Mit einer beinahe lässigen Handbewegung hat er ihn wieder am Kragenknöpfl gepackt und zu sich hingezogen, kaum dass der Berger Michl ausgesprochen gehabt hat. »Wo hast du's her?«, hat der Ferdl insistiert, und, intensiver, »Michl, ich muss das wissen.« – »Okay«, hat der Michl gesagt, seinen Michl-Atem in die kalte Winterluft hinausstoßend. »Lass mich überlegen.« Er hat es nicht geschafft, dem Ferdl ins Gesicht zu sehen. Der Ferdl ist sich nicht sicher gewesen, ob das an der Hand am Kragenknöpfl gelegen ist oder an was anderem. »Wo?«, hat der Ferdl den Berger Michl angedonnert, so leise, wie's halt auf einem Friedhof hintaus möglich gewesen ist, und so sachte, wie's ihm über die kurze Distanz angemessen vorgekommen ist. Der Berger Michl hat auf dem Ferdl seine Hände am Kragen hinuntergeschielt. Der Ferdl hat verstanden. Er hat den Berger Michl ausgelassen. »Wart kurz«, hat der Berger Michl gesagt, und sich, immer noch keuchend, an sein Fahrrad gelehnt. Er hat sich nicht getraut, nicht zu überlegen. In der Dunkelheit hat der Ferdl vage den schmerzverzerrten Ausdruck am Berger Michl seinem Gesicht ausmachen können, der dort immer dann aufgetaucht ist, wenn der Michl scharf nachdenken hat müssen. Der Berger Michl hat lautlos den Mund bewegt, die Stirn in Falten gelegt, und ein paar Mal mit den Fingern geschnippt, ohne dabei einen Ton zu produzieren. Dann hat er den Ferdl angeschaut und gesagt, als wäre er selbst überrascht davon: »Bei deiner Tante hab ich's gefunden, wenn ich mich richtig erinner.« Innen drinnen im Ferdl hat der Sturm Festland erreicht. Er ist eingeschlagen wie eine Bombe. »Und wann hast du's gefunden?«, hat der Ferdl gefragt. »Am Tag, wo sie gestorben ist.« – »Und du hast nichts davon der Polizei gesagt?« – »Was hätt ich davon der Polizei sagen sollen? Es ist ein Gummiringerl gewesen! Und ich hab eins gebraucht, weil mein Dynamokabel geflattert ist wie eine Fahne im Wind.« Graduell ist ein Ton in dem Berger Michl seine Stimme eingedrungen, der dem Ferdl gesagt hat, dass er schön langsam gecheckt hat, dass er was falsch gemacht hat. »Wo ist das Gummiringerl gelegen?«, hat der Ferdl gefragt. »Am Boden, neben dem Treppenaufgang. Es wird der Tante halt heruntergefallen sein«, hat der Berger Michl geantwortet und den Ferdl angeschaut.

Daraufhin ist eine tiefe Stille eingekehrt zwischen den Abfallcontainern und der Gießkannentankstelle. Der Berger Michl hat auf eine Reaktion gewartet. Der Ferdl hat nicht gewusst, wieso er da nicht schon früher draufgekommen ist. Immerhin ist sie am selben Tag aufgetaucht, wo die Tante Meri gestorben ist. Wie er bemerkt hat, dass ihn der Michl noch immer angeschaut hat, hat sich der Ferdl schließlich doch zu einem Kommentar hinreißen lassen. »Du Trottel«, hat er gesagt, sinnierend, weiterspinnend, ohne dass es sich wirklich leidenschaftlich angehört hätte. Der Ferdl ist mit seinen Gedanken schon ganz woanders gewesen. Das erste Mal in seinem Leben hat er ein Ziel gehabt, ein einziges, eines, das er mit seinem ganzen Wesen erreichen hat wollen. Eines, das ihm haaresbreit vor der Nase gelegen ist. So breit wie ein schwarzes Haar ist es gewesen und wie ein Blick, der zwischen zwei Herzschläge gepasst hat, der in die Leere gedrungen ist in seinem Kopf und irgendwo auf der anderen Seite wieder aufgekommen ist.

»Diese Frau«, hat der Ferdl gesagt, »die Fremde«, und an dem Berger Michl vorbei in Richtung Kirche geschaut, »wo ist die her?« – »Weißt du das nicht?«, hat der Berger Michl gesagt und den Ferdl angeschaut. »Die ist Touristin. Das ganze Dorf kennt die schon. Die kommt aus Chile. Sie hat gemeint, sie will die lokalen Bräuche kennenlernen, und da hab ich ihr den Tipp gegeben, dass heute ein Begräbnis ist.« Der Berger Michl hat nicht recht gewusst, ob er Angst haben soll oder nicht, deswegen hat er einen gewissen Abstand zum Ferdl gehalten. Irgendwas am Ferdl ist umgeschnappelt gewesen, das hat der Michl gespürt. Er hat nur noch nicht gewusst, ob es ihn betroffen hat oder nicht. Wenn ja, wäre gegebenenfalls genau jetzt der Zeitpunkt gewesen, sich davonzumachen. Doch der Ferdl ist ihm zuvorgekommen. Sobald er die Worte »aus Chile« gehört gehabt hat, hat er sich umgedreht, hat quasi auf den Hacken kehrtgemacht und ist im Laufschritt quer über die Gräber zurückgetrabt. Er ist bald aus dem Berger Michl seinem Blickfeld verschwunden. Der Michl ist nicht lange stillgestanden und hat ihm auch nicht lange nachgeblickt. So etwas ist ihm nicht gelegen. Stattdessen ist er wieder zu seiner Satteltasche gegangen und hat die Liste zurückgesteckt, die er noch immer zwischen seinen winterklammen Fingern gehalten hat – nicht, ohne die Worte, die er im Tageslicht bestimmt hätte lesen können, noch einmal eingehend zu betrachten. Aus Südamerika habe sie Post erhalten, hätt er sagen wollen. Der Berger Michl hat das ehrlich nicht mit der Touristin zusammengebracht, die momentan das Dorf frequentiert. Hätte er das gemacht, wär er nicht der Berger Michl gewesen. Er hat lediglich gehofft, dass er dadurch etwas gutmachen hätt können, was er vielleicht falsch gemacht hat. Dass er dem Ferdl helfen hätte können. Aber augenscheinlich ist der Ferdl schon selber auf das draufgekommen, was er wissen hat wollen. Der Berger Michl hat zwar nicht genau gewusst, was das gewesen ist, aber dass etwas gewesen ist, das hat er wohl gemerkt. Der Ferdl hat ja keinen klaren Gedanken mehr fassen können. Sonst hätte er dem Berger Michl sicher zugehört. Der hat sich nämlich seine Rede schon zurechtgelegt gehabt. Und zwar, hat sich der

Berger Michl ins Gedächtnis gerufen, wäre der letzte Satz folgender gewesen: Die Tante Meri hat Briefe aus Chile erhalten. Dann hätte er eine bedeutungsschwangere Pause eingelegt und gehofft, dass der Ferdl wüsste, was sie zu bedeuten gehabt hätte. Aber die Pause und den Satz und seine Rede hat er sich jetzt ja auf den Hut stecken können.

14.

Die Anni hat dem Werner Nachricht von der Geburt gegeben. Drei Tage später ist der Untersturmführer Wipplinger mit drei weiteren SS-Männern vor ihrer Tür gestanden. Ob sie alles gepackt hätte? Die Anni hat genickt. Während zwei der drei SS-Männer das Bettchen des Kleinen hinuntergebracht haben, hat der dritte ihre Tasche genommen. Viel mehr hat sie an Habseligkeiten nicht gehabt, und fast alles, was da drinnen gewesen ist, hat ihr sowieso der Werner geschenkt. Der Untersturmführer Wipplinger hat sie hinunterbegleitet. Sie hat das Gefühl gehabt, er traut ihr nicht. Irgendwas ist da in seinem Blick gewesen, das ihr gesagt hat, dass er es gewesen ist, der damals dem Werner diese Flausen in den Kopf gesetzt hat.

Die Anni hat sich von ihrer Mutter verabschiedet, die den Abschied überraschend gut verkraftet hat. Dann hat sie sich ins Auto gesetzt. Man hat sie zum Bahnhof gebracht. Sie hat schon geglaubt, der Untersturmführer Wipplinger lässt sie jetzt in Ruhe, aber dann ist er nach ihr in den Zug gestiegen. Sie haben zwar nicht viel geredet, aber die Anni hat den Eindruck gehabt, dass er Gefallen gefunden hat an dem Kind. Mit großer Befriedigung hat er es betrachtet, hat ihm über den Kopf gestreichelt, und hat mehrmals gefragt, ob er es halten dürfe.

Das Dorf hat der Anni ursprünglich sehr gut gefallen. Wie sie angekommen ist, sind ihr als Erstes die Felder aufgefallen; diese weite, schier unüberblickbare, beschneite Glätte, die nur von einem Hügel hie und da unterbrochen wurde. Schon im Zug hat sie ihre Augen drübergleiten lassen und hat dabei fast aufs Blinzeln vergessen. Dieser Anblick hat sie irgendwie beruhigt.

Der Untersturmführer Wipplinger hat ihr beim Verladen geholfen; gleich am Bahnhof sind sie von einer Truppe Soldaten in Empfang genommen worden. Dass sie auch SS-Männer gewesen sind, ist der Anni erst auf den zweiten Blick aufgefallen; diese hier haben graugrüne Uniformen getragen. Keiner von ihnen ist wichtig genug gewesen, ihr mit dem Namen vorgestellt zu werden. Die Anni hat das zur Kenntnis genommen. Zu Fuß sind sie vom Bahnhof ins Dorf gegangen. Als sie haltgemacht haben, hat die Anni zuerst nicht gewusst, wieso. Dann hat sie an einem Gebäude aufgeschaut, an einem riesigen, schwarz gedeckten Einfamilienhaus. »Meininger« ist auf dem Türschild gestanden. Die Anni hat den Mund aufgemacht. Mit großen Augen hat sie den Untersturmführer Wipplinger angeschaut, der hat genickt. Sie hat sich die Hand vor den Mund geklatscht und mit einem Mal wieder die Euphorie gespürt, die sie damals bei den ersten Geschenken vom Werner gepackt hat. Das Gartentürl ist offen gestanden, die Eingangstür hat dann der Untersturmführer Wipplinger aufgesperrt. Die Anni ist die Treppe hinauf, dann ist sie in den Keller hinunter. Sie hat es gar nicht glauben können. Das sollt jetzt alles ihres sein? Die Anni ist wie ein kleines Kind durchs Haus gelaufen, jede Ecke hat sie angefasst, über jeden Türstock ist sie mit den Handflächen gefahren. Das ist das erste und einzige Mal gewesen, dass sie den Untersturmführer Wipplinger lächeln hat sehen.

Mit der Zeit hat sie sich eingelebt. Es ist mittlerweile Februar geworden. Der Kleine hat ein eigenes Zimmer bekommen, momentan noch im ersten Stock, aber sie hat sich überlegt, dass sie es herunter würde verlegen müssen, sobald er krabbeln könnte. Damit er sich über die Stiegen hinunter nicht derstesst. An der Anni ist das Weltgeschehen vorbeigezogen wie ein bunter Nebel. Das ist etwas gewesen, was sie in keinster Weise betroffen hat. Was man so aus Wien gehört hat, ist es ziemlich schlimm zugegangen dort. Nachdem die Mutter ihre Adresse nicht gehabt hat, hat sie ihr auch nicht schreiben können, und die Anni hat sich gehütet, der Mutter gegenüber ihren jetzigen Aufenthaltsort preiszugeben. Erst wenn sich die Wogen geglättet hätten, würde sie sich melden. Das würde die Mutter schon noch derwarten. Manchmal hat die Anni für ihren Bruder gebetet und gleichzeitig nicht ernsthaft geglaubt, dass ihm das etwas bringt. Ein bisschen traurig ist sie schon gewesen deswegen.

Einzig mit dem Karl ist sie beständig in Briefwechsel gestanden. Sie hat richtige Sehnsucht gehabt nach ihm, er ist immerhin das Einzige gewesen, was ihr von ihrer Jugend noch geblieben ist. Der Karl hat geschrieben, dass er eingezogen worden ist. Einen Monat später würd er gehen müssen. Er hat nur deswegen noch Aufschub bekommen, weil er den nächsten Fernmelder einschulen hat müssen, und das hat außer ihm wohl keiner können.

Der Anni hat es in dieser Anfangszeit sehr gut gefallen. Sie hat den neuen, modernen Kinderwagen stolz durchs Dorf geschoben, und die Leute haben es ihr nicht übel genommen. Sie hat sich schon fast an den neuen Namen gewöhnt gehabt. »Grüß Sie Gott, Frau Meininger«, haben sie ihr gesagt, und die Anni hat sich gefreut. Als der Frühling gekommen ist, hat sich ein bisschen was verändert gehabt in ihr drinnen. Sie hat die Dorfstraßen gekannt, sie hat gewusst, welche Leute hier wohnen. Einmal in der Woche ist sie zu einem Kaffeekränzchen gegangen mit Frauen, die allesamt zehn Jahre älter gewesen sind als sie. Gott sei Dank hat keine von denen mehr einen Mann gehabt, da hat sie sich mit ihrem Schicksal nicht so allein fühlen müssen.

Obwohl sie sich's anfangs nicht eingestehen hat wollen, ist sie unruhig geworden. Sie hat sehnsüchtig auf den Werner gewartet. Hat er nicht gesagt, dass er kommen würde? Sie ist sich nicht sicher gewesen, aber mittlerweile hat sie geglaubt, seine Gattin unter den Frauen im Dorf identifiziert zu haben. Was man gehört hat, ist sie nicht viel unter die Leute gegangen. Sie ist sich angeblich zu gut dafür gewesen. Ein einziges Mal hat sie die Anni beim Greißler gesehen. Die Anni hätt ihr zugelächelt, aber diese Frau hat ihr einen Blick zugeworfen, dass es ihr kalt den Buckel hinuntergelaufen ist.

Im April hat man gemerkt, dass es ernst geworden ist. Sie hat schon seit Tagen keinen Mann mehr im Dorf gesehen. Der uralte Großvater der Nachbarin und ihr kleiner Bub dürften die einzigen Männer gewesen sein, die noch im Ort verblieben sind und nicht am Schlachtfeld ihren Dienst fürs Vaterland verrichtet haben. Anfang Mai sind dann die Alliierten dagestanden, da ist es offiziell gewesen. Drei Wochen lang hat sie schon nichts vom Karl gehört gehabt, vom Werner sowieso nicht. In ihrem letzten Brief hat ihre Sorge überhandgewonnen, und sie hat den

Karl um einen Gefallen gebeten. Im Nachhinein hat sie das bereut. Sie hat gehofft, dass sie ihn nicht in Schwierigkeiten gebracht hat damit.

In den ersten paar Wochen unter den neuen Herren hat sie versucht, ihre Erregung in Schach zu halten. Wo er bloß geblieben ist? Nach einem Monat hat sie's nicht mehr ausgehalten und hat tagtäglich Briefe an den Werner geschrieben. Es ist ein lächerliches Unterfangen gewesen; das hat sie selbst gewusst. In ihrer Verzweiflung hat sie die Briefe ans Hotel Bristol geschickt; ob er eine Wiener Adresse gehabt hat, ist ihr nicht bekannt gewesen, und an seine Frau hat sie die Briefe ja schlecht schicken können. Sie hat schon die Livrierten vor sich gesehen, wie sie seufzend jeden Tag einen Brief entgegennehmen und in eine Lade stecken, die vor nicht abgeholten Schriftstücken überquillt. Es ist zum Verzweifeln gewesen.

Als die Anni geglaubt hat, sie hält's nicht mehr aus, ist doch noch etwas passiert. Eines Abends – es muss Mitte Juni gewesen sein – hat es an ihrer Tür geklingelt. Sie ist hochgeschreckt von dem Buch, das sie gerade gelesen hat. Die Anni hätt sich nicht gedacht, dass sie ein simples Klingeln so mitnehmen könnt. Ein einziger Name ist ihr durch den Kopf geschossen, als sie zur Tür gelaufen ist. Wie sie geöffnet hat, hat sie zuerst nichts gesehen; ihre Augen haben sich erst an die Dunkelheit gewöhnen müssen. Als sie dann doch etwas erkannt hat, hat sie diejenige Gestalt gesehen, die sie wohl am wenigsten hier erwartet hätte.

In einem teuren Pelzmantel ist sie dagestanden und in der besten Frisur, die sie sich machen hat können. Sie hat den Besuch wohl schon lange geplant gehabt. Sie hat die

Anni wieder mit diesem Blick angeschaut, dann ist sie wortlos an ihr vorbei ins Haus. Die Anni hat nicht gewusst, wie ihr geschieht. Irgendwas hat sie an sich gehabt, was der Anni Angst gemacht hat.

Sie hat ihren Pelzmantel abgenommen und ihn der Anni hingehalten. Die hat ihn angeschaut, und ihn wie ferngesteuert an sich genommen. »Frau Seytel …«, hat die Anni angefangen, aber die Frau hat sie unterbrochen: »Nennen's mich Maria. Und hängen's ihn so auf, dass die Schultern gerade sitzen. Sonst hängt sich das Fell wieder aus.« Die Anni hat genickt. Die Stimme der Frau Seytel ist anders gewesen als die Anni erwartet hätt. Hoch, kratzig und irgendwie kleiner als ihre Erscheinung hätte vermuten lassen.

»Wissen Sie eh«, hat die Frau Seytel gesagt, und sich im Vorhaus umgeschaut, »ich hab dieses Haus für Sie ausgesucht.« Die Frau Seytel ist mit der Hand über das Stiegengeländer gefahren. Glatt und dunkel ist es gewesen, und etwas abgenutzt. »Leider sind die vorherigen Besitzer beide verstorben. Zur rechten Zeit ist es verfügbar geworden und da hab ich zugeschlagen.« Die Anni hat geschluckt. Ihr ist noch nie in den Sinn gekommen, dass in diesem Haus ja auch andere Leute gewohnt haben könnten. Plötzlich hat sich die Frau Seytel zu ihr umgewandt und ihr direkt in die Augen geschaut. »Zeigen's mir den Buben«, hat sie gesagt und dann ihren faltigen Mund in so etwas wie ein Lächeln aufgezogen. »Bitte.«

Je länger sie die Frau Seytel betrachtet hat, desto unwirklicher ist sie ihr vorgekommen. Obwohl sie nicht wesentlich älter als vierzig hat sein können, hat sie unglaublich vertrocknet ausgesehen. Da ist kein Ausdruck drinnen gewesen in diesen Augen, oder wenn doch einer drinnen gewesen sein sollte, dann hat sie ihn verdammt gut versteckt gehabt.

Die Anni hat ihren Buben aus seinem Betterl gehoben. Er ist ordentlich gewachsen in der letzten Zeit. Sie hat ihn an ihr Herz gedrückt, als würd sie ihn nun für immer weggeben müssen. Das ist das erste Mal gewesen, dass sie richtig Angst gehabt hat, ihn jemand anderem in den Arm zu legen.

Als die Anni mit dem Kind vor der Frau Seytel gestanden ist, hat sie gemeint, so etwas wie Verwirrung in ihrem Blick zu erkennen. Die Frau Seytel hat augenscheinlich noch nie ein Kind aus der Nähe gesehen gehabt. »Da, so nehmen Sie's«, hat die Anni gesagt. Die Anni hat es ihr hingeschoben, und mit überraschend viel Zärtlichkeit hat es die Frau Seytel an sich genommen. Mit ihrer leisen, hohen Stimme hat sie begonnen, ein Lied zu summen. Da ist der Anni ihre Angst um den Buben langsam weggegangen.

Die Maria hat das Kind gar nicht mehr aus der Hand geben wollen. Später, als die Anni einen Tee gemacht hat und sie beim Tisch gesessen sind, hat der Bub angefangen zu weinen. Sanft zuerst, dann ist sein Greinen lauter geworden. Man hat gemerkt, dass sich die Frau Seytel richtig gefürchtet hat davor. Sie hat nicht gewusst, was sie machen soll. »Müd ist er«, hat die Anni gesagt und ist aufgestanden. Sie hat den Buben der Frau Seytel aus dem Arm genommen und ihn zu Bett gebracht.

Als die Anni wieder hinuntergekommen ist, hat die Frau Seytel ernster gewirkt. »Setzen Sie sich her, … Susanne«, hat sie gesagt, und die Anni hat sich am anderen Ende des Tisches niedergelassen. »Geht's Ihnen gut?«, hat die Frau Seytel gefragt. Die Anni hat genickt. »Haben Sie irgendwelche Soldaten belästigt?« Die Anni hat den Kopf geschüttelt. »Und dem Buben geht es auch gut, das hab ich gesehen. Wenn Sie irgendetwas brauchen, was Sie sich nicht selbst beschaffen können, dann lassen Sie's mich –« Da hat sie die Anni unterbrochen. Ihre Stimme ist lauter herausgekommen, als sie gedacht hätt. »Wie geht es Ihrem Mann?«, hat die Anni gesagt. Dann ist es leise geworden. Die Frau Seytel hat sie angeschaut, und da ist sie wieder gewesen, diese Kälte. Aber jetzt hat sich die Anni nicht mehr einschüchtern lassen davon. »Ich möcht gern wissen, wie's ihm geht. Ich hab seit Monaten schon nichts mehr von ihm gehört –« – »Mein Gott, Mädchen«, hat sie dann die Frau Seytel angefahren, »es ist Krieg gewesen! Meinst nicht, dass er was Besseres zu tun gehabt hat, als dir zu schreiben?« Die Anni hat geschwiegen. »Du wirst dir in der nächsten Zeit keine Sorgen um seinen Verbleib mehr machen müssen. Das kann ich dir versprechen.« Da hat die Anni aufgeschaut. »Wo ist er denn?« Die Frau Seytel hat schmallippig in ihren Tee gelächelt, dann hat sie die Tasse an die Lippen gesetzt. In mehreren kleinen Schlucken hat sie sie geleert. Da ist der Anni zum ersten Mal aufgefallen, dass Sarkasmus die natürliche Ausdrucksform dieser Person gewesen ist. Etwas anderes ist ihr nicht gestanden. Dieser Eindruck hat sich in den nächsten Jahren nur bestätigt.

»Ich hoff, er ist jetzt an einem besseren Ort«, hat die Frau Seytel gesagt. Dann ist sie aufgestanden. Die Anni hat sie angestarrt. »Wie meinen's das jetzt?« – »Wie ich's morgen auch meinen werd«, hat die Frau Seytel gesagt und ist hinaus in den Vorraum gegangen. Die Anni ist ihr wie besinnungslos nach. »Gehen's Susanne«, hat die Frau

Seytel gesagt und ihren Mantel ausgeklopft. »Muss das sein? Jetzt haben's ihn erst falsch aufgehängt.« In einem Schwung hat ihn sich die Frau Seytel um die Schultern geworfen, und da ist der Anni zum ersten Mal aufgefallen, dass er wohl nur Tarnung gewesen ist. Keiner traut sich untertags mit einem Pelzmantel auf die Straße, wenn die anderen alle nix haben. Aber in der Nacht macht er Sinn. In der Nacht verdeckt er die Silhouette und lässt den Menschen im Fell verschwinden, sodass keiner weiß, wer am Ende wirklich darunter steckt.

»Gehen's, sagen's mir doch was!«, hat die Anni gesagt, und ohne, dass sie gewusst hätt, was sie macht, hat sie sich an den Arm der Frau Seytel gehängt. Die hat sie mit einer irritierten Geste wieder abgeschüttelt. »Ich hab Ihnen gesagt, Sie sollen sich keine Sorgen machen«, hat die Frau Seytel darauf erwidert, »und, wenn's Ihnen damit leichter ist: Wir werden ihn beide sehr lange nicht mehr sehen.« Die Frau Seytel hat die Tür aufgemacht und ist einen Moment in dem Lichtkegel stehen geblieben, der ein fahles Zwielicht auf die Eingangsstufen gezeichnet hat. »Der Kleine wird bald ein neues Betterl brauchen«, hat sie gesagt, und: »Schicken's mir die Rechnung.« Dann ist sie gegangen. Das feine Knistern des Pelzmantels hat der Anni noch im Ohr gerauscht. Es hat sich nur langsam aus ihrer Erinnerung gelöst. Die Anni hat sich ein paar Momente nicht bewegt, und es sind diese Momente gewesen, in denen sich ihr ganzes zukünftiges Leben in seiner langweiligen Haltlosigkeit vor ihr entfaltet hat. Sie hat gewusst, was kommt. Das ist keine Vermutung gewesen, sondern ein Faktum. Oben hat das Kind zu weinen angefangen, und unten ist jemand, der jetzt Susanne geheißen hat, jäh und unabsehbar erwachsen geworden.

15.

Es war ein Tag Anfang Mai, als er Karl Müller kennenlernte. Die Stadt war im Sommer, der Frühling war gerade dabei, einer platten Hitze Platz zu machen, die den Leuten nahezu erfrischend schien nach der allzu langen Kälte des letzten Winters. Es war eine seltsame Zeit. Er hatte am Land gearbeitet, nahe seines Wohnorts im Gau Oberdonau. Als die Dinge schlimmer geworden waren, hatte man ihn hierher beordert. Es war ihm eine Ehre gewesen. Er war dazu abgestellt, die letzten Deportationen – von denen keiner wusste, dass es die letzten sein würden – von der Stadt aus zu überwachen. Trotz der großen Verantwortung, mit der man ihn betraut hatte, hatte es ihm leidgetan – er wäre gerne bei seiner Frau gewesen. Er wusste, dass es ihr momentan nicht gutging. Einiges hatte sich verändert, und Maria hatte sich an bestimmte neue Umstände zu gewöhnen gehabt. In seinen Briefen sprach er ihr zu, dass sie stark sein müsse; es sei doch immerhin ihr Sohn, ihr gemeinsamer Sohn, diese andere Frau habe doch keine Bedeutung. Mit Erleichterung konnte Werner verzeichnen, dass ihre Briefe zunehmend optimistischer wurden. Sie teilte ihm den Namen des Kindes mit und konnte in ihrem Brief eine gewisse Befriedigung nicht verhehlen, dass Anni den gewünschten Namen gewählt hatte.

Werner war in diesen letzten Monaten seltsam entspannt. Je stärker die Dinge um ihn herum zu wogen begannen, desto ruhiger wurde er selbst. Er gefiel sich in dieser Position, aber er kam fast nicht dazu, dieses Gefallen selbst zu spüren; es war, als beobachtete er sich von außen, als hätte er sich selbst irgendwo verstaut und jemand anderes lenkte seinen Körper. Viel später begriff er, dass es eine ungeheure Belastung gewesen sein musste, der er sich damals ausgesetzt fand. Es war noch so viel zu tun, und irgendwas würde passieren, das spürte er. Eine Entscheidung lag in der Luft, und Werner bemerkte mit einiger Sorge, dass viele nicht mehr glaubten, dass sie zu ihren Gunsten ausfallen würde. Die Bevölkerung war derartig niedergeschlagen, dass es fast nicht mitanzusehen war. Manchmal wollte er auf die Straße gehen und den Leuten ins Gesicht schreien, dass sie sich doch endlich aufrichten sollten, so sei ja kein Krieg zu gewinnen. Aber was sollte man machen, er musste den Dingen ihren Lauf lassen, und konnte nur seinen kleinen Teil dazu beitragen, dass sie so liefen, wie sie laufen sollten.

Er hatte von Karl Müller in einem anderen, sehr unangenehmen Zusammenhang gehört. Werner hatte herausgefunden, dass dessen Vater ein verhältnismäßig hoher Beamter war, der in der Gauleitung beschäftigt war. Er war nicht wichtig genug, um namentlich bekannt zu sein, aber wichtig genug, um dort zu bleiben, wo er war. Von seiner bisherigen Position aus hatte Werner keine Handhabe gehabt, weder gegen den Sohn, noch gegen den Vater. Sonst, da hätte er sich sicher sein können, wäre dieses Bürschchen schon lange an die Front gewandert und hätte sein Leben in einem stinkenden, russischen Sumpf bei den Würmern und Fröschen und dem anderen Gelichter ausgehaucht, das dort sein Unwesen trieb. Als sich Werner nun die Gelegenheit bot, einer gewissen ausgleichenden Gerechtigkeit den Weg zu bahnen, griff er diese Möglichkeit bereitwillig auf. In seiner jetzigen Position sah er selbst den höchsten niederen Beamten der Gauleitung nur mehr von oben. Keine drei Tage, nachdem Werner seinen neuen Posten angetreten hatte, war der Vater Karl Müllers seines Amtes enthoben und ein fett gedruckter Einzugsbefehl auf dem Weg zu seinem Sohn. Es mochte eine gewisse schiefe Optik ergeben, aber es erfüllte ihn mit einer tiefen Genugtuung. Das war die erste Tat in seinem Amt.

In den folgenden Monaten vergaß er Karl Müller und seine Lebensumstände. Werner hielt die Sache für erledigt. Er hatte viel zu tun; die Transporte wollten fachgerecht organisiert sein, man war auf seine Hilfe angewiesen, und die Arbeit nahm schier unüberblickbare Ausmaße an. Als der Frühling ins Land zog, fiel Werner auf, dass er in ein Vakuum hineinarbeitete. Irgendetwas stimmte nicht. Die ersten Kapitulationsmeldungen wurden bekannt. Werner erlitt den ersten und einzigen Migräneanfall seines Lebens. Einige Wochen später befand sich alles in freiem Fall. Eines Morgens ließ Werner sein Büro stehen, so, wie es gerade lag, und ging hinaus auf die Straße. Ihm war nach Fluchen zumute. Die warme Wiener Frühlingsluft war von Kugeln zersiebt, es roch überall nach Krieg. Werner war, als wäre ihm jemand in eine überdimensionale Sandburg gesprungen, alle Häuser lagen zertreten da. Als ihm endlich dämmerte, dass der Kampf um die Stadt verloren war, ging er nach Hause zurück. Das hatte er schon seit zwanzig Jahren nicht mehr getan.

Das Haus stand tatsächlich noch. Seine Eltern waren nicht daheim. Die Tür stand offen, er musste sie nicht einmal knacken. Es sah so aus, als hätte jemand überstürzt die Flucht ergriffen. Werner hatte die Geistesgegenwart gehabt, seiner Frau noch vom Büro aus einen Brief zu schicken, wo er sich befände. Je länger er darüber nachdachte, umso mehr verwunderte es ihn, dass er da schon gewusst hatte, wo er jetzt hingehen würde. Werner setzte sich auf ein ungemachtes Bett, er ließ sich zur Seite fallen. Die Welt verschwamm ihm vor Augen. Es war ihm, als hätte er zwei Wochen geschlafen. Und dann kam Karl Müller.

Werner war gerade dabei, eine Konservendose zu knacken, die er aus einem nahegelegenen Geschäft entwendet hatte, als jemand einen dunklen Kopf ins Zimmer steckte. Dem erschreckten Blick nach zu urteilen konnte Werner keinen schönen Anblick geboten haben. Werner brauchte einen Moment, um ihn zu erkennen. Dann erst konnte er das Gesicht einordnen. Mit überschwänglicher Herzlichkeit hob Werner beide Arme, die einen Moment lang eigenartig neben seinem Körper in der Luft schlenkerten. »Willkommen«, sagte er, »grüß dich Gott! Da schau her, ein alter Freund.« Werner ließ ein Husten los. Der junge Mann blickte ihn entgeistert an. Werner tat der Mund weh vom Reden, und trotzdem formte er das nächste Wort. »Karl«, sagte er, und klopfte ihm auf den Rücken, dann schob er ihn recht unsanft zur Tür herein. »Wie ist es dir an der Front ergangen? Recht schnell bist du wieder zurückgekommen.« Das Unbehagen des jungen Mannes war an seinem ganzen Körper sichtbar, steif ließ er sich auf dem Bett nieder, das die einzig verfügbare Sitzgelegenheit in dem kleinen Raum darstellte. »Ich bin gar nicht dort gewesen«, sagte der junge Mann in einem Deutsch zum Neidigwerden, »ich hatte meinen Nachfolger im Fernmelden zu unterweisen.« Der junge Mann hatte das alles mit einer derartigen Trockenheit gesagt, dass Werner plötzlich wusste, wie die Dinge standen. »Sind Sie Werner Seytel?«, fragte der junge Mann nach einer kurzen Pause, die Werner gar nicht aufgefallen war. Er hatte derartig angestrengt nachgedacht, dass das Hirn, das ihm nun zwei Wochen lang untätig an der Schädeldecke geklebt hatte, wieder in Bewegung geraten war. Augenscheinlich hatte ihn der Junge nicht sofort wiedererkannt. Er hatte ihn ja nur einmal gesehen. Karl hatte ganz offensichtlich keine Ahnung, wer seine Einberufung veranlasst hatte. »Sind Sie's?«, hakte der Bursche nach, und Werner zog seinen Mund auf in ein Lächeln, das ihm die trockene Haut bis an die Schläfen hinauf spannte. Er musste grässlich ausgesehen haben. »Aber ja«, sagte er und setzte sich zu Karl, »entschuldige bitte, gö, ich hab halt heut nicht aufgeräumt.« Karl war versucht, seine Augen durchs Zimmer gleiten zu lassen, das sah Werner. Er versagte sich das und hielt stattdessen dem Blick des anderen stand. »Ich bin wegen Anni gekommen«, sagte er. »Sie schickt mich. Sie fragt, wo Sie bleiben.« Werner konnte es nicht glauben. Das hatte dieser Depp gemacht? Wegen ihr ist er hierhergefahren? »Wissen Sie«, fuhr Karl fort, »ich habe sie sehr gern und es täte mir furchtbar leid, wenn sie – also, wenn Sie –« – »Moment einmal!«, unterbrach ihn Werner. Sein Lächeln hielt er weiter aufgespannt. Er stand auf, zog sich die Hose hoch, die ihm bis an die Hüfte hinuntergerutscht war, und ging mit einer entschuldigenden Geste aus dem Zimmer. Werner kam zurück und fand Karl stehend vor. Ihm tat es um die schöne Tapete leid. »Wie heißt deine Mutter?«, fragte Werner und drängte Karl zur Seite, um das Fenster schließen zu können. »Clara«, sagte Karl mit einiger Verwunderung. »Hast du viel Sport gemacht in der Schule?« Werner zog die Vorhänge zu. Die Eingangstür und die Tür zum Vorraum hatte er schon geschlossen. »Mittelmäßig«, sagte Karl. Werner räumte das dreckige Geschirr aus der Spüle und drehte das Wasser auf. »Gibt es irgendetwas, was du besonders gut kannst?« – »Fliegenfischen. Das habe ich in der Schule oft gemacht.« – »Dankeschön«, sagte Werner, zog den kleinkalibrigen Revolver aus seiner tief sitzenden Hose und schoss. Der Schuss ging glatt durch den Kopf. Der Junge blutete wie ein Schwein.

Es würde sich im Nachhinein keiner darum kümmern, dass dieser Selbstmord kein Selbstmord gewesen war. Werner beugte sich zu dem jungen Mann hinunter. Der verzweifelte Leiter der politischen Abteilung, Hauptsturmführer Werner Seytel, hatte sich in den letzten Kriegstagen das Leben genommen, von der Aussichtslosigkeit seiner Situation tief überzeugt. Viel war ja nun vom Gesicht nicht mehr zu erkennen. Doch körperlich hätte er sich gut gehalten, würde man sagen, wenn man ihn nach ein paar Tagen in dieser Hitze überhaupt noch würde identifizieren können. Werner tastete nach Karls Ausweis. Sogar den Einberufungsbefehl hatte er mitgenommen, dieser Idiot.

Mit einem Mal erinnerte er sich an die Briefe, die er in den letzten Wochen erhalten hatte. In seiner Lethargie hatte er das Leben schon hingeschmissen gehabt, obwohl ihm seine Frau – zuletzt immer verzweifelter – eine Fluchtroute kommuniziert hatte. Zwei Mal habe ein gebuchtes Schiff nun schon ohne ihn abgelegt. Es sei alles vorbereitet, schrieb sie, wieso gehe er denn nicht? Er müsse nur schauen, dass er seine Spur ordentlich verwische, aber in seiner Position sei das wohl kein Problem. Wie eine heilige Reliquie hielt Werner nun den Ausweis des Karl Müller in den Händen. Er zerriss ihn sorgfältig in kleine Stücke, die er zusammenknüllte und in die Hosentasche steckte. Den Einberufungsbefehl würde er behalten; der enthielt kein Foto.

Werner Seytel war soeben verstorben. In einigen Tagen würde man den Toten finden, seinen Ausweis und den Abschiedsbrief, der in schmal geschwungenen Lettern von seinem baldigen Ende kündete. Karl Müller stand auf. Leider hatte er seinen Ausweis in den Wirren der letzten Kriegstage verloren. Nur der Einzugsbefehl, den er als treuer Deutscher immer bei sich getragen hatte, war ihm geblieben. Gemeinsam mit der Geldbörse nahm er die Habseligkeiten des Toten an sich. Dann drehte Karl das Wasser ab, ohne es zum Waschen je gebraucht zu haben.

16.

Der Ferdl ist hinein. Er hat beim gleichen Wirten ausgegeben wie schon beim Begräbnis seiner Mutter. Damals ist es ein Leichenschmaus gewesen; nicht mehr und nicht weniger. Man hat im Dorf schon spektakulärere und weniger spektakuläre gesehen gehabt als den. Aber dieses Mal ist es etwas anderes gewesen, das haben die Leute gespürt. Diesmal ist es um was gegangen. Man hat gemerkt, dass der Ferdl keine Mühe gescheut hat, seine Tante hinauszubegleiten. Fette Putto-Engerl mit Trauergesichtern sind auf den Tischen gesessen, rechts und links vom Buffettisch sind Tannengestecke gestanden, die beinahe schon baumartige Dimensionen angenommen haben und dem Jesus in seinen Herrgottswinkel hineingewachsen sind. Die Leute sind gesessen, unschlüssig, aber keiner hat sich noch ans Buffet getraut, was was heißen hat wollen in so einem Dorf. Alle haben sie, mehr oder minder verhohlen, die Tür fixiert, weil durch sie jeden Moment ihr fleischgewordener Freibrief zur Völlerei hereintreten hat müssen. Solang der nicht gekommen ist, hat der Abend noch nicht die erwartbare erfreuliche Wendung genommen.

Jetzt ist der Ferdl also hereingestürmt, aber ein bisschen anders, als es sich die Leute erwartet hätten. Mit glühenden Augen hat er in die Runde geschaut und ihm ist aufgefallen, dass ein jeder zurückgeschaut hat. Der Ferdl hätt wohl was sagen sollen. Er hat aber partout nicht wollen. Stattdessen hat er seinen Blick über die Reihen gleiten lassen, bis er die Chilenin entdeckt hat. Geschickt ist sie gewesen. Sie hat sich in den hintersten Winkel gesetzt, zwischen zwei alte Damen, die einen netten Puffer geboten haben. Und zwar genau an die Stelle vom Tisch, die am wenigsten zugänglich gewesen ist. Aber so einfach ist sie ihm nicht davongekommen. »Entschuldigung«, hat der Ferdl gesagt und sich seinen Weg zwischen quietschenden Sesseln und voll besetzten Tischen durchgebahnt, bis er den Tisch mit der Chilenin erreicht hat. Sie hat ihn belustigt angesehen. »Entschuldigung«, hat der Ferdl noch einmal gesagt und ist über die mit Goldschnallen versehene Tasche einer alten Dame gestiegen, wobei sowohl Tasche als auch Dame aller Wahrscheinlichkeit nach noch alle zwei Weltkriege gesehen haben. »Können Sie bitte aufstehen?« Der Ferdl hat drei ältere Leute ungeduldig angeschaut, die ihm den Weg zur Chilenin versperrt haben. Wie sie schon aufstehen haben wollen, hat die Chilenin interveniert. »Bleiben Sie ruhig sitzen«, hat sie gesagt. Jetzt hat er eindeutig das Spanische durchgehört. An den S hat es sich aufgehängt, die nachgeklungen sind in ihren Worten. »Der Gastgeber wird sich sicher ein Plätzchen finden, nicht?« Sie hat ihn angelächelt. »Sie sollen aufstehen«, hat der Ferdl gesagt, mehr zur Chilenin denn zu den alten Leuten. Seine Worte sind herausgekommen wie ein Knurren. Dem Ferdl ist es irgendwo bewusst gewesen, dass ihn jeder angeschaut hat, aber nie ist ihm das so wurscht gewesen wie jetzt. Er hat ein Ziel gehabt. Alles andere ist ihm egal gewesen. »Aber wieso denn?«, hat die Chilenin gesagt und ihm ein Lächeln geschickt, das alles gewusst hat. »Dort drüben wäre zum Beispiel noch etwas frei.« Ab diesem Moment ist er sich sicher gewesen. »Es geht nicht um das«, hat der Ferdl gesagt, und: »Bitte stehen Sie auf.« Während sich die alten Leute aus der Verkeilung zwischen Tisch und Heurigenbank befreit haben, hat die Chilenin gesprochen: »Und worum geht es dann?« Sie hat dem Ferdl einen Blick zugeworfen, der direkt in seinen Kopf gegangen ist, direkt in den Sturm hinein. Dieser Blick hat ins Zentrum geschaut. Dorthin, wo's ganz ruhig gewesen ist beim Ferdl drin. Sie hat's gewusst. Und sie hat trotzdem ganz normal mit ihm geredet. »Ich muss Ihnen etwas zeigen«, hat der Ferdl gesagt. Er hat leise gesprochen, fast unterwürfig. Die ganze aufgeblasene Energie in ihm drinnen ist mit einem Mal in sich zusammengefallen. Die Chilenin hat ihn gehabt, aber seltsamerweise hat ihm das nichts ausgemacht. Vor ihrem Blick hat sich der Ferdl so nackt gefühlt wie ein kleines Kind, und dennoch hat er gewusst, dass er ihr vertrauen würde können. Die Chilenin hat ihm in die Augen geschaut, hart und intensiv, und hat dabei ihr Lächeln behalten. Dann ist sie aufgestanden. »Entschuldigen Sie mich«, hat sie gesagt und hat sich mit überraschender Grazie an den alten Leuten vorbeigedrückt. In gerader Linie ist sie zur Wirtshaustür hinausgegangen, und es hat ausgesehen, als stünde ihr kein Sessel im Weg und kein ausgestrecktes Bein, als hätte alles vor ihr Platz gemacht. Der Ferdl ist einen Moment lang überrascht gewesen, einen klitzekleinen Moment, dann ist ihm die Röte in die Wangen gestiegen und er ist ihr nach. Wie er schon im Türstock gestanden ist, hat er sich noch an etwas erinnert. »Esst's!«, hat er in den Raum voller verblüffter Leute gerufen und eine

Handbewegung gemacht, die eigentlich gar keine gewesen ist. Dann ist er zur Tür hinaus und hat nicht mehr die ersten Vorboten der Hochstimmung mitbekommen, die sich unter Gästen immer dann ausbreitet, wenn es endlich in Richtung Buffet geht.

Der Ferdl ist zwei Meter hinter der Chilenin gegangen. Seltsamerweise hat sie gewusst, wo er hinwollen hat. Fast zwei Straßenzüge sind sie so im Dunklen gegangen, von Lampenkegel zu Lampenkegel, immer im gleichen Abstand, bis er leise ein »Komm her« vernommen hat. Er hätt es fast nicht gehört gegen den Wind, der mittlerweile geblasen hat über die Gedanken hinweg, die in seinem Kopf noch immer keine Ruhe gegeben haben. Der Ferdl hat seinen Gang beschleunigt. Er hat sich neben die Chilenin eingereiht und hat sich bemüht, in den Rhythmus ihrer Schritte einzufallen. »Was ist es gewesen?«, hat sie gesagt, ohne ihn anzusehen. Sie hat gerade nach vorne geblickt, ist gegen den Wind angegangen, der an ihren Jackenzipfeln gezogen hat. »Das Gummiringerl«, hat der Ferdl gesagt, und war überrascht, wie er ein kleines Lachen von ihr gehört hat. »Und ich hab mir noch gedacht, ich hab's zu Hause vergessen.« Der Ferdl hat genickt. Lächeln hat er sich noch nicht getraut. Wer weiß, wie sie's gemeint gehabt hat. Wer weiß, wo genau »zu Hause« für sie gelegen ist. »Wie bist du eigentlich hierher gekommen?«, hat der Ferdl gefragt. »Aus Chile?«, hat sie gesagt. »Na, zu Fuß bin ich nicht gegangen.« Ihr Gesicht hat einen spöttischen Ausdruck angenommen. Sie hat eine kurze Pause gemacht. »Es ist nicht leicht gewesen«, hat sie gesagt, »aber möglich.« Der Ferdl hat gespürt, dass mehr nicht aus ihr herauszubringen gewesen ist. Also hat er geschwiegen.

Sie sind in Stille weitergegangen, bis die Chilenin einen prüfenden Seitenblick auf ihn geworfen hat. »Ich hab dich gesehen, weißt du?«, hat sie gesagt. Der Ferdl hat noch über ihr Deutsch sinniert, er hat irgendetwas Wienerisches herausgehört, etwas eigenartig Antiquiertes. Erst dann sind ihre Worte zu ihm durchgedrungen. »Wann hast du mich gesehen?«, hat der Ferdl gefragt und die Angst nicht ganz aus seiner Stimme heraushalten können. Am Ende hat sie etwas gesehen, was sie nicht hätte sehen sollen. Am Ende hat sie das gesehen, was er ihr jetzt zeigen hat wollen. »Ich hab dich ins Haus gehen sehen«, hat sie gesagt. »Gestern. Du hast viel Zeit drinnen verbracht.« Der Ferdl hat geschwiegen und zu Boden geschaut. Er hat ihren Blick auf sich gespürt, ihren gläsernen, eisenharten Samtaugenblick. Er hat sich gefragt, ob sie ihn auch so anschaut, wie eine Frau einen Mann anschaut. Bei den anderen Frauen hat er das gemerkt. Bei ihr nicht.

Sie sind in die Straße eingebogen, in der das Haus von der Tante Meri gestanden ist. Gegen den Nachthimmel hat es sich schemenhaft abgehoben; düster, schwarzhölzern und vom gelborangenen Licht der Straßenlaternen schwach beleuchtet. »Pass auf«, hat er gesagt und ihr das Gartentürl aufgehalten, »da ist eine Stufe.« Sie hat ihn angelächelt. Der Sturm im Ferdl seinem Kopf hat gemacht, dass die nächtliche Stille ganz eigenartig widergehallt hat zwischen seinen Ohren. Der Wind hat geblasen, aber nicht so laut, dass er die Stille zerdeppert hätte, die um sie herum gelegen ist. »Ich weiß«, hat sie nur gesagt und ist in gerader Linie zur Eingangstür gegangen.

Der Ferdl hat den Schlüssel unterm Rosenbusch hervorgekratzt, eilig, sodass er Dreck unter die Fingernägel bekommen hat. Er hat nicht gewusst, wieso plötzlich alles so schnell gehen hat müssen. Der Schlüssel hat geklickt, zwei Mal, und dann sind sie drinnen gestanden. Der Ferdl hat schon nach dem Licht tasten wollen, aber dann hat sie ihre Hand auf seine Hand auf den Lichtschalter gelegt und sie sachte weggezogen. »Nicht«, hat sie gesagt, und der Ferdl hat geschluckt. Er hat genickt und eine linkische Geste mit der Hand gemacht. Der Ferdl hat gehofft, dass sie beides im schwachen Licht nicht gesehen hat. »Gehen wir hinauf«, hat er gesagt, aber die Chilenin ist schon fast oben gewesen, wie er gesprochen hat, und der Ferdl ist ihr nach.

Oben hat sie sich zu ihm umgedreht und ihn angesehen. Ihre Augen sind ihm schwarz vorgekommen in der Dunkelheit, aber vielleicht hat er sich nur getäuscht, er ist sich nicht sicher gewesen, über nichts ist er sich mehr sicher gewesen. Der Ferdl ist sich durch die Haare gefahren. »Dort hinein«, hat er gedeutet. Wieder so eine Geste. Drinnen ist das Doppelbett gestanden, so, wie er's verlassen gehabt hat. Sauber, gemacht, geputzt. Ein Polizist muss sich damals darum gekümmert haben, dass alles aufgeräumt gewesen ist. Das hat er beim letzten Mal gar nicht bemerkt gehabt. Jetzt ist ihm der Ferdl jedenfalls sehr dankbar gewesen dafür.

Die Chilenin hat sich sofort aufs Bett fallen lassen, ihre kurzen Beine sind am hölzernen Rahmen entlang heruntergebaumelt und haben den Boden nicht erreicht. Er hat sehen können, wie ihr der Rahmen ins Fleisch geschnitten hat, ins Fleisch ihrer Schenkel; weich haben sie ausgesehen, verschwimmend in der fleckigen Dunkelheit. Die Kanten, die sich abgedrückt haben gegens Licht, haben kleine Gruben gegraben in ihre Oberschenkel, in die Unterseite, dort, wo sie sich gut angegriffen hätten und – der

Ferdl hat den Kopf geschüttelt, und die Hand den Kasten entlang bewegt, bis er den kleinen Schlüssel gefunden hat. Heut hat man besser gesehen als gestern, der Mond ist voll am Himmel gestanden. Er hat sich an den Kanten der Möbel abgestoßen und ihre Ecken scharf gezeichnet. Als der Ferdl den Kasten aufgemacht hat, hat er sogar gemeint, die Farben mancher Kleidungsstücke erkennen zu können. Die Chilenin hat ihn gespannt angeschaut. Er hat kurz gezögert, dann hat er sich zu ihr gedreht.

»Was hast du damit zu tun?«, hat er gefragt. »Womit?«, hat sie gesagt. »Mit allem. Mit Chile. Mit meiner Tante.« Der Ferdl hat den Blick gehoben, aber die Chilenin ist nicht schüchtern gewesen. Sie hat kein schlechtes Gewissen gehabt. Sie hat ihn direkt angeschaut, fragend. »Hat das alles dir gehört?«, hat der Ferdl gesagt, und sie hat ein kleines Lachen losgelassen. »Eben nicht«, hat sie geantwortet, »das ist ja das Problem gewesen.« – »Wem hat es denn gehört?«, hat der Ferdl gesagt und irgendwo nach einer Verbindung gesucht, nach einem Punkt zwischen ihnen beiden und der Tante Meri und allem, was er aus dem Nichts auf einmal geerbt hat. »Meinem Vater hat der Hof gehört«, hat die Chilenin gesagt, als hätte sie nie aufgehört zu reden. In ihrer Stimme ist keinerlei Emotion gelegen, ein bisschen Zynismus vielleicht, aber sonst nichts. Sie hat keine Pausen gemacht, keine Wut hat sie unterdrücken müssen. Die Chilenin hat das so erzählt, wie man wissenschaftliche Fakten wiedergibt, Zahlen, Daten, Nummern. Und doch ist es um ihre Existenz gegangen, das hat sich der Ferdl denken können. »Das heißt«, hat sie gesagt, »wir haben alle geglaubt, dass er dem Vater gehört hat. Und als er gestorben ist, vor einem halben Jahr, haben wir erfahren, dass er ihm nicht gehört hat. Nichts hat ihm je gehört – alle Verträge sind zur Unterschrift nach Österreich gegangen. Es ist immer schon eingetragen gewesen auf eine Frau Maria Seytel, oder – wie man sie hier augenscheinlich genannt hat – auf deine Tante Meri.« Der Ferdl hat sich gewundert, dass er nicht überraschter gewesen ist. »Aber wieso?«, hat der Ferdl gesagt. Die Chilenin hat mit den Schultern gezuckt. »Das weiß ich nicht«, hat sie erwidert, »deswegen bin ich hergekommen.« Sie hat eine kurze Pause eingelegt. »Das Einzige, was ich erfahren habe, ist, dass sie seine Ehefrau gewesen ist. Mehr als fünfzig Jahre lang. Obwohl er doch mit meiner Mutter verheiratet gewesen ist.« – »Und weiter?«, hat der Ferdl gefragt. »Nichts weiter«, hat sie gesagt. »Das ist es gewesen.«

Die Dinge im Ferdl seinem Kopf haben sich schön langsam zusammengefügt. Sie haben Muster angenommen, Strukturen, changierende Parallelen, von denen er sich nicht sicher gewesen ist, ob sie sich nicht doch irgendwo getroffen haben, in Chile vielleicht oder in der Vergangenheit irgendwo oder ganz weit in der Zukunft. »Wieso hast du sie nicht einfach danach gefragt?«, hat der Ferdl gesagt. »Hab ich eh«, hat die Chilenin gesagt, »aber sie hat mir nicht mehr erzählen wollen. Und danach hat sie nicht mehr können.« Die Chilenin hat dem Ferdl ins Gesicht geschaut. Irgendwas an ihrem Blick hat sich geöffnet gehabt. Sie hat den Ferdl hineingelassen und er hat die Verantwortung gespürt, die das für ihn bedeutet hat. »Er hat immer Briefe geschrieben, weißt du. Er hat auch andauernd welche bekommen«, hat die Chilenin gesagt. »Lange Briefe, viele. Keiner von uns hat sich fragen getraut, was drinnen gestanden ist und an wen sie gerichtet waren. Er hat keinen dieser Briefe behalten. Sie sind alle verschwunden gewesen, keinen einzigen haben wir nach seinem Tod mehr gefunden. Über manche Briefe hat er sich besonders gefreut. Er hat sie in seinem breiten Korbsessel gelesen, der bei uns auf der Veranda gestanden ist, unter dem großen Baum, den er so gerne gehabt hat. Und einmal hat er gesagt, mit einem Lächeln auf den Lippen hat er das gesagt, ›Einen Sohn müsste man haben‹. Der Brief, den er gerade gelesen hat, ist noch in seiner Hand gebaumelt. Ich kann mich noch genau daran erinnern, ich werde wohl noch keine zehn Jahre alt gewesen sein. Er hat mich und die Schwestern angeschaut, wie wir dagesessen sind und gespielt haben, ich die größte, die beiden jüngeren noch zu klein, um zu verstehen. Er hat uns mitleidig angeschaut, wie Kälber, von denen man schon am Tage der Geburt weiß, dass sie nicht alt werden. Ich habe genau gewusst, was das heißt. An diesem Tag hab ich mir geschworen, dass ich ihm ein Sohn sein werde. Dass ich sein Erbe weiterführe, dass ich alles übernehme, dass ich ihn zufriedenstellen werde. Aber er hat sich nicht zufriedenstellen lassen. Er hat sich noch im Tod gegen uns gewendet. Er hat mich nicht sein Erbe weiterführen lassen. Er hat mich nicht sein Sohn sein lassen. Das ist schon jemand anderes gewesen.«

Die Chilenin hat zur Seite geblickt, und jetzt hat der Ferdl gewusst, wie Emotion in ihrem Gesicht ausgesehen hat. Ihre Lippen sind nicht dünner geworden, ihre Augen haben sich nicht verrenkt, ihr Kiefer hat sich nicht verhärtet. Wenn überhaupt, dann sind ihre Gesichtszüge schärfer hervorgetreten, schöner, entschiedener.

»Hol sie heraus«, hat die Chilenin gesagt, »sie hängt da drinnen, oder?« Dann hat sie den Ferdl angeschaut, mit einem Blick, der keine andere Reaktion zugelassen hat als die implizierte. Der Ferdl hat geschluckt, genickt, und dann hat er seinen Arm ganz tief in den Kasten hineingesteckt. Er hat sie an ihren metallischen Rändern ertastet, an ihren Ansteckern, den hervorstehenden Knöpfen, dem harten Stoff. Zwischen einem Wust an schwingenden Röcken und Seidenunterhemden hat er sie hervorgeholt. Und dann hat er nicht gewusst, was er damit machen hat sollen. Sie ist neben ihm heruntergehangen, die Hosenbeine sind abgebogen gewesen, dort, wo sie den Boden berührt haben. Als hätte sich jemand rücklings die Knie gebrochen, sind sie hinuntergebaumelt und in kleinen Falten vom Parkett abgestanden. Die Abzeichen haben geglänzt im Mondlicht. Die Chilenin hat die Uniform angesehen. Der Ferdl hat ihren Atem gesehen, an ihrem Oberteil, an ihrer Bluse, an ihrer Brust. »Zieh sie an«, hat sie gesagt, und der Ferdl hat es getan, als hätt es für ihn nichts Logischeres gegeben als das. Er hat seine Hand zur Hosenschnalle gleiten lassen, mit dem Daumen hat er sie aufgeschnippt. Seine Hose ist zu Boden geglitten und es ist ihm eigenartig vorgekommen, dass es ihm nicht peinlich gewesen ist. Er hat die Uniform an die Kastentür gehängt. Der Ferdl hat sein Sakko gespürt, wie es sich am Hemdstoff festgehalten hat und nicht fallen hat wollen, und dann hat er das Hemd auch ausgezogen. Er ist in nichts dagestanden außer sich selbst. Sie hätte ihn richten können in dieser Situation, aber sie hat es nicht getan. Mit einem kurzen Nicken hat sie ihm das Signal gegeben – er hat die Uniformhose vorsichtig vom Haken gelöst. Überraschend schmal ist sie gewesen, als er sie angelegt hat. Schmal an den Knöcheln und weit überm Knie. Einen Fuß nach dem anderen hat er hineingesteckt; er hat gespürt, wie sie über die Härchen an seinen Beinen geglitten ist. Diese Hose hat genauso ausgesehen wie die auf den ganzen alten Bildern, ballonartig ist sie von ihm abgestanden, knapp über den Knien hat sie sich an jedem Bein zu einer trägen Blase erweitert. Sie hat einen gewichtigen Eindruck gemacht. Er hat den letzten Knopf geschlossen und sie nicht einmal richten müssen. Sie hat gepasst, als wäre sie für ihn gemacht gewesen. Und sie ist schwarz gewesen, vom Hosenbund bis zu den Passen, schwarz durch und durch.

Der Ferdl hat in der Chilenin ihre Augen geschaut, aber er hat diesen Blick nicht lange ausgehalten. Er hat direkt in die Uniformjacke fahren wollen, aber sie hat nur gesagt »Das Hemd«, und es ist gekommen wie ein Kommando, direkt ins Zentrum, in die Windstille in seinem Kopf hinein. Der Ferdl hat das Hemd aufgeknöpft. Geschlossen und in guter Form ist es am Kleiderhaken gehangen. Irgendjemand hat es gepflegt gehabt, irgendjemand hat geschaut, dass es nicht staubig wird, dass es nicht die Motten fressen. Er ist die Knopfleiste hinuntergefahren; ein teurer Stoff, zarter als der schwarze Stoff der Hose. Weiß ist es gewesen. Es hat seltsam hell ausgesehen in der Dunkelheit dieses Raumes, als wär das Mondlicht an ihm geronnen und hätte es aus einem unwirklichen Material gewebt. Die Krawatte hat er schmal gebunden; das erste Mal in seinem Leben ist ihm der Knoten auf Anhieb gelungen.

Die Chilenin hat die Beine übereinandergeschlagen auf dem Bett. Der Ferdl hat ihren Atem gehört. Er hat zuerst den einen Ärmel vom Haken gehoben, dann den anderen. Die Jacke ist überraschend schwer gewesen. Langsam, behutsam hat er sie angelegt. Die Jacke hat sich an ihn geschmiegt, er hat kein Kratzen gespürt, kein Ziehen.

Nichts hat er gespürt – bis auf ihre Schwere, die ihm auf die Schultern gedrückt hat, die sich von den Schultern aus auf seinen ganzen Körper ausgebreitet und ihn zu einem seltsam aufrechten Gang gezwungen hat. Der Ferdl hat die Jacke zugeknöpft, er hat den Gürtel geschlossen. Dann hat er die Chilenin angeschaut, und in ihrem Blick hat er gesehen, dass er ein anderer gewesen ist. Der Ferdl hat sich rechtzeitig erinnert und ist in die Stiefel gefahren, die unter der Uniform im Dunklen des Kastens versteckt gewesen sind. Dann hat er sich die Kappe aufgesetzt. In seinem Kopf hat es gesurrt. Die Augen von der Chilenin sind auf seiner Stirn gelegen, ein paar Zentimeter oberhalb seiner Augenbrauen. Er hat sich auf die Kappe greifen wollen und nachtasten, was dort gewesen ist, aber die Chilenin hat ihre Hand hochgehoben. »Nicht«, hat sie gesagt, »nicht.« Sie hat ihn angesehen, oder nicht ihn, sondern das, was er geworden ist. »Weißt du«, hat sie gesagt, und ihr Gesichtsausdruck ist ganz versonnen geworden, irgendwo anders ist er gewesen, aber nicht bei ihm, »das ist das Einzige, was sie mir über ihn erzählt hat. Dass er ihr Mann gewesen ist und dass er eine Uniform gehabt hat … eine Uniform …« Die Augen von der Chilenin sind heruntergeflattert und haben die seinen getroffen. Sie hat sich wieder gefangen. »Dreh dich«, hat sie gesagt, schärfer vielleicht, als es nötig gewesen wäre, und er hat sich gedreht. Er ist keine Kleiderpuppe gewesen, niemand, der etwas nur trägt, nein. Er hat das Gefühl gehabt, dass sich diese Uniform an seine Oberfläche angelegt hat, diese Textur hat auf ihn abgefärbt, ist in ihn eingedrungen – er ist größer geworden, gerader, aufrechter. Irgendwas über seinen Augen, an seinen Augen, in seinen Augen hat den Blick von der Chilenin nicht mehr losgelassen, und das hat den Ferdl mit in sich hineingerissen. Die Chilenin hat ihn angesehen, als könnt sie sich in ihm verlieren. »Komm her«, hat sie gesagt, auf dem Bett sitzend, die Beine schmerzhaft eng ineinander verhakt. Nun hat er ihr Atmen deutlich vernommen, lauter als vorher. Es hat geklungen, als hielte sie sich zurück. Als ließe sie sich nicht. Der Ferdl hat sich gefragt, was wohl passierte, wenn sie sich lässt.

Er hat einige Schritte auf sie zu gemacht. Die wenigen Schritte, die es gebraucht hat, um das Bett zu erreichen, sind abgehackt gewesen, gestaffelt, verzogen. Andere Schritte haben die Stiefel nicht zugelassen. Er hat seine Kappe auf der Stirn gespürt und das Bedürfnis gehabt, die Arme mitzunehmen, gerade, im Rhythmus, knapp an seinen Hüften wären sie vorbeigeschrammt, in weißen Handschuhen vielleicht … Er hätte ein Gewehr an der Schulter getragen und seine Nase hoch in der Luft … Den Blick gerade nach vorne, entschlossen und … Die Chilenin hat ihre Position nicht verändert, bis er vor ihr gestanden ist. Dann hat sie ihre Augen hochgenommen. »Weißt du«, hat sie gesagt, »ich habe ihn gehasst. Alles an ihm. Wie groß er gewesen ist. Wie hell.« Sie ist aufgestanden. Der Ferdl hat aus den Augenwinkeln eine Bewegung wahrgenommen. Die Chilenin hat ihren Rock hochgerafft, in einem straffen Stoffwust ist er nun um ihre Hüften gelegen. Sie hat ihre Unterhose hinuntergetreten, mit kleinen Bewegungen hat sie ihre Beine geschüttelt, bis die Hose am Boden gelegen ist. Der Ferdl hat nicht mehr schlucken müssen. Er hat den Blick nicht mehr abwenden können. Der Ferdl ist jetzt ein anderer gewesen. »Er ist ein Arschloch gewesen«, hat sie gesagt, »weißt du, eine weiße, deutsche Sau.« Fast schon wütend hat sie ihm in den Schritt gegriffen, und der Ferdl hat geschehen lassen, was geschehen hat müssen. Sie hat seinen Gürtel gelockert, mit einer Hand ist sie ihm in die Hose gefahren – »Seit wann hast du's gewusst?«, hat er gesagt, solange er den Satz noch sprechen hat können. Sie hat in ihren Bewegungen innegehalten. »Was?«, hat sie gesagt, und es hat spröd geklungen, traurig und angebrochen. »Dass du – dass du meine – dass er unser – « – »Ach so«, hat sie gesagt, und ihn mit ihren blitzenden Augen angeschaut. »Das hab ich schon immer gewusst.« Dann hat sie gelächelt, und ihre Hand und der Blick und der Ferdl ist in diesem Lächeln eingegangen. Er ist in die Uniform eingewachsen und in die Chilenin, das Doppelbett hat sie aufgefressen, beide, zerkaut und wieder ausgespieen. Der Ferdl ist aufgetaucht, hat Luft geholt, er hat einen verhaltenen Mond angesehen durchs Fenster, der klein ausgeschaut hat neben der Straßenlaterne darunter. Der Mond hat ihn hängen lassen, er ist nur in ihr gewesen, ihre Augen haben ihn geradegeblickt, haben ihn so zurechtgeschaut, wie er sein hat wollen – er hat das Kappel nicht mehr abgenommen, nie wieder, nie wieder dieses kleine blitzende Ding an seiner Stirn –

Der Ferdl ist an diesem Abend verstorben. Was aufgewacht ist, ist etwas anderes gewesen. Der Ferdl ist hinuntergeglitten in ungeahnte Tiefen. Er hat nichts mehr gewusst, nur mehr die Chilenin ist dagewesen und die Uniform und dieses fleischige, ungeborene Nichts, was in ihr drinnengesteckt ist, die ganze Nacht über, bis zum Morgen. Der Ferdl hat nichts mehr von sich gewusst und von dem Begräbnis, nichts mehr vom Berger Michl und von der Polizei, vom Dorf, von den Leuten, und von dem gottserbärmlichen orangenen Lampenlicht, das auf der

Straße unten alle Gegenstände in kotzfarbene Lacken getaucht hat. Vor allem aber hat der Ferdl nichts mehr, und zwar gar nichts mehr, gewusst von seiner – Gott hab sie selig – von seiner Tante Meri.